DUAS VIDAS
UM FIO

JANET EVANOVICH

DUAS VIDAS POR UM FIO

Tradução de Alice Klesck

ROCCO

Título original
TWO FOR THE DOUGH

Este livro é uma obra de ficção. Nomes, personagens, lugares e incidentes são produtos da imaginação do autor ou foram usados de forma fictícia. Qualquer semelhança com acontecimentos reais ou locais ou pessoas, vivas ou não, é mera coincidência.

Copyright © 1996 by Janet Evanovich
Todos os direitos reservados, incluindo o de reprodução no todo ou parte sob qualquer forma.

Direitos para a língua portuguesa reservados com exclusividade para o Brasil à
EDITORA ROCCO LTDA.
Av. Presidente Wilson, 231 – 8º andar
20030-021 – Rio de Janeiro – RJ
Tel.: (21) 3525-2000 – Fax: (21) 3525-2001
rocco@rocco.com.br
www.rocco.com.br

Printed in Brazil/Impresso no Brasil

preparação de originais
AMANDA ORLANDO

CIP-Brasil. Catalogação na fonte.
Sindicato Nacional dos Editores de Livros, RJ.

E92d	Evanovich, Janet
	Duas vidas por um fio/Janet Evanovich; tradução de Alice Klesck. – Rio de Janeiro: Rocco, 2010.
	Tradução de: Two for the dough ISBN 978-85-325-2580-2
	1. Ficção policial. 2. Romance norte-americano. I. Klesck, Alice. II. Título.
10-2700	CDD–813 CDU–821.111(73)-3

Para Alex e Peter

Porque eles sempre tiveram mais fé do que bom-senso
– e insistem em não apenas sonhar.

Capítulo 1

EU SABIA QUE RANGER ESTAVA AO MEU LADO, POIS PODIA ver os lampejos de seu brinco sob o luar. Fora isso, tudo nele era negro como a noite – a camiseta, o colete, o cabelo engomado para trás e a Glock 9mm. Até o tom da pele parecia mais escuro na sombra. Ricardo Carlos Manoso, o camaleão cubano-americano. Eu, por outro lado, tinha os olhos azuis e a pele clara, como produto resultante de uma união entre Hungria e Itália, e não estava nada bem camuflada para atividades noturnas clandestinas.

Era final de outubro e a cidade de Trenton desfrutava da agonia do verão indiano. Ranger e eu estávamos agachados atrás de algumas moitas de hortênsias, na esquina da Paterson com a Wycliff, e não desfrutávamos nem um pouco do verão indiano, nem da companhia um do outro, ou de qualquer outra coisa. Estávamos ali já havia três horas, e isso estava afetando nosso bom humor.

Observávamos a entrada do número 5.023, na Paterson, seguindo uma dica de que Kenny Mancuso estava programando uma visita à namorada, Julia Cenetta. Kenny Mancuso fora recentemente acusado de atirar no joelho de um frentista (por acaso, seu melhor amigo).

Mancuso conseguira sair sob fiança contratual por intermédio da empresa Vincent Plum Bonding, que assegurara sua libertação da prisão e o retorno ao seio da sociedade. Depois de ter sido solto, imediatamente desapareceu e, três dias depois, não deu as caras na audiência preliminar. Isso não deixou Vincent Plum muito feliz.

Como as perdas de Vincent Plum eram os meus golpes de sorte, eu via o desaparecimento de Mancuso sob uma perspectiva mais oportunista. Vincent Plum é meu primo e empregador. Eu trabalho para Vinnie como caçadora de recompensas por bandidos resgatados, arrastando os delinquentes que estão fora do alcance da lei de volta ao sistema. Arrastar Kenny de volta iria me render 10% do valor de sua fiança, estimada em 50 mil dólares. Parte disso seria destinada a Ranger por me auxiliar na captura, e o restante seria para pagar o empréstimo de meu carro.

Ranger e eu tínhamos uma espécie de parceria descomprometida. Ele era um caçador de recompensas tranquilo e autêntico, o número um. Eu pedi que me ajudasse porque ainda estava aprendendo o ofício e precisava de todo o auxílio que pudesse obter. Sua participação estava no mesmo patamar de transar por pena.

– Não ache que isso vai acontecer – comentou Ranger.

Eu já refletira a respeito e estava meio na defensiva, achando que alguém talvez estivesse me passando para trás.

– Eu falei com a Julia essa manhã. Expliquei que ela podia ser considerada um acessório.

– E isso fez com que ela resolvesse colaborar?

– Não exatamente. Ela resolveu colaborar quando eu lhe disse que antes do tiro Kenny às vezes saía com Denise Barkolowski.

Ranger sorria no escuro.

– Você mentiu sobre esse lance da Denise?

– É.

– Estou orgulhoso de você, gata.

Eu não me sentia tão mal quanto a mentir, já que Kenny era um criminoso escroto e Julia deveria estar olhando em outra direção.

– Parece que ela talvez tenha pensado duas vezes antes de lançar mão da recompensa pela vingança e mandou Kenny andar. Descobriu onde ele está morando?

– Ele está circulando por aí. Julia não tem o número do telefone do cara. Ela diz que ele está sendo cuidadoso.

– Ele é réu primário?

– É.

– Provavelmente está nervoso com a possibilidade de ir para a cadeia. Ouviu aquele monte de histórias sobre estupro em encontros amorosos.

Ficamos em silêncio quando uma picape se aproximou. Era uma Toyota 4X4 nova em folha, recém-saída da loja. De cor escura. Placas provisórias. Uma antena adicional para telefone móvel. A Toyota foi diminuindo a velocidade junto à casa em estilo Cape Cod e encostou na entrada da garagem. O motorista saiu e caminhou até a porta da frente. Ele estava de costas para nós e a iluminação era fraca.

– O que você acha? – perguntou Ranger. – Aquele é Mancuso?

Pela distância, eu não conseguia saber. O homem se encaixava na descrição de altura e peso. Mancuso tinha vinte e um anos, 1,82m, 80kg e cabelos castanhos. Havia sido dispensado do Exército quatro meses antes e estava em boa forma. Eu tinha várias fotos que nós conseguimos quando a fiança foi anunciada, mas, desse ângulo, não me ajudavam em nada.

– Pode ser ele, mas eu não tenho como jurar sem ver seu rosto – respondi.

A porta da frente da casa abriu e o homem desapareceu lá dentro. A porta tornou a fechar.

– Nós poderíamos bater na porta educadamente e perguntar se ele é o homem – sugeriu Ranger.

Eu assenti:

– Isso pode funcionar.

Nós nos levantamos e ajustamos as armas nos cintos.

Eu estava de jeans escuro, uma blusa de mangas compridas e gola rulê, um colete Kevlar azul-marinho e tênis vermelhos. Meu cabelo encaracolado bate nos ombros e estava preso num rabo de cavalo embaixo de um boné também azul-marinho. Trazia o meu .38 Smith & Wesson Chief's Special num porta-armas de náilon preto, no quadril, junto com as algemas e um spray de defesa pessoal, tudo preso na parte de trás do cinto.

Atravessamos o gramado e Ranger bateu na porta da frente da casa, com uma lanterna de 45cm de comprimento e 8cm de diâmetro no refletor. Ela provia boa iluminação e Ranger afirmou que era excelente para causar um sério estrago na cabeça de alguém. Felizmente, eu nunca tivera de testemunhar nenhum dos "sacodes" de Ranger. Eu havia caído dura ao assistir *Cães de aluguel* e não tinha ilusões quanto ao meu nível de conforto com armas e sangue. Se Ranger algum dia tivesse de usar a lanterna para rachar crânios comigo por perto, minha intenção era fechar os olhos... e depois talvez arrumar outro tipo de emprego.

Quando ninguém atendeu, dei um passo para o lado e saquei meu revólver. Um procedimento padrão para dar cobertura ao parceiro. No meu caso, isso era mais ou menos um gesto vazio. Eu frequentava as aulas de tiro religiosamente para treinar, mas a verdade é que não sou nem um pouco mecânica. Alimento um temor irracional por armas e, na maioria das vezes, mantenho a minha pequena S & W sem balas para que não estoure os dedos de meus próprios pés acidentalmente. Numa certa ocasião, tive de atirar em alguém e estava tão agitada que me esqueci de tirar a arma da bolsa antes de apertar o gatilho. Não tinha vontade nenhuma de repetir essa experiência.

Ranger bateu novamente, com mais força.

– Agente de captura de fugitivos. Abra a porta.

Isso originou uma resposta e a porta foi aberta. Não por Julia Cenetta, ou Kenny Mancuso, mas por Joe Morelli, um policial à paisana do Departamento de Polícia de Trenton.

Ficamos todos em silêncio por um instante, todos surpresos em nos vermos.

– É sua essa caminhonete na entrada da garagem? – Ranger finalmente perguntou a Morelli.

– Sim – respondeu Morelli. – Acabei de comprar.

Ranger assentiu:

– Belo veículo.

Morelli e eu éramos ambos da cidade, nascidos e criados em uma vizinhança tipicamente operária, onde os bêbados ainda eram chamados de vagabundos e só as bichinhas levam seus carros para uma troca de óleo na Jiffy Lube. Morelli tem um longo histórico de tirar vantagem de minha ingenuidade. Recentemente, eu tivera a chance de igualar esse placar e, agora, estávamos num período de reavaliação, ambos em busca de uma posição de vantagem.

Julia nos espiou por trás de Morelli.

– Então, o que houve? – perguntei a Julia. – Eu achei que Kenny daria uma passada por aqui esta noite.

– Ah, é... até parece – disse ela. – Como se ele fizesse alguma coisa que diz.

– Ele ligou?

– Ligou nada. Provavelmente está com Denise Barkolowski. Por que vocês não vão bater na porcaria da porta dela?

Ranger permaneceu impassível, mas eu sabia que estava rindo por dentro.

– Estou saindo fora – disse ele. – Não gosto de me envolver nesses aborrecimentos domésticos.

Morelli me observava.

– O que aconteceu com seu cabelo?

– Está embaixo do meu boné.

Ele estava com as mãos nos bolsos do jeans.

– Muito sexy.

Morelli achava tudo sexy.

– Está tarde – disse Julia. – Preciso trabalhar amanhã.

Olhei para o meu relógio. Eram dez e meia.

– Você me avisa se tiver notícias de Kenny?

– Claro.

Morelli me acompanhou até a saída. Caminhamos até a caminhonete dele e eu a examinei em silêncio por um tempo, cada um absorto em seus próprios pensamentos. O último carro dele havia sido um Jeep Cherokee. E fora explodido em mil pedaços. Felizmente, para Morelli, ele não estava no carro, na hora.

– O que você está fazendo aqui? – finalmente perguntei.

– O mesmo que você. Procurando pelo Kenny.

– Eu não achei que você estivesse no ramo de fiança contratual.

— A mãe de Mancuso era uma Morelli, e a família me perguntou se eu não podia procurar pelo Kenny e conversar antes que ele se meta em mais confusão.

— Jesus. Você está me dizendo que é parente do Kenny Mancuso?

— Sou parente de todo mundo.

— Não é meu parente.

— Você tem alguma pista, além de Julia?

— Nada empolgante.

Pensamos no assunto por um tempinho.

— Poderíamos trabalhar juntos nisso.

Ergui uma das sobrancelhas. Da última vez em que havia trabalhado com Morelli, levei um tiro na bunda.

— De que forma você contribuiria para essa captura?

— Família.

Kenny pode ser tolo o bastante para recorrer à família.

— Como vou saber que você não vai me excluir no final? — Ele às vezes era muito inclinado a fazer esse tipo de coisa.

O rosto dele era liso e austero. O tipo de rosto que começara bonito e ganhara personalidade com a idade. Havia uma cicatriz finíssima na sobrancelha esquerda. Um testemunho silencioso de uma vida fora dos limites da segurança. Ele tinha trinta e dois anos. Dois anos mais velho que eu. Era solteiro. E um bom policial. O júri ainda o avaliava como ser humano.

— Acho que você simplesmente terá que confiar em mim. — Ele sorriu, balançando-se nos calcanhares.

— Minha nossa.

Ele abriu a porta da Toyota e aquele cheiro de carro novo nos envolveu. Ele sentou atrás do volante e ligou o motor.

— Acho que Kenny não vai demorar tanto assim para dar as caras.

— Provavelmente, não. Julia mora com a mãe, que trabalha como enfermeira no plantão noturno do St. Francis. Ela estará em casa em meia hora, e eu não consigo imaginar Kenny entrando na casa da namorada, todo cheio de marra, quando a mamãe estiver aqui. Morelli concordou e saiu dirigindo. Quando suas lanternas traseiras sumiram de vista, caminhei até o fim da quadra, onde havia estacionado o meu Wrangler. Eu o comprara de segunda mão, de Skoogie Krienski. Ele o utilizava para entregar pizza para a Pizzaria Pino's, e, quando o carro esquentava, ainda exalava cheiro de massa assando e molho marinara. Era o modelo Sahara, pintado naquele tom bege de camuflagem. Muito útil, caso eu quisesse acompanhar um comboio militar.

Eu provavelmente estaria certa quanto a ser muito tarde para Kenny aparecer, mas imaginei que não faria mal dar mais um tempinho a fim de garantir. Coloquei a capota do jipe para não ficar tão visível e me recostei para esperar. Estava num ponto em que a visão nem de perto era tão vantajosa como a moita de hortênsias, mas, para a minha finalidade, estava bom. Se Kenny aparecesse, eu ligaria para Ranger do meu celular. Eu não estava muito a fim de fazer uma captura individual de um cara que tinha uma atração toda especial por ferimentos bem dolorosos.

Depois de dez minutos, um carro pequeno passou pela casa das Cenetta. Eu me abaixei no banco e o carro seguiu em frente. Depois de alguns minutos, ele voltou. E parou diante da residência em estilo Cape Cod. O motorista deu uma buzinada. Julia Cenetta saiu correndo e pulou no banco do carona.

Liguei o motor quando eles já estavam a meia quadra de distância, mas esperei que virassem a esquina antes de acender os faróis. Estávamos na periferia da cidade, numa parte residencial de classe média. Não havia trânsito, o que facilitaria que eles notassem que estavam sendo seguidos; portanto, eu me mantive bem atrás. O carro entrou na Hamilton e seguiu rumo ao leste. Eu me mantive firme, diminuindo o espaço quando a estrada tornou-se mais movimentada. Mantive a posição até que Julia e seu amigo entraram no estacionamento de um shopping e pararam num canto escuro.

DUAS VIDAS POR UM FIO 13

O estacionamento estava vazio àquela hora da noite. Sem nenhum lugar disponível onde uma caçadora de recompensas pudesse se esconder. Apaguei meus faróis e estacionei devagar, numa vaga do lado oposto. Peguei meu binóculo no banco de trás e foquei no carro. Quase tive um ataque do coração quando alguém bateu em minha porta.

Era Joe Morelli, adorando o fato de ter conseguido me surpreender e quase me matar de susto.

– Você precisa de um binóculo de visão noturna – disse ele, afável. – Não vai conseguir ver nada no escuro a essa distância.

– Eu não tenho um binóculo de visão noturna. E o que é que você está fazendo aqui?

– Eu a segui. Imaginei que fosse ficar observando mais um pouco à espera de Kenny. Você não é muito boa nesse negócio de garantir o cumprimento da lei, mas tem uma sorte dos diabos e, quando está num caso, parece um pit-bull agarrado a um osso.

Não foi uma avaliação muito lisonjeira, porém precisamente correta.

– Você se dá bem com o Kenny?

Morelli sacudiu os ombros.

– Não o conheço tão bem assim.

– Então quer dizer você não gostaria de ir até lá e dar um oi, não é mesmo?

– Detestaria estragar a diversão de Julia, caso não seja o Kenny.

Nós dois olhávamos o carro e, mesmo sem o binóculo noturno, percebemos que ele começou a balançar. Sons rítmicos começaram a ecoar pelo estacionamento vazio.

Eu resisti à vontade de me remexer no banco.

– Droga – disse Morelli. – Se eles não se acalmarem, vão acabar com os amortecedores daquele carrinho.

O carro parou de balançar, o motor foi ligado e os faróis, acesos.

– Nossa. Isso não demorou nada – comentei.

Morelli se movimentou no banco do carona.

– Deve ter começado no caminho. Espere que ele chegue à estrada antes de acender os faróis.

– Essa é uma ótima ideia, mas eu não consigo enxergar nada sem a luz.

– Você está dentro de um estacionamento. O que há para ver além de metros e mais metros de asfalto livre?

Eu me inclinei ligeiramente à frente.

– Você o está perdendo – disse Morelli. – Pise fundo.

Eu aumentei a velocidade, estreitando os olhos na escuridão, xingando Morelli, sem enxergar merda nenhuma.

Ele estalou a boca, zombando de mim, e eu apertei o acelerador até o fundo.

Houve um estrondo e o Wrangler fugiu de controle. Afundei o pé no freio e o carro parou bruscamente, com o lado esquerdo inclinado, num ângulo de 30 graus.

Morelli saiu para dar uma olhada.

– Você subiu num bloco de segurança – atestou ele. – É só dar uma ré que vai ficar tudo bem.

Dei ré devagar e recuei vários metros. O carro estava pendendo muito para a esquerda. Morelli foi dar outra olhada enquanto eu estava impaciente, no banco do motorista, fumegando de raiva por ter me deixado levar por ele.

– Que pena! – Morelli se debruçou na janela aberta. – Você amassou a saia quando bateu no meio-fio. Tem seguro-resgate?

– Você fez isso de propósito. Não queria que eu pegasse seu primo escroto.

– Ei, docinho, não me culpe só porque você tomou algumas decisões erradas ao volante.

– Você é um canalha, Morelli. Um canalha.

Ele sorriu.

– É melhor ser boazinha. Eu posso te dar uma multa por direção perigosa.

Tirei o telefone do bolso e liguei para o serviço de reboque Al Auto Body. Al e Ranger eram bons amigos. Durante o dia, Al tinha um negócio legítimo. Eu desconfiava de que, à noite, ele tocava um desmanche, desmontando carros roubados. Isso não me interessava. Eu só queria que o pneu fosse consertado.

Uma hora depois eu seguia meu caminho. Não fazia sentido ir atrás de Kenny Mancuso. Fazia tempo que ele partira. Parei numa loja de conveniência, comprei uma caixa de sorvete entupidor de artérias e segui para casa.

Moro num prédio de tijolinhos de três andares, localizado a alguns quilômetros da casa de meus pais. A frente do prédio dá para uma rua movimentada, repleta de pequenos estabelecimentos comerciais, e, na parte de trás, há um bairro bem organizado, com pequenas residências.

Meu apartamento fica nos fundos do prédio, no segundo andar, com vista para o estacionamento. Tenho um quarto, um banheiro, uma cozinha pequena e uma sala de estar junto com a de jantar. Meu banheiro parece saído do set de filmagem da *Família Dó Ré Mi* e, devido às minhas dificuldades financeiras temporárias, meus móveis podem ser descritos como ecléticos – que é uma forma esnobe de dizer que nada combina com nada.

A sra. Bestler, do terceiro andar, estava no corredor quando eu saí do elevador. Ela tem oitenta e três anos e não dorme bem à noite, então costuma andar pelos corredores para se exercitar.

– Oi, sra. Bestler. Como está indo?

– Reclamar não ajuda em nada. Parece que você andou trabalhando esta noite. Pegou algum criminoso?

– Neca. Esta noite, não.

– Que pena!

– Sempre há um amanhã. – Eu destranquei a minha porta e entrei.

Meu hamster, Rex, estava correndo em sua rodinha, com os pezinhos produzindo uma imagem rosa embaçada. Bati no vidro da gaiola para cumprimentá-lo, fazendo com que ele parasse temporariamente, mexendo os bigodes, com seus olhinhos pretos arregalados, em alerta.

– E aí, Rex?

Rex não disse nada. Ele é pequeno, do tipo quieto.

Larguei minha bolsa preta na pia da cozinha e peguei uma colher na gaveta. Abri a caixa de sorvete e ouvi os recados da secretária eletrônica enquanto comia.

Todos os recados eram de minha mãe. Ela faria um frango assado no dia seguinte e queria que eu aparecesse para jantar. Fazendo o favor de não chegar atrasada, pois o cunhado de Betty Szajack havia morrido e a vovó Mazur queria estar no velório às 19:00.

A vovó Mazur lê a coluna de obituários como se fizesse parte da sessão de entretenimento do jornal. Outras comunidades têm clubes e fraternidades. No burgo, como chamamos nossa parte da cidade, há casas funerárias. Se as pessoas pararem de morrer, a vida social da vizinhança sofreria uma parada tormentosa.

Terminei o sorvete e coloquei a colher na lavadora de louça. Dei uns nuggets de hamster e algumas uvas para Rex, e fui para a cama.

Acordei com a chuva batendo na janela do quarto, ressonando sobre a antiga escada de ferro de emergência, que serve como minha varanda. Eu gostava do som da chuva à noite quando estava aconchegada na cama. Não me animava muito com a chuva pela manhã.

Eu precisava atormentar Julia Cenetta um pouco mais. E precisava verificar o carro que a pegara. O telefone tocou e eu automaticamente me estiquei para pegar o sem fio na cabeceira, pensando que era cedo para receber uma ligação. O radiorrelógio marcava 07:15.

Era meu amigo policial, Eddie Gazarra.

— Dia — disse ele. — Hora de trabalhar.

— Isso é uma ligação social? — Gazarra e eu havíamos crescido juntos, e agora ele era casado com minha prima Shirley.

— Essa é uma ligação de informação, e não fui eu quem contou a você. Ainda está procurando por Kenny Mancuso?

— Sim.

— O frentista do posto de gasolina que ele acertou no joelho foi morto essa manhã.

Isso me fez ficar de pé.

– O que houve?

– Tiros pela segunda vez. Fiquei sabendo pelo Schmidty. Ele estava trabalhando na mesa telefônica quando entrou a ligação. Um cliente encontrou o frentista, Moogey Bues, no escritório do posto de gasolina, com um buracão na cabeça.

– Jesus.

– Achei que você poderia se interessar. Talvez tenha alguma ligação. Talvez não. Pode ser que Mancuso tenha resolvido que acertar o amigo no joelho não havia sido suficiente e voltou para explodir os miolos do cara.

– Eu te devo essa.

– Nós bem que gostaríamos de uma babá na próxima sexta-feira.

– Não te devo tanto assim.

Eddie resmungou e desligou.

Tomei um banho rápido, passei o secador no cabelo e o coloquei embaixo do boné do New York Rangers, virando a aba para trás. Estava vestindo uma calça Levi's de botões, uma camisa xadrez de flanela vermelha por cima de uma camiseta preta e botas Doc Martens em homenagem à chuva.

Rex dormia em sua lata de sopa depois de uma noite de esforço na rodinha, então eu passei por ele na ponta dos pés. Liguei a secretária eletrônica, peguei minha bolsa e a jaqueta Gore-Tex, e tranquei a porta.

O posto de gasolina Delio's Exxon ficava na Hamilton, não muito longe do meu apartamento. No caminho, parei numa loja de conveniência e comprei um café grande, para viagem, e uma caixa de donuts com cobertura de chocolate. Acredito que, quando se é obrigado a respirar o ar de Nova Jersey, não faz muito sentido ficar comendo comida saudável.

Havia muitos policiais e carros da polícia no posto e um caminhão de resgate estava encostado à porta do escritório. A chuva diminuíra para uma garoa fina. Parei a meia quadra de distância e fui abrindo caminho em meio à aglomeração de gente, levando o café e os donuts comigo, procurando por um rosto conhecido. O único que vi pertencia a Joe Morelli.

Parei a seu lado e abri a caixa de donuts. Morelli pegou um e enfiou metade na boca.

– Não tomou café? – perguntei.

– Fui arrancado da cama por causa disso aqui.

– Achei que você estivesse trabalhando na divisão de moral e bons costumes.

– Estou. Walt Becker que é o titular aqui. Sabia que eu estava procurando por Kenny e achou que eu ia querer ser incluído.

Nós dois mastigamos um pouco de donut.

– Então, o que aconteceu? – eu quis saber.

Havia um fotógrafo criminal no escritório. Dois médicos estavam próximos, aguardando para colocar o corpo no saco plástico e partirem.

Morelli observava a ação através da janela de vidro espelhado. A hora estimada de morte era 18:30. Seria por volta do horário em que a vítima estaria abrindo o posto. Ao que tudo indica, alguém simplesmente entrou e atirou nele. Três tiros no rosto, à queima-roupa. Nenhuma indicação de roubo. A gaveta do caixa estava intacta. Até então, nenhuma testemunha.

– Foi apagado?

– Parece.

– Esse posto está comercializando drogas?

– Não que eu saiba.

– Talvez seja pessoal. Talvez ele estivesse transando com a mulher de alguém. Talvez seja uma dívida.

– Talvez.

– Talvez Kenny tenha voltado para calar a boca do cara.

Morelli não moveu um músculo.

– Talvez.

– Você acha que Kenny faria isso?

Ele deu de ombros.

– Difícil dizer o que Kenny faria.

– Você checou a placa do carro ontem à noite?
– Sim. Pertence ao meu primo Leo.

Ergui uma das sobrancelhas.

– É uma família grande – disse ele. – Já não sou mais tão próximo.

– Você vai falar com Leo?
– Assim que sair daqui.

Dei um gole no café fervendo e observei os olhos dele colados no copo de isopor.

– Aposto que você gostaria de um pouco de café quente.
– Eu mataria por um café.
– Deixo você tomar um pouco se me levar junto quando for falar com Leo.
– Fechado.

Eu dei um último gole e entreguei o copo a ele.

– Você checou a Julia?
– Passei por lá de carro, as luzes estavam apagadas. Não vi o carro. Podemos falar com ela depois de falarmos com Leo.

O fotógrafo terminou e o corpo foi colocado num saco, seguindo na maca, que desceu os degraus sacudindo com o peso morto.

O donut pesou em meu estômago. Eu não conhecia a vítima, mas mesmo assim sentia a sua perda. O pesar de outra pessoa.

Havia dois detetives da divisão de homicídios na cena do crime, ambos com uma aparência profissional, de sobretudo. Embaixo dos casacos, eles estavam de terno e gravata. Morelli vestia uma camiseta azul-marinho e calça Levi's, um casaco esporte de tweed e tênis de corrida. A garoa fina assentara em seu cabelo.

– Você não parece com os outros caras – observei. – Onde está seu terno?

– Você já me viu de terno? Fico parecendo um chefe de cassino. Tenho uma dispensa especial para jamais ter que vestir terno.

– Pegou as chaves no bolso e gesticulou para um dos detetives, dando a entender que estava indo embora. O detetive concordou.

Morelli estava dirigindo um carro civil. Era um velho e castigado sedan Fairlane, com uma antena presa ao porta-malas e uma bonequinha havaiana pendurada no vidro de trás. Parecia não conseguir ultrapassar os 50km numa subida. Estava amassado, enferrujado e coberto de sujeira.

– Você nunca lava esse troço? – perguntei.
– Nunca. Tenho medo do que vou encontrar por baixo da sujeira.
– Trenton gosta de transformar o cumprimento da lei num desafio.
– Claro – concordou ele. – A gente não iria querer que fosse assim tão fácil. Tiraria toda a diversão.

Leo Morelli morava com os pais na cidade. Tinha a mesma idade de Kenny e trabalhava no Departamento de Estradas e Rodagem, assim como o pai.

Um carro da polícia estava estacionado na entrada da garagem deles e a família inteira estava do lado de fora, conversando com um policial uniformizado, quando estacionamos.

– Alguém roubou o carro do Leo – informou a sra. Morelli. – Dá para imaginar? Em que esse mundo se transformou? Essas coisas nunca aconteciam aqui na cidade. Agora veja.

Essas coisas nunca aconteciam na cidade porque ali era como uma vila de aposentados da máfia. Anos antes, quando Trenton se rebelou, ninguém sequer pensava em mandar um carro da polícia para proteger a cidade. Todos os antigos soldados e chefões do crime estavam em seus sótãos pegando suas metralhadoras Tommy.

– Quando percebeu que havia sumido? – perguntou Morelli.
– Hoje de manhã – respondeu Leo. – Quando saí para trabalhar, não estava mais aqui.
– Quando o viu pela última vez?
– Ontem à noite. Quando cheguei em casa do trabalho às seis horas.
– Quando foi a última vez que viu Kenny?

Todos piscaram.

– Kenny? – repetiu a mãe de Leo. – O que é que o Kenny tem a ver com isso?

Morelli estava apoiado nos calcanhares, com as mãos nos bolsos.
— Talvez Kenny precisou de um carro.
Todos ficaram calados.
Morelli repetiu:
— Então, quando foi a última vez que algum de vocês falou com Kenny?
— Cristo — disse o pai de Leo. — Diga que você não deixou aquele imbecil estúpido dirigir o seu carro.
— Ele prometeu que logo o traria de volta. Como é que eu podia saber?
— Merda na cabeça — xingou o pai de Leo. — É isso que você tem... merda na cabeça.
Explicamos a Leo o fato de que ele contribuíra para um delito grave e como um júri poderia olhar para isso com certa desconfiança. Depois explicamos que se em algum momento ele voltasse a ter notícias de Kenny, deveria imediatamente avisar seu primo Joe, ou sua boa amiga Stephanie Plum.
— Você acha que ele irá nos ligar se tiver notícias de Kenny? — perguntei, quando estávamos sozinhos no carro.
Morelli parou o carro num sinal.
— Não. Acho que Leo vai descer o cacete no Kenny, com uma chave de roda.
— É o jeito Morelli.
— Algo assim.
— Uma coisa bem de macho.
— É. Coisa de macho.
— E depois que ele descer o cacete nele? Você acha que ele vai nos ligar?
Morelli sacudiu a cabeça.
— Você não sabe muito, não é?
— Eu sei muito.
Isso fez Morelli estampar um sorriso nos lábios.
— E agora? — eu quis saber.
— Julia Cenetta.

Julia Cenetta trabalhava numa livraria na Faculdade Estadual de Trenton. Mas primeiro checamos a casa dela. Como ninguém atendeu, fomos até a faculdade. O trânsito estava regular, com todos à nossa volta obedecendo rigidamente ao limite de velocidade. Nada como um carro de polícia à paisana para tornar o trânsito tão lento até que começasse a rastejar.

Morelli entrou pelo portão principal e deu a volta ao redor do complexo de tijolinhos e cimento que compunha a loja de livros. Passamos por um lago com patos, algumas árvores e gramados que ainda não haviam sucumbido à ruína do inverno. A chuva voltara a engrossar e caía implacável, como se fosse durar o dia todo. Os alunos caminhavam com a cabeça baixa, coberta pelo capuz de suas capas de chuva e moletons.

Morelli deu uma olhada no estacionamento da livraria, que estava lotado, exceto por algumas vagas na ponta externa, e, sem hesitar, estacionou numa área proibida, junto ao meio-fio.

– Emergência policial? – eu quis saber.
– Pode apostar essa sua bundinha gostosa.

Julia trabalhava no caixa, mas ninguém estava comprando nada, então ela só estava ali em pé, mexendo no esmalte da unha. Pequenas rugas surgiram em seu rosto quando ela nos viu.

– Parece que hoje o movimento está fraco – Morelli lhe disse.
Julia assentiu.
– É a chuva.
– Alguma notícia do Kenny?
O rubor coloriu o rosto de Julia.
– Na verdade, eu meio que o vi ontem à noite. Ele ligou logo depois que vocês foram embora e foi lá em casa. Contei que vocês queriam conversar com ele. E disse que ele deveria lhes telefonar. Dei-lhe o cartão com o número de seu bipe e tudo o mais.
– Acha que ele vai voltar esta noite?
– Não. – Sacudiu a cabeça para dar ênfase. – Ele disse que não ia voltar. Disse que tinha que pegar leve, pois tinha gente atrás dele.
– A polícia?

– Acho que ele quis dizer outra pessoa, mas não sei quem é.

Morelli lhe deu outro cartão com instruções para que ela ligasse a qualquer hora, dia ou noite, caso tivesse notícias de Kenny. Ela não pareceu estar muito inclinada a se comprometer, e eu não achava que poderíamos contar com muita ajuda da parte dela. Voltamos para a chuva e nos apressamos rumo ao carro. Fora Morelli, a única peça de equipamento policial em seu Fairlane era um rádio reciclado de frequência dupla. Estava sintonizado no canal tático da polícia e o despachante transmitia as chamadas em meio às interferências estáticas. Eu tinha um rádio parecido em meu jipe e estava me esforçando para aprender os códigos policiais. Assim como todos os outros membros da corporação que eu conhecia, Morelli ouvia aquilo já sem se dar conta, milagrosamente processando a informação truncada.

Ele saiu do campus e eu fiz a pergunta inevitável:

– E agora?

– Você é quem tem os instintos. Diga-me você.

– Meus instintos não estão fazendo muito por mim esta manhã.

– Certo. Então, vamos rever o que temos. O que você sabe sobre Kenny?

Depois da noite anterior, sabíamos que ele era um ejaculador precoce, mas isso provavelmente não era o que Morelli queria ouvir.

– Garoto local, ensino médio completo, alistado no Exército, mas saiu quatro meses atrás. Ainda desempregado, mas obviamente não estava se apertando por causa de dinheiro. Por motivos desconhecidos, ele decidiu atirar no joelho do amigo Moogey Bues. Ao fazer isso, foi flagrado por um policial que estava de folga. Ele não tinha antecedentes e foi liberado sob fiança. Havia violado a condicional e roubado um carro.

– Errado. Ele pegou um carro emprestado. Só que ainda não teve tempo de devolver.

– Você acha que isso é relevante?

Morelli parou num sinal.

– Talvez algo tenha acontecido e mudado os planos dele.

– Como derrubar o velho Moogey.
– Julia disse que Kenny temia que alguém estivesse atrás dele.
– O pai de Leo?
– Você não está levando isso a sério – reclamou Morelli.
– Estou levando isso muito a sério. Só não estou descobrindo muita coisa e não vejo você compartilhar comigo muito do que pensa. Por exemplo, quem você acha que está atrás de Kenny?
– Quando Kenny e Moogey foram interrogados sobre o tiro, ambos disseram que a coisa havia sido motivada por uma questão pessoal e que não falariam a respeito. Talvez eles tivessem algum negócio errado em andamento.
– E?
– E é isso. É isso que eu acho.
Eu o encarei por um instante, tentando decidir se ele estaria me escondendo algo. Provavelmente estaria, mas não havia um meio de saber com certeza.
– Certo – finalmente falei, com um suspiro. – Eu tenho uma lista dos amigos de Kenny. Vou repassá-la.
– Onde conseguiu a lista?
– Informação privilegiada.
Morelli pareceu sentir dor.
– Você arrombou o apartamento dele e roubou o caderninho preto do cara.
– Não roubei. Só fiz uma cópia.
– Não quero saber nada disso. – Olhou para baixo, para a minha bolsa. – Você não está carregando isso escondido, está?
– Quem, eu?
– Merda – disse Morelli. – Eu só posso estar maluco para me juntar a você.
– Foi sua ideia!
– Quer que eu ajude com a lista?
– Não. – Eu imaginava que isso fosse como dar um bilhete da loteria ao seu vizinho e vê-lo ganhar.
Morelli estacionou atrás do meu jipe.
– Há algo que eu preciso lhe dizer antes que você vá embora.

— Sim?
— Eu detesto esses sapatos que você está calçando.
— Mais alguma coisa?
— Desculpe pelo pneu ontem à noite.
Sei.

Por volta das cinco horas, eu estava com frio e molhada, mas tinha percorrido a lista inteira. Fiz uma combinação de telefonemas e visitas pessoalmente, e consegui pouca coisa. A maioria das pessoas era da cidade e conhecera Kenny a vida inteira. Ninguém admitiu ter tido contato depois que ele foi detido, e eu não tinha motivos para suspeitar que estivessem mentindo. Ninguém sabia de negócio algum, nem de problemas pessoais entre Kenny e Moogey. Várias pessoas testemunharam sobre a personalidade volúvel de Kenny e sua tendência à ostentação.

Esses comentários eram interessantes, mas muito genéricos para realmente chegarem a ajudar. Algumas conversas tinham pausas tão longas que me deixavam desconfortável, pensando no que havia deixado de ser dito.

Como último empenho do dia, resolvi checar o apartamento de Kenny mais uma vez. Dois dias antes, o síndico havia me deixado entrar ao se confundir temporariamente quanto à minha afiliação com o cumprimento da lei. Secretamente, surrupiei uma chave extra enquanto olhava a cozinha e, a partir de então, eu podia entrar escondido sempre que quisesse. A legalidade disso era duvidosa, mas só me incomodaria se eu fosse flagrada.

Kenny morava logo na saída da Rodovia 1, num grande condomínio chamado Oak Hill, a colina de carvalhos. Já que não havia nem colinas, nem carvalhos à vista, eu só podia achar que os derrubaram para nivelar o terreno e abrir caminho para os *bunkers* anunciados como moradias luxuosas acessíveis.

Estacionei numa das vagas e apertei os olhos na direção da entrada iluminada, em meio à chuva e à escuridão. Esperei um instante, enquanto um casal saiu correndo de um carro e se apressou para entrar no prédio. Passei as chaves de Kenny e meu spray de pimenta de minha bolsa grande de couro preta para o bolso da jaqueta, puxei o capuz sobre meu cabelo úmido e saí correndo do jipe. A temperatura havia caído ao longo do dia e o frio entranhava em meu jeans. Um verão indiano e tanto.

Caminhei pelo lobby de cabeça baixa e ainda com o capuz, e tive a sorte de pegar o elevador vazio. Segui até o terceiro andar e me apressei pelo corredor até o 302. Ouvi junto à porta por um instante, mas não escutei nada. Bati. Bati novamente. Nada de resposta. Enfiei a chave na fechadura com o coração disparado e entrei imediatamente acendendo as luzes. O apartamento parecia estar vazio. Fui passando em cada cômodo, fazendo uma busca e concluí que Kenny não voltara desde minha última visita. Chequei a secretária eletrônica. Nenhum recado.

Mais uma vez, ouvi junto à porta. Estava tudo em silêncio do outro lado. Apaguei as luzes, respirei fundo e saí no corredor, ofegante de alívio por ter terminado e não ter sido vista.

Quando cheguei ao lobby, fui direto às caixas de correio e olhei a de Kenny. Estava abarrotada de tralha. Tralha que poderia me ajudar a encontrá-lo. Infelizmente, violar a correspondência alheia é um crime federal. E roubar correspondência só pioraria a situação. Seria errado, eu disse a mim mesma. A correspondência é algo sagrado. Sim, mas, espere um minuto. Eu tinha a *chave*! Será que isso não me dava direitos? Mais uma vez essa era uma questão obscura, já que eu tinha meio que roubado a chave. Enfiei o nariz na fresta e olhei o lado de dentro. Uma conta de telefone. Isso poderia me dar dicas. Meus dedos coçaram na ânsia de pegar a conta. Eu estava fora de mim de tanta tentação. Insanidade temporária, pensei. Eu estava em meio a uma insanidade temporária. Legal!

Respirei fundo, enfiei a chave no buraquinho, abri a caixa de correio e enfiei tudo em meu bolsão preto. Fechei a porta da caixa e saí suando, tentando chegar à segurança de meu carro, antes que a sanidade voltasse e ferrasse meu argumento de defesa.

Capítulo 2

Eu me espremi atrás do volante, tranquei as portas e olhei furtivamente para ver se alguém havia me visto cometendo um delito federal. Minha bolsa estava apertada junto ao peito e havia pontinhos negros dançando diante dos meus olhos. Certo, tudo bem, eu não era a mais calma caçadora de recompensas de todos os tempos. O que importava era que eu pegasse o meu homem, certo? Enfiei a chave na ignição, liguei o motor e saí do estacionamento. Coloquei Aerosmith para tocar no toca-fitas e aumentei o volume ao chegar na Rodovia 1. Estava escuro e chuvoso, com má visibilidade, mas isso era Nova Jersey e ali não se diminui para nada. As luzes de freio piscavam à minha frente e eu seguia no anda e para. O sinal de trânsito ficou verde e todos saímos pisando fundo. Cortei duas faixas e peguei a do canto para sair da rodovia, ultrapassando um Beemer. O motorista fez um sinal obsceno e tocou a buzina.

Respondi com gestos italianos ridículos e comentei algo sobre a mãe dele. Ser nascida em Trenton envolve certas responsabilidades em situações como essa.

O tráfego se arrastava pelas ruas e fiquei aliviada por finalmente atravessar a linha do trem e sentir a cidade se aproximando, tragando-me à frente. Cheguei à Hamilton e o conhecido trator da culpa engatou na traseira do meu carro.

Minha mãe estava espiando pela janela quando estacionei junto ao meio-fio.

— Você está atrasada — reclamou ela.

— Dois minutos!

– Ouvi sirenes. Você não esteve envolvida num acidente de trânsito, esteve?

– Não. Não tive um acidente. Estava trabalhando.

– Você deveria arranjar um emprego de verdade. Algo permanente, com horas normais. Sua prima Marjorie arrumou um bom emprego como secretária na J & J, e eu ouvi dizer que ela está fazendo muito dinheiro.

A vovó Mazur estava em pé no corredor. Ela vivia com os meus pais desde que o vovô Mazur passou a mandar para dentro seus dois ovos com meio quilo de bacon de café da manhã direto do além.

– É melhor andarmos logo com esse jantar se vamos ao velório – disse a vovó Mazur. – Você sabe que gosto de chegar lá cedo, para conseguir um bom lugar. E o grupo Knights of Columbus estará lá esta noite. Haverá muita gente. – Ela alisou a frente do vestido. – O que acha desse vestido? – perguntou. – Acha muito chamativo?

A vovó Mazur tinha setenta e dois anos e não parecia nem um pouco além de noventa. Eu a amava de paixão, mas, quando ficava de calcinhas, ela parecia o frango da sopa. O vestido daquela noite era vermelho-bombeiro, com botões dourados.

– Está perfeito – disse a ela. Principalmente para uma casa de velórios, que seria a central da catarata.

Minha mãe trouxe o purê de batatas para a mesa.

– Venham comer antes que o purê esfrie.

– Então, o que você fez hoje? – perguntou a vovó Mazur. – Deu uma prensa em alguém?

– Passei o dia procurando por Kenny Mancuso, mas não tive muita sorte.

– Kenny Mancuso é um vagabundo – disse minha mãe. – Todos aqueles homens Morelli e Mancuso são lixo. Não há um em quem se possa confiar.

Eu olhei para minha mãe.

– Você soube de alguma novidade sobre Kenny? Algo no circuito da fofoca?

— Apenas que ele é um vagabundo. Não é o bastante?

Na cidade, é possível nascer com um histórico de vagabundagem. As mulheres das famílias Morelli e Mancuso estavam acima de qualquer repreensão, mas os homens eram cafajestes. Eles bebiam, cuspiam, estapeavam os filhos e traíam as esposas e namoradas.

— Sergie Morelli estará no velório — comunicou a vovó Mazur. — Ele vai estar lá com a banda K of C. Eu posso lhe dar um arrocho por você. Ele seria bem sorrateiro quanto a isso. Sempre foi meigo comigo, sabe.

Sergie Morelli tinha oitenta e um anos e um monte de pelos saindo das orelhas, que eram da metade do tamanho de sua cabeça mirrada. Eu não esperava que Sergie soubesse onde Kenny estava se escondendo, porém, às vezes, porções de informações aparentemente benignas acabavam sendo úteis.

— Que tal se eu for ao velório com você para podermos dar um arrocho em Sergie juntas?

— Tudo bem. Só não venha querer cortar as minhas asinhas.

Meu pai revirou os olhos e deu uma garfada no frango.

— Você acha que devo rebolar? — perguntou a vovó Mazur. — Só para garantir?

— Jesus — disse meu pai.

A sobremesa foi uma torta caseira de maçã. As maçãs estavam azedinhas e cheias de canela. A massa crocante desmanchava com açúcar salpicado. Comi dois pedaços e quase tive um orgasmo.

— Você deveria abrir uma confeitaria — sugeri à minha mãe. — Faria uma fortuna vendendo tortas.

Ela estava ocupada empilhando os pratos de torta e juntando os talheres.

— Já tenho bastante o que fazer tomando conta da casa e de seu pai. Além disso, se eu fosse trabalhar, gostaria de ser enfermeira. Sempre achei que daria uma boa enfermeira.

Todos a encararam boquiabertos. Ninguém jamais a ouvira expressar tal aspiração. Na verdade, ninguém jamais a ouvira expressar qualquer aspiração que não fosse pertinente a capas de almofadas ou cortinas.

– Talvez você deva pensar em voltar a estudar – disse à minha mãe. – Poderia se matricular na faculdade comunitária. Eles têm um programa de enfermagem.

– Eu não gostaria de ser enfermeira – começou a vovó Mazur. – Elas precisam usar aqueles sapatos brancos horríveis, com sola de borracha, e ficam esvaziando comadres o dia todo. Se eu fosse arranjar um emprego, ia querer ser uma estrela de cinema.

Há cinco funerárias na cidade. Danny Gunzer, cunhado de Betty Szajack, estava deitado na Funerária Stiva's.

– Quando eu morrer, certifique-se de que eu seja levada para o Stiva – disse a vovó Mazur durante o caminho. – Não quero que aquele Mosel sem talento me ponha deitada. Ele não entende nada de maquiagem. Usa ruge demais. Ninguém fica com um ar natural. E eu não quero o Sokolowsky me vendo nua. Ouvi umas coisas engraçadas sobre ele. O Stiva é melhor. Se você é alguém, vai para ele.

A Stiva's ficava na Hamilton, não muito distante do Hospital St. Francis, numa casa vitoriana rodeada por uma varanda. A casa era pintada de branco, com cortinas pretas, e, em deferência ao pessoal mais velho, o Stiva instalara carpete verde, interno e externo, desde a calçada, passando pelos degraus, até a porta da frente. Havia uma entrada de garagem nos fundos, onde um espaço para quatro carros abrigava os veículos principais. Uma extensão em tijolos havia sido acrescentada à lateral oposta à entrada da garagem. Eram mais dois salões de velório. Nunca me levaram para conhecer tudo, mas eu presumia que o equipamento para embalsamar também ficasse ali.

Estacionei na rua e corri ao redor do jipe para ajudar a vovó Mazur a sair. Ela havia decidido que não poderia exercer a função de tirar informações de Sergie Morelli calçando tênis e, agora, estava titubeante sobre sapatos de salto alto de couro preto que, segundo ela, todas as gatas usavam.

Eu a segurei firme pelo cotovelo e a conduzi pelos degraus até o lobby, onde o pessoal do K of C estava reunido com seus chapéus elegantes e cinturões. As vozes se calavam e os passos eram abafados pelo carpete novo. O cheiro das flores recém-cortadas era dominante, misturado com o aroma de pastilhas de menta que não ajudavam muito a disfarçar o fato de que o pessoal do K of C já havia entornado grande quantidade de Seagram's.

Constantine Stiva estabelecera o negócio há trinta anos e desde então o presidia entre os pesarosos. Stiva era a típica imagem do agente funerário, com um sorrisinho sempre estampado no rosto, a testa pálida e molenga, com os movimentos sempre discretos e silenciosos. Constantine Stiva... o embalsamador secreto.

Ultimamente, Spiro, enteado de Constantine, começara a fazer um certo barulho como empreendedor, surgindo ao lado de Constantine durante os velórios noturnos e auxiliando em enterros matinais. A morte era claramente a vida de Constantine Stiva. Para Spiro, parecia mais um esporte no qual ele atuava como espectador. Seus sorrisos de condolências só exibiam lábios e dentes, e nada de olhos. Se eu tivesse que arriscar um palpite quanto aos seus prazeres relativos aos negócios da família, eu diria química – as mesas de tampo inclinado e os arpões pancreáticos. A irmã caçula de Mary Lou Molnar cursou o ensino fundamental com Spiro e relatou a Mary Lou que ele guardava a ponta das unhas cortadas num pote de vidro.

Spiro era pequeno, com dedos peludos, rosto com nariz predominante e testa curva. A verdade impiedosa era que ele parecia um rato que tomava anabolizantes, e o boato sobre guardar as unhas ajudava pouco a imagem que eu fazia dele.

Ele era amigo de Moogey Bues, mas não parecia particularmente perturbado pelos tiros. Eu tinha conversado com ele de forma rápida, enquanto transcorria o caderninho preto de Kenny. A reação de Spiro havia sido polidamente contida. Sim, ele andava com Moogey e Kenny na época do ensino médio. E, sim, eles continuaram amigos. Não, ele não conseguia pensar num motivo para os tiros. Não, ele não vira Kenny desde que fora detido e não fazia a menor ideia de seu paradeiro.

Constantine não estava à vista em lugar algum do lobby, mas Spiro se postara em pé, direcionando o fluxo de gente, vestindo um terno escuro conservador e uma camisa branca engomada.

A vovó o olhou como se ele fosse uma imitação barata de uma boa joia.

– Onde está Con? – perguntou ela.

– No hospital. Hérnia de disco. Aconteceu na semana passada.

– Não! – disse a vovó, depois de uma puxada de ar. – Quem está cuidando do negócio?

– Eu. Sou eu quem toca o lugar de qualquer forma. E o Louie também está aqui, claro.

– Quem é Louie?

– Louie Moon – Spiro lhe explicou. – Talvez a senhora não o conheça porque ele trabalha mais na parte da manhã e, às vezes, dirige. Está conosco há seis meses.

Uma jovem empurrou a porta da frente e parou no meio do hall de entrada. Ela olhava ao redor da sala, enquanto desabotoava o casaco. E cruzou com o olhar de Spiro, que fez seu aceno de cabeça oficial de agente funerário. A jovem acenou de volta.

– Ela parece estar interessada em você – comentou vovó.

Spiro sorriu, mostrando incisivos proeminentes e dentes inferiores tortos o suficiente para fazer com que ortodontistas tivessem sonhos molhados.

– Muitas mulheres estão interessadas em mim. Sou um bom partido. – Ele abriu os braços. – Tudo isso será meu um dia.

– Acho que nunca o vi sob essa ótica – disse a vovó. – Imagino que você possa prover um bom estilo de vida a uma mulher.

– Estou pensando em expandir. Talvez franquear a marca.

– Você ouviu isso? – Vovó virou-se para mim. – Mas como é bacana encontrar um jovem ambicioso.

Se aquilo continuasse por muito tempo, eu acabaria vomitando bem no terno de Spiro.

– Estamos aqui para ver Danny Gunzer – comuniquei a Spiro.

– Foi muito bom conversar com você, mas precisamos ir andando, antes que o pessoal da K of C tome todos os bons lugares.

— Eu entendo perfeitamente. O sr. Gunzer está no salão verde.
O salão verde era a antiga sala de estar. Devia ter sido um dos melhores cômodos, mas Stiva o pintara de verde bilioso e instalara uma iluminação forte o suficiente para um campo de futebol.
— Eu detesto o salão verde — disse a vovó Mazur, se apressando atrás de mim. — Cada uma de nossas rugas aparece naquele salão, com todas aquelas luzes acima. Isso que dá deixar as instalações elétricas por conta de Walter Dumbowski. Aqueles irmãos Dumbowski não sabem de nada. Eu estou lhe dizendo, se Stiva tentar me colocar no salão verde, você deve simplesmente me levar para casa. Eu prefiro ser deixada no meio-fio para a coleta de lixo de quinta-feira. Se você é alguém, quem quer que seja, ganha um dos salões novos dos fundos, com a forração em madeira. Todos sabem disso.

Betty Szajack e a irmã dela estavam de pé, junto ao caixão. A sra. Goodman, a sra. Gennaro, a velha sra. Ciak e a filha dela já estavam sentadas. A vovó Mazur se apressou à frente e colocou a bolsa numa cadeira dobrável da segunda fila. Seu lugar estava garantido e ela foi até Betty Szajack dar-lhe suas condolências, enquanto eu trabalhava nos fundos da sala. Fiquei sabendo que Gail Lazar estava grávida, que a delicatéssen de Barkalowski foi intimada pelo Departamento de Saúde e que Biggy Zaremba havia sido preso por comportamento indecente. Mas não descobri nada sobre Kenny Mancuso.

Passei pela aglomeração, suando por baixo de minha camisa de flanela e gola rulê, com visões do meu cabelo úmido fumegando, enquanto encrespava até ficar com o máximo de volume. Até chegar à vovó Mazur, eu estava ofegante como um cachorro.

— Olhe só essa gravata. — Ela estava de pé, junto ao caixão, com os olhos fixos em Gunzer. — Tem cabecinhas de cavalos. É mesmo do balacobaco. Quase me faz desejar ser homem, para que pudesse ser mostrada com uma gravata dessas.

Houve uma movimentação nos fundos da sala e a conversa cessou quando o K of C surgiu. Os homens se posicionavam, de dois em dois, e a vovó Mazur foi avançando, na ponta dos pés, se equilibrando em seus saltos de couro para ter uma boa visão. O salto prendeu no carpete e a vovó Mazur se desequilibrou para trás, com o corpo ereto e rijo.

Ela trombou no caixão antes que eu pudesse alcançá-la, abrindo os braços, tentando se segurar, finalmente encontrando um apoio num imenso vaso branco de gladíolos. Ela se segurou, mas o vaso emborcou, caindo em cima de Danny Gunzer, batendo direto na testa dele. A água virou nas orelhas de Gunzer e escorreu pelo queixo, e os gladíolos caíram sobre o terno cinza-carvão, numa confusão colorida. Todos observavam a cena numa mudez horrorizada, na expectativa de que Gunzer fosse saltar e dar um grito, mas ele não fez nada.

A vovó Mazur era a única que não estava petrificada. Ela se endireitou e arrumou o vestido.

– Bom, acho que, ainda bem, ele está morto. Dessa forma, nenhum dano foi causado.

– Nenhum dano? *Nenhum dano?* – gritou a viúva de Gunzer, com os olhos enlouquecidos. – Olhe a gravata dele. A gravata está arruinada. Eu paguei um extra por essa gravata.

Eu sussurrei um pedido de desculpas à sra. Gunzer e me ofereci para compensar a gravata, mas a sra. Gunzer estava no meio de um chilique e não ouviu nada.

Ela sacudia o punho para a vovó Mazur.

– Você devia estar trancafiada. Você e sua neta louca. Uma caçadora de recompensas! Onde já se viu isso?

– Perdão? – eu disse, com os olhos se estreitando e com as mãos nos quadris.

A sra. Gunzer deu um passo para trás (provavelmente temendo que eu fosse lhe dar um tiro) e usei o espaço para recuar. Peguei a vovó Mazur pelo cotovelo, juntei seus pertences e a conduzi para a porta, quase derrubando Spiro na minha pressa.

– Foi um acidente – a vovó informou a Spiro. – Eu prendi o salto no carpete. Poderia ter acontecido com qualquer um.

– É claro – concordou Spiro. – Tenho certeza de que a sra. Gunzer reconhece isso.

— Eu não reconheço nada — urrou a sra. Gunzer. — Ela é uma ameaça às pessoas normais.

Spiro nos conduziu para fora do hall.

— Espero que esse incidente não a impeça de voltar à Stiva's. Nós sempre gostamos de ter belas mulheres nos visitando. — Spiro chegou mais perto, com os lábios quase tocando minha orelha, e disse em tom sussurrante: — Eu gostaria de falar com você em particular, sobre um negócio que preciso que seja conduzido.

— Que tipo de negócio?

— Preciso que algo seja encontrado e ouvi dizer que você é muito boa para achar as coisas. Eu perguntei por aí, depois que você esteve investigando sobre Kenny.

— Na verdade, eu estou bastante ocupada neste momento. E não sou detetive particular. Não tenho licença.

— Mil dólares — insistiu Spiro. — No ato, assim que encontrar.

O tempo parou por alguns instantes, enquanto eu mentalizei uma gastança.

— É claro que se mantivermos o sigilo, não vejo nenhum mal em ajudar um amigo. — Baixei o tom de voz. — O que você está procurando?

— Caixões — sussurrou Spiro. — Vinte e quatro caixões.

Morelli estava esperando por mim quando cheguei em casa. Ele estava encostado na parede, com as mãos nos bolsos e os tornozelos cruzados. Olhou ansioso, quando saí do elevador, e sorriu para o saco marrom de mercado que eu carregava.

— Deixe-me adivinhar — começou ele. — Sobras.

— Nossa, agora eu sei por que você se tornou detetive.

— Posso fazer melhor. — Ele cheirou o ar. — Frango.

— Mantenha a boa forma e você poderá chegar à Divisão K-9.

Ele segurou o saco enquanto eu abria a porta.

— Teve um dia difícil?

— Meu dia passou de difícil às cinco da tarde. Se eu não tirar esta roupa logo, vou pegar fungos.

Ele entrou de lado na cozinha e tirou do saco um pacote embrulhado em papel alumínio, com o frango, junto com uma embalagem de farofa, outra de molho e outra de purê de batatas. Colocou o molho e o purê no micro-ondas e programou para três minutos.

– Como foi com a lista? Surgiu algo interessante?

Eu dei a ele um prato e talheres e peguei uma cerveja na geladeira.

– Uma decepção. Ninguém o viu.

– Tem alguma boa ideia de onde possamos ir agora?

– Não. – Sim! A correspondência! Eu havia esquecido a correspondência na minha bolsa. Eu a tirei e espalhei sobre a pia da cozinha. Conta telefônica, fatura do MasterCard, um monte de porcarias, um lembrete para Kenny fazer seu check-up odontológico.

Morelli deu uma olhada enquanto, com uma concha, colocava molho sobre o purê e o frango frio.

– Essa correspondência é sua?

– Não olhe.

– Merda – reclamou Morelli. – Nada é sagrado para você?

– A torta de maçã da minha mãe. Então, o que devo fazer aqui? Devo colocar os envelopes no vapor, ou algo assim?

Morelli deixou os envelopes caírem no chão e pisou. Eu os peguei e examinei. Estavam rasgados e sujos.

– Correspondência danificada – disse Morelli. – Veja primeiro a conta telefônica.

Olhei a discriminação dos telefonemas e fiquei surpresa ao ver quatro ligações internacionais.

– O que você acha disso? – perguntei a Morelli. – Conhece algum desses códigos?

– Os dois primeiros são do México.

– Consegue pôr nomes nesses números?

Morelli colocou o prato sobre a pia, suspendeu a antena do telefone sem fio e discou.

– Ei, Murphy. Preciso que você me arranje uns nomes e endereços para uns números. – Ele leu os números e comia enquanto esperava. Minutos depois, Murphy voltou à linha e Morelli ouviu as informações dadas. Seu rosto estava impassível quando ele desligou. Eu já passara a reconhecer aquela expressão como cara de policial.

— Os dois outros números são de El Salvador. Murphy não conseguiu ser mais específico.

Peguei um pedaço de frango do prato dele e belisquei.

— Por qual motivo Kenny estaria ligando para o México e El Salvador?

— Talvez esteja planejando férias.

Eu não confiava em Morelli quando ele ficava brando assim. As emoções de Morelli geralmente eram muito expressivas em seu rosto.

Ele abriu a fatura do MasterCard.

— Kenny tem andado ocupado. Gastou quase dois mil dólares de compras no mês passado.

— Alguma passagem aérea?

— Nenhuma passagem aérea. — Ele me entregou a fatura. — Veja você.

— A maioria, roupa. Todas lojas locais. — Coloquei as contas em cima da pia da cozinha. — E quanto àqueles números telefônicos...

Ele estava com a cabeça dentro do saco do mercado.

— Isso que estou vendo é torta de maçã?

— Se tocar nessa torta, você é um homem morto.

Morelli acariciou o queixo.

— Adoro quando você fala como uma mulher durona. Eu gostaria de ficar e ouvir mais, só que preciso ir andando.

Ele saiu, caminhou uma pequena distância pelo corredor e sumiu dentro do elevador. Quando as portas se fecharam, percebi que levara a conta telefônica de Kenny. Bati com o punho fechado na testa.

— Ai!

Voltei para o meu apartamento, tranquei a porta da frente, tirei a roupa a caminho do banheiro e entrei no chuveiro pelando. Depois do banho, vesti uma camisolinha de flanela. Sequei o cabelo com a toalha e fui descalça até a cozinha.

Comi duas fatias de torta de maçã, dei uns farelos da sobra da torta para o Rex e fui para a cama pensando nos caixões de Spiro. Ele não me dera qualquer informação adicional. Apenas que os caixões haviam sumido e precisavam ser encontrados. Eu não tinha certeza de como alguém perdia vinte e quatro caixões, mas acho que qualquer coisa é possível. Eu prometera voltar sem a vovó Mazur para que pudéssemos discutir os detalhes do caso.

Arrastei-me para fora da cama às sete horas e espiei pela janela. A chuva havia parado, mas o céu ainda estava carregado e escuro o bastante para parecer o fim do mundo. Vesti um short e um moletom, e amarrei meus tênis de corrida. Eu fazia isso com o mesmo entusiasmo de alguém que se entrega a um sacrifício humano. Tentava correr ao menos três vezes por semana. Nunca me ocorreu que pudesse gostar daquilo. Eu corria para queimar as garrafas de cerveja ocasionais e porque era bom para deixar os bandidos comendo poeira.

Corri quase 5km, entrei cambaleando no lobby e peguei o elevador de volta ao meu apartamento. Não fazia sentido se exceder naquela porcaria de negócio de exercício.

Comecei a fazer um café e tomei um banho rápido. Vesti uma calça e uma camisa jeans, virei uma xícara de café e combinei com Ranger de encontrá-lo em meia hora para tomar café da manhã. Eu tinha acesso ao submundo da cidade, mas Ranger tinha acesso ao submundo do submundo. Ele conhecia os traficantes, gigolôs e vendedores de armas. Esse negócio com Kenny Mancuso começava a ficar desconfortável e eu queria saber por quê. Não que isso afetasse o meu trabalho. Meu trabalho era bem direto. Encontrar Kenny e entregá-lo. O problema era com Morelli. Eu não confiava nele e detestava a possibilidade de ele saber mais que eu.

Ranger já estava sentado quando cheguei à lanchonete. Ele estava de jeans preto, botas pretas de pele de cobra, feitas à mão, estilo caubói, e uma camiseta preta apertada no peito e nos bíceps. Uma jaqueta preta de couro estava pendurada na cadeira, pendendo mais para um dos lados, com o peso do imenso volume do bolso. Pedi um chocolate quente e panquecas de mirtilo, com calda extra.

Ranger pediu café e metade de um grapefruit.

– E aí? – perguntou.

– Você ficou sabendo dos tiros no posto de gasolina Delio's Exxon, na Hamilton?

Ele assentiu.

– Alguém detonou Moogey Bues.

– Você sabe quem foi?

– Não tenho um nome.

O chocolate quente e o café chegaram. Esperei até que a garçonete saísse antes de fazer a pergunta seguinte:

– O que é que você tem?

– Uma sensação muito ruim.

Eu dei um gole em meu chocolate.

– Também estou sentindo isso. O Morelli diz que está procurando por Kenny Mancuso como um favor para a mãe do cara. Acho que tem mais coisa.

– Iii! Você andou lendo aqueles livros de Nancy Drew novamente?

– Então, o que você acha? Ouviu algo estranho sobre Kenny Mancuso? Acha que ele matou Moogey Bues?

– Acho que isso não faz diferença para você. Tudo que tem a fazer é pegar esse tal de Kenny e entregá-lo.

– Infelizmente, acabaram-se as minhas bolinhas de miolo de pão para seguir.

A garçonete trouxe as minhas panquecas e o grapefruit de Ranger.

– Nossa, isso parece gostoso – comentei a respeito do grapefruit de Ranger, enquanto entornava a minha calda. – Talvez, da próxima vez, eu peça um desses.

– É melhor tomar cuidado. Não tem nada mais horrível do que uma mulher branca e gorda.
– Você não está ajudando muito.
– O que sabe sobre Moogey Bues?
– Sei que ele está morto.
Ele comeu um pedaço do grapefruit.
– É bom checar o Moogey.
– E enquanto checo o Moogey, fique de orelha em pé.
– Kenny Mancuso e Moogey não são exatamente da minha área.
– Mas não custa nada.
– Verdade – concordou Ranger. – Não custa nada.
Terminei meu chocolate quente e as panquecas, e desejei estar vestindo um suéter para que pudesse abrir meu jeans. Arrotei discretamente e paguei a conta.
Voltei à cena do crime e me identifiquei a Delio Cubby, proprietário do posto de gasolina.
– Não consigo entender isso – começou Delio. – Eu tenho esse posto há vinte e dois anos e nunca tive qualquer problema.
– Por quanto tempo Moogey trabalhou para você?
– Seis anos. Ele começou a trabalhar aqui quando ainda estava no ensino médio. Vou sentir falta dele. O cara era uma pessoa legal e muito responsável. Sempre abria o posto bem cedo para mim. Nunca tive que me preocupar com nada.
– Ele alguma vez disse algo a respeito de Kenny Mancuso? Sabe por que eles andaram discutindo?
Ele sacudiu a cabeça negativamente.
– E quanto à sua vida pessoal?
– Não sei muito sobre a vida pessoal de Moogey. Ele não era casado. Até onde sei, ele havia terminado com a namorada e ainda não tinha arrumado outra. Morava sozinho. – Ele mexeu em alguns papéis sobre a mesa e surgiu com uma lista de funcionários impressa num papel cheio de orelhas. – Aqui está o endereço. Mercerville. Perto da escola de ensino médio. O Moogey tinha acabado de mudar para lá. Alugou uma casa pra ele.

Copiei a informação, agradeci a Delio pelo tempo que me dispensara e voltei para meu jipe. Peguei a Hamilton até a Klockner, passei pela Escola Stienert e virei à esquerda, entrando numa subdivisão do bairro, repleta de residências. Os quintais eram bem cuidados e cercados por causa das crianças pequenas e dos cães. As casas eram quase todas brancas, com rodapés em cores conservadoras. Havia poucos carros nas entradas de garagem. Esse era um bairro de famílias com dois provedores. Todos estavam fora, trabalhando, ganhando dinheiro suficiente para manterem o serviço de jardinagem, pagarem uma empregada e abrigarem sua prole nas creches.

Fui acompanhando a numeração até chegar à casa de Moogey. Não se diferenciava em nada das outras, nenhum sinal da tragédia que acabara de acontecer.

Estacionei, atravessei o gramado, fui até a porta da frente e bati. Ninguém atendeu. Eu não esperava que alguém o fizesse. Espiei por uma janela estreita, junto à porta, mas vi muito pouco: um hall de entrada com piso em madeira, uma escada acarpetada, um corredor que se estendia do hall até a cozinha. Tudo parecia em ordem.

Caminhei pela calçada até a entrada da garagem e espiei do lado de dentro. Havia um carro e eu presumi que pertencesse a Moogey. Era uma BMW vermelha. Achei que parecia meio caro para um cara que trabalhava num posto de gasolina, mas do que é que eu sabia? Anotei o número da placa e voltei ao jipe.

Estava ali sentada, pensando: "E agora?", quando meu celular tocou.

Era Connie, a secretária do escritório.

— Tenho um resgate moleza para você. Passe aqui no escritório, quando tiver um tempinho, que eu te dou os papéis.

— Moleza como?

— É uma velhinha sem-teto. Uma bonitona da estação de trem. Ela surrupia calcinhas de lojas e depois esquece o dia da audiência. Tudo que você tem a fazer é pegá-la e levá-la ao juiz.

— Quem paga por sua fiança contratual se ela é sem-teto?

– Um grupo de uma igreja a adotou.

– Já passo aí.

Vinnie tinha um escritório de frente na Hamilton. Companhia de Fianças Vincet Plum Bail. Tirando sua queda por sexo excêntrico, Vinnie era uma pessoa idônea. Na maior parte do tempo, ele mantinha as ovelhas negras e canalhas, de famílias trabalhadoras de Trenton, fora das penitenciárias, em quartéis-generais da polícia. De vez em quando, ele pegava um cafajeste de verdade, mas esse era o tipo de caso que raramente caía em suas mãos.

A vovó Mazur fazia uma imagem dos caçadores de recompensas como se fossem gente saída de um filme de Velho Oeste, que passava o dia inteiro derrubando portas com revólveres em punho. A realidade do meu trabalho era que a maioria dos dias eu passava persuadindo patetas a entrarem em meu carro, para depois levá-los como chofer até a delegacia de polícia, onde remarcavam sua audiência e eram liberados. Eu pegava muitos motoristas intoxicados e desordeiros, e, de vez em quando, gente que surrupiava coisas em lojas, ou algum mané que roubava carros só por diversão. Vinnie tinha me dado o caso de Kenny Mancuso, pois no começo parecia algo sem maiores dificuldades. Kenny era um transgressor primário de uma boa família da cidade. Além disso, Vinnie sabia que eu faria a apreensão com Ranger.

Estacionei o jipe em frente à Delicatéssen Fiorello's. Pedi ao Fiorello que me fizesse um sanduíche de atum no pão árabe e depois fui para o Vinnie na porta ao lado.

Connie me olhou de sua mesa, que ficava posicionada como uma guarita, bloqueando a passagem para o escritório de Vinnie. Seu cabelo estava armado em aproximadamente 15cm, emoldurando seu rosto como um ninho de rato de cachos negros. Ela era alguns anos mais nova do que eu, 7cm mais baixa e 15kg mais gorda. E, como eu, ela também voltara a usar seu nome de solteira depois de um divórcio desanimador. Em seu caso, o nome era Rosolli, uma designação que tinha um vasto espaço na cidade, desde que seu tio Jimmy nascera. Jimmy já estava com noventa e dois anos e não conseguia achar o pinto, nem se ficasse fluorescente no escuro, mas ainda era o mesmo.

– Ei – Connie me cumprimentou. – Como está indo?

– Essa é uma pergunta bem complicada neste exato momento. Você está com os papéis prontos para a senhorinha sem-teto?

Connie me deu vários formulários grampeados juntos.

– Eula Rothridge. Você pode achá-la na estação de trem.

Eu folheei o arquivo.

– Nada de foto?

– Você não precisa de foto. Ela vai estar sentada no banco mais próximo ao estacionamento, tomando banho de sol.

– Alguma sugestão?

– Tente não ficar a favor do vento.

Eu sorri e fui embora.

O posicionamento de Trenton às margens do rio Delaware tornava a cidade propícia para a indústria e o comércio. Ao longo dos anos, conforme a navegabilidade do Delaware e sua importância definharam, o mesmo ocorreu com Trenton, levando a cidade ao status atual de ser apenas mais um caldeirão na malha rodoviária estadual. Porém, recentemente, nós entramos na liga secundária de beisebol, portanto a fama e a fortuna não podem estar tão distantes, certo?

O gueto se espalhou ao redor da estação ferroviária, tornando literalmente impossível chegar à estação sem passar pelas ruas de pequenas casas tristes e enfileiradas, sem quintal, cheias de gente cronicamente deprimida. Durante os meses de verão, os bairros mergulham no suor e na agressão aberta. Quando a temperatura cai, o tom se torna desanimador e a animosidade fica presa por trás das paredes com isolamento térmico.

Eu passava de carro por essas ruas com as portas trancadas e as janelas bem fechadas. Era mais um hábito do que uma proteção consciente, já que qualquer um com uma faca podia rasgar o teto de lona do meu carro.

A estação ferroviária de Trenton era pequena e não especialmente memorável. Havia uma entrada curva para o desembarque dos carros, onde alguns táxis esperavam por possíveis passageiros e um guarda uniformizado ficava de olho nas coisas. Alguns bancos instalados pela prefeitura ficavam perfilados ao longo da entrada de carros.

Eula estava sentada no mais longínquo, vestindo vários casacos, um gorro roxo de lã e tênis de corrida. O rosto era enrugado e vigoroso, o cabelo grisalho estava cortado bem curtinho e espetava para fora do gorro. Suas pernas não tinham tornozelos, entrando direto nos tênis como duas linguiças knockwurst gigantes, os joelhos estavam confortavelmente separados, para que o mundo visse coisas que era melhor não ver.

Estacionei o carro à sua frente, num local de estacionamento proibido, e fui alertada por um olhar do guarda.

Acenei os papéis do contrato para ele.

– Só vou levar um minuto – gritei. – Estou aqui para levar Eula para o tribunal.

Ele lançou um olhar ao estilo: *Ah, sim, bem, boa sorte*, e voltou a olhar para o nada.

Eula reclamou:

– Não vou à corte.

– Por que não?

– Porque está sol e eu estou tomando a minha vitamina D.

– Eu te compro uma caixinha de leite. Leite tem vitamina D.

– O que mais você vai comprar para mim? Vai me comprar um sanduíche?

Eu tirei o sanduíche de atum da bolsa.

– Eu ia comer isso no almoço, mas pode ficar pra você.

– É de quê?

– Atum no pão árabe. Eu comprei no Fiorello's.

– O Fiorello faz bons sanduíches. Você pediu picles extras?

– Sim. Pedi com picles extras.

– Não sei. E quanto aos meus troços aqui?

Ela tinha um carrinho de supermercado com dois sacos pretos de lixo grandes, cheios de só Deus sabe o quê.

– Colocaremos suas coisas no guarda-volumes, na estação de trem.

– Quem vai pagar pelo armário? Meus rendimentos são fixos, você sabe.
– Eu pago pelo armário.
– Você vai ter que carregar meus troços. Estou com a perna ruim.

Olhei para o guarda que estava olhando para os próprios sapatos e rindo.

– Você quer alguma coisa desses sacos antes que eu os tranque no armário? – perguntei a Eula.
– Nada. Tenho tudo que preciso.
– E quando eu trancar todos os seus pertences, comprar seu leite e lhe der o sanduíche, você vem comigo, certo?
– Certo.

Puxei os sacos degraus acima, arrastei-os pelo corredor e dei uma gorjeta ao porteiro para me ajudar a colocar os malditos troços nos armários. Um saco para cada armário. Enfiei as moedas, peguei as chaves e me encostei na parede para recuperar o fôlego, pensando que eu precisava arrumar tempo para ir à academia malhar a parte superior do corpo. Voltei até a frente do prédio, passei pelas portas da franquia do McDonald's e comprei uma caixinha de leite para Eula. Ela sumira. O policial também. E eu estava com uma multa colada no para-brisa.

Caminhei até o primeiro táxi da fila e bati na janela.
– Para onde foi a Eula? – perguntei.
– Sei não – disse ele. – Ela pegou um táxi.
– Ela tem dinheiro para um táxi?
– Claro. Ela se dá bem por aqui.
– Você sabe onde ela mora?
– Ela mora naquele banco. O último à direita.

Maravilha. Entrei no meu carro e fiz um contorno, entrando no pequeno estacionamento com parquímetros. Esperei até que alguém saísse e depois ocupei a vaga, comi meu sanduíche, bebi o leite e esperei de braços cruzados.

Duas horas depois, um táxi encostou e Eula saiu. Ela seguiu para seu banco e sentou, com um ar evidente de posse. Saí da vaga e fui devagar até o meio-fio à sua frente. Eu sorri.

Ela sorriu de volta.
Eu desci do carro e caminhei até ela.
– Lembra de mim?
– Lembro. Você foi embora com os meus troços.
– Eu os guardei num armário para você.
– Demorou muito.
Eu nasci prematura e nunca aprendi o valor da paciência.
– Está vendo essas duas chaves? Suas coisas estão trancadas em armários que só podem ser abertos por elas. Ou você entra no carro, ou vou jogá-las na privada e dar descarga.
– Isso é uma coisa muito má para se fazer com uma pobre velhinha.
Foi tudo que eu pude fazer para não rosnar.
– Certo. – Ela se levantou. – Acho que eu já posso ir. Nem está mais sol mesmo.

O Departamento de Polícia de Trenton está localizado num prédio de tijolinhos, de três andares. Há um outro bloco anexo, no nível da rua, que abriga espaço para tribunais de pequenas causas e escritórios. O edifício é cercado por uma vizinhança barra-pesada, o que é muito conveniente, já que assim a polícia não precisa ir muito longe para encontrar o crime.

Parei no estacionamento anexo à delegacia e passei com Eula pelo hall dianteiro até o guarda da recepção. Se fosse horário comercial ou se eu tivesse um fugitivo rebelde nas mãos, teria entrado depois de tocar a campainha da porta dos fundos, que dá direto no gabinete do tenente. Nada disso era necessário com Eula, então eu a sentei enquanto tentava descobrir se o juiz originalmente designado para seu caso estava dando expediente. No fim das contas, ele não estava, então não tive outro recurso senão levá-la até o tenente, de qualquer forma, e deixá-la com eles.

Dei-lhe as chaves, peguei o recibo de captura e saí pela porta dos fundos.

Morelli estava me esperando no estacionamento, encostado em meu carro com as mãos nos bolsos, fazendo sua melhor pose de valentão de rua, o que provavelmente não era apenas uma pose.

– O que há de novo? – perguntou ele.
– Não muito. O que há de novo com você?
Ele sacudiu os ombros.
– Dia fraco.
– Ãrrã.
– Alguma nova pista de Kenny?
– Nada que eu compartilharia com você. Você surrupiou a conta telefônica ontem à noite.
– Não surrupiei. Esqueci que estava com ela.
– Ãrrã. Então, por que não me conta sobre os números mexicanos?
– Não há nada a dizer.
– Eu não acredito nisso nem por um segundo. E não acredito que você esteja fazendo todo esse esforço para achar Kenny só por ser um cara bom, de família.
– Você tem motivos para as suas desconfianças?
– Eu tenho uma sensação desconfortável na boca do meu estômago.
Morelli sorriu.
– Você pode levar isso para o banco.
Certo. Mudança de tática:
– Eu achei que nós fôssemos uma equipe.
– Há todo tipo de equipe. Algumas equipes permitem que seus membros atuem de forma mais independente.
Senti meus olhos revirarem.
– Deixe-me entender isso direito. A coisa se resume ao fato de que eu compartilho todas as minhas informações, mas você não. Então, quando encontrarmos Kenny, você some com ele, por motivos ainda desconhecidos para mim, e me priva de minha recompensa.
– Não é assim. Eu não a privaria de sua recompensa.
Dá um tempo. Era exatamente assim que a banda tocava, e nós dois sabíamos disso.

Capítulo 3

MORELLI E EU JÁ TIVÉRAMOS BATALHAS ANTES, MAS COM vitórias de curta duração para ambos os lados. Eu desconfiava que essa seria outro tipo de guerra. E imaginava que teria de aprender a conviver com isso. Se quisesse manter o mesmo ritmo de Morelli, ele poderia tornar minha vida de caçadora de recompensas o mais difícil possível.

Sem mencionar que eu teria de fazer o papel de capacho. O importante era que eu *parecesse* um capacho nos momentos apropriados. Resolvi que aquela não era uma dessas ocasiões e que meu comportamento deveria ser o de zangada e ofendida. Isso era fácil de fingir, já que era verdade. Saí do estacionamento da polícia fingindo saber para onde iria, mas não fazia a menor ideia. Eram quase quatro horas e eu não tinha mais onde procurar por Mancuso, então resolvi ir para casa, dirigindo no piloto automático, recapitulando o meu progresso.

Eu sabia que deveria ir ver Spiro, mas não conseguia me animar com o plano. Não compartilhava do mesmo entusiasmo de vovó Mazur pelas funerárias. Na verdade, eu achava a morte meio arrepiante e considerava Spiro obviamente um ser subterrâneo. Como eu não estava mesmo de bom humor, o adiamento me pareceu ser a melhor forma de agir.

Estacionei atrás de meu prédio e evitei o elevador, subindo pelas escadas, já que as panquecas matinais de mirtilo ainda estavam penduradas no cós da minha calça Levi's. Entrei no apartamento e quase pisei em cima de um envelope enfiado por baixo da porta. Era um envelope branco comum, tamanho ofício, com meu nome escrito em letras recortadas de jornais. Abri o envelope, tirei a folha de papel branco que estava dentro dele e li a mensagem de duas frases que também havia sido escrita com letras recortadas de jornais.

"Tire férias. Será bom para a sua saúde."

Não vi nenhum folheto promocional de agência de viagens em anexo, portanto presumi que aquilo não era uma propaganda de algum cruzeiro.

Considerei uma outra opção. Ameaça. É claro que, se a ameaça fosse de Kenny, isso significava que ele ainda estava em Trenton. Até melhor, significava que eu teria feito algo que o deixara preocupado. Além de Kenny, eu não podia imaginar quem estaria me ameaçando. Talvez algum dos amigos de Kenny. Talvez o Morelli. Talvez a minha mãe.

Eu disse oi para o Rex, larguei a bolsa e o envelope na bancada da cozinha e fui ver os recados.

Minha prima Kitty, que trabalhava no banco, ligou para dizer que estava de olho na conta de Mancuso, como eu havia pedido, mas não houvera qualquer movimentação.

Minha melhor amiga desde que eu nascera, Mary Lou Molnar, que agora era Mary Lou Stankovic, ligou para perguntar se eu havia me mudado da Terra, já que ela nem lembrava há quanto tempo não tinha notícias minhas. E o último recado era da vovó Mazur:

– Detesto essas máquinas estúpidas – disse ela. – Sempre me sinto uma tola falando com ninguém. Vi no jornal que esta noite haverá um velório para o sujeito do posto de gasolina, e eu gostaria de uma carona. Elsie Farnsworth prometeu que me levaria, mas eu detesto andar de carro com ela, porque ela tem artrite nos joelhos e, às vezes, seu pé fica preso no pedal do acelerador.

Um velório para Moogey Bues. Isso parecia valer a pena. Fui até o corredor pegar emprestado o jornal do sr. Wolesky. O sr. Wolesky ficava com a TV ligada dia e noite, portanto era preciso bater com força na porta do apartamento dele. Ele abria e sempre repetia que não era preciso derrubar a porta. Quando teve um ataque do coração há quatro anos, ele ligou para a ambulância, mas se recusou a ser levado até que o programa *Jeopardy!* tivesse terminado.

O sr. Wolesky abriu a porta e olhou para mim do lado de fora.

– Você não precisa derrubar a porta – disse ele. – Eu não sou surdo, sabe.

– Eu gostaria de saber se poderia pegar seu jornal emprestado.

– Contanto que você me devolva logo. Preciso do caderno de TV.

– Eu só queria verificar os velórios.

Abri o jornal nos obituários e li. Moogey Bues estaria na Stiva's. Às sete horas.

Agradeci ao sr. Wolesky e devolvi o jornal.

Liguei para a vovó e lhe disse que a pegaria às sete. Recusei o convite de minha mãe para jantar e lhe prometi que não vestiria jeans para o velório, desliguei e, para manter o controle do estrago feito pelas panquecas, procurei uma comida sem gordura em minha geladeira.

Eu estava preparando uma salada quando o telefone tocou.

– E aí? – Ranger me cumprimentou. – Aposto que você vai comer salada no jantar.

Pus a minha língua para fora e olhei torto para o fone.

– Tem alguma coisa para me dizer sobre Mancuso?

– O Mancuso não mora aqui. Ele não vem me visitar. Ele não faz negócios aqui.

– Só por uma curiosidade mórbida, se você fosse procurar vinte e quatro caixões, por onde começaria?

– Os caixões estão vazios ou cheios?

Ai, que merda, eu esqueci de perguntar. Apertei os olhos. Por favor, Deus, faça com que estejam vazios!

Desliguei o telefone e liguei para Eddie Gazarra.

– Quero saber em que Joe Morelli está trabalhando.

– Boa sorte. Na metade do tempo, nem o capitão de Morelli sabe em que ele está trabalhando.

– Eu sei, mas ouvi umas histórias.

Eddie soltou um suspiro profundo.

— Vou ver o que consigo levantar.

Morelli era do departamento de bons costumes, o que significava que ele trabalhava num prédio diferente, em Trenton, não no mesmo lugar que Eddie. O setor de bons costumes fazia muitos trabalhos com o departamento de narcóticos e a alfândega, e mantinha sigilo sobre seus projetos. Mesmo assim, havia conversas de bar e fofocas dos funcionários administrativos, além dos papos entre as esposas.

Tirei a minha Levi's e fiz todo aquele ritual da meia-calça. Enfiei os pés nos saltos altos, afofei o cabelo com gel e laquê e passei rímel nos cílios. Dei um passo atrás e olhei. Nada mal, mas não acho que a Sharon Stone não despencaria de uma ponte dirigindo numa crise de inveja.

— Olhe para essa saia — comentou minha mãe quando abriu a porta. — Não é de admirar que haja tanto crime hoje em dia com essas saias curtas. Como é que você pode usar uma saia dessas? Dá para ver tudo.

— Está a 5cm acima do meu joelho. Não é tão curta assim.

— Não tenho o dia todo para ficar aqui falando de saias — reclamou a vovó Mazur. — Tenho que chegar ao velório. Preciso ver como é que arrumaram esse cara. Espero que não tenham coberto os buracos de bala tão bem.

— Não tenha tantas esperanças — eu disse à vovó Mazur. — Acho que será um caixão fechado. — Moogey não apenas tinha levado tiros, mas também passara pela autópsia. Eu imaginava que nem por um decreto eles conseguiriam juntar novamente os pedaços de Moogey Bues.

— Caixão fechado! Bem, isso seria uma grande decepção. Se o boato de que Stiva está tendo caixões fechados se espalhar, a frequência cairá vertiginosamente. — Ela abotoou o cardigã sobre o vestido e enfiou a bolsa embaixo do braço. — No jornal não dizia nada sobre caixões fechados.

— Volte depois — pediu minha mãe. — Fiz pudim de chocolate.

— Tem certeza de que não quer ir? — vovó Mazur perguntou à minha mãe.

– Eu nem conhecia Moogey Bues. Tenho mais o que fazer do que ir ao velório de um estranho.

– Eu também não iria – retrucou a vovó Mazur –, mas estou ajudando Stephanie com sua caçada humana. Talvez Kenny Mancuso apareça, e Stephanie irá precisar de músculos extras. Eu estava assistindo à televisão e vi como se enfia os dedos nos olhos de uma pessoa para detê-la.

– Ela é responsabilidade sua – minha mãe me disse. – Se enfiar os dedos nos olhos de alguém, você será a responsável.

A porta dupla do salão de velório estava totalmente escancarada para melhor acomodar a multidão que viera ver Moogey Bues. A vovó Mazur logo foi abrindo caminho até a frente, a cotoveladas, me rebocando.

– Mas veja só se essa não foi imbatível – disse ela, chegando ao final das fileiras de cadeiras. – Você estava certa. Eles estão com a tampa abaixada. – Seus olhos se estreitaram. – Como saberemos se Moogey realmente está ali dentro?

– Garanto que alguém deve ter checado.

– Mas não sabemos com certeza.

Eu lhe lancei um olhar silencioso.

– Talvez devamos dar uma espiada ali dentro para averiguarmos – ela insistiu.

– NÃO!

A conversa parou e todas as cabeças dos presentes se viraram em nossa direção. Eu sorri como quem pede desculpas e passei o braço ao redor da vovó para contê-la.

Baixei o tom de voz e acrescentei mais seriedade ao meu sussurro:

– Não é educado espiar dentro de um caixão fechado. Além disso, não é da nossa conta e, para nós, realmente não faz diferença se Moogey está aqui ou não. Se Moogey Bues sumiu, isso é problema da polícia.

– Isso pode ser importante para o caso – disse ela. – Pode ter a ver com Kenny Mancuso.

— Você não passa de uma enxerida. Só quer ver os buracos de bala.

— Lá vem você.

Percebi que Ranger também tinha ido ao velório. Até onde eu sabia, Ranger só vestia duas cores: verde-exército e preto-fodão. Naquela noite, ele estava com brincos de diamantes que brilhavam sob as luzes. Como sempre, seu cabelo estava preso num rabo de cavalo. E, para variar um pouco, ele estava de jaqueta. Dessa vez, ele estava vestindo uma jaqueta de couro preta. Dava até para adivinhar o que havia escondido por baixo dela. Provavelmente poder de fogo suficiente para detonar um pequeno país europeu. Ele se posicionara junto a uma parede no fundo do salão, de braços cruzados, com o corpo relaxado, olhos atentos.

Joe Morelli estava do lado contrário a ele numa pose semelhante.

Vi um homem passar por um aglomerado de pessoas junto à porta. O homem deu uma olhada rápida na sala, depois cumprimentou Ranger com um aceno de cabeça.

Só conhecendo Ranger seria possível ver que ele respondeu.

Eu olhei para Ranger e ele fez sinal com a boca de que era o "Sandman". O nome não significava nada.

O Sandman se aproximou do caixão e estudou a madeira polida em silêncio. Não havia qualquer expressão em seu rosto. Ele parecia ter visto tudo e não ter achado grande coisa. Seus olhos eram escuros, profundos e enrugados. Eu achava que as rugas haviam sido causadas mais por devassidão do que pelo sol, ou riso. O cabelo era preto e estava engomado para trás.

Ele me viu olhando e nossos olhares se cruzaram por um instante antes que ele desviasse.

— Preciso falar com Ranger — eu disse à vovó Mazur. — Se eu deixá-la sozinha, você promete não se meter em confusão?

A vovó fungou:

— Ora, mas isso é simplesmente um insulto. Acho que, depois de todos esses anos, eu sei me comportar.

— Nada de gracinhas para tentar ver dentro do caixão.

Outra fungada.

– Quem era o cara que acabou de prestar condolências? – perguntei a Ranger. – Sandman?

– O nome dele é Perry Sandeman. Chamam ele de Sandman pelo fato de que se alguém o irrita, ele põe para dormir.

– Como você o conhece?

– Ele anda por aí. Compra bagulho com os manos.

– O que ele está fazendo aqui?

– Trabalha na oficina.

– Na oficina do Moogey?

– É. Ouvi dizer que ele estava lá quando Moogey tomou o tiro no joelho.

Alguém gritou na frente do salão e houve um som alto de um objeto pesado batendo. Um objeto pesado como a tampa de um caixão. Senti meus olhos involuntariamente revirarem em direção ao céu.

Spiro surgiu na porta, não muito longe de mim. Ele estava com duas rugas fixas entre as sobrancelhas. Seguiu em frente, passando pela multidão. Eu tinha uma visão clara do que ele estava vendo, e sua visão era a vovó Mazur.

– Foi a minha manga – a vovó explicou a Spiro. – Prendeu na tampa sem querer e a porcaria do troço simplesmente abriu. Poderia ter acontecido com qualquer um.

A vovó olhou para trás, para mim, e ergueu o polegar.

– Aquela é a sua avó? – Ranger queria saber.

– Ãrrã. Ela estava checando para ter certeza de que Moogey estava lá dentro.

– Você tem uma reserva genética e tanto, gata.

Spiro testou a tampa para se assegurar de que estava bem fechada, e recolocou o arranjo de flores no lugar, pois havia caído no chão.

Eu me apressei até lá, pronta para apoiar a teoria da tampa presa na manga, mas não foi preciso. Spiro claramente queria minimizar o incidente. Ele fez alguns sons para confortar os pesarosos mais próximos e se ocupou em apagar as digitais da vovó da madeira polida.

– Enquanto a tampa estava erguida, não pude deixar de notar que vocês fizeram um bom trabalho – elogiou a vovó, ao lado de Spiro. – Quase não se vê os buracos de bala, exceto onde a massa do seu maquiador afundou um pouquinho.

Spiro assentiu solenemente e, com o toque de um único dedo nas costas de vovó, habilmente a afastou do caixão.

– Temos chá no lobby – informou ele. – Talvez a senhora queira tomar uma xícara depois dessa experiência desagradável?

– Acho que uma xícara de chá não faria mal – concordou vovó. – Eu já terminei por aqui de qualquer forma.

Acompanhei a vovó até o lobby, para me assegurar de que ela realmente iria tomar chá. Quando ela se acomodou numa cadeira, com sua xícara e alguns biscoitos, fui atrás de Spiro. Encontrei-o do lado de fora, sob uma lâmpada, dando uns tragos escondido.

O ar estava mais frio, porém Spiro parecia alheio à friagem. Ele puxava a fumaça fundo para dentro dos pulmões e soltava vagarosamente. Imaginei que estivesse tentando absorver o máximo de nicotina para acabar mais cedo com sua vida infeliz.

Bati levemente na porta de vidro, para chamar sua atenção.

– Você gostaria de discutir agora... é... você sabe.

Ele concordou, deu um último e longo trago e jogou o cigarro na entrada da garagem.

– Eu teria ligado essa tarde, mas imaginei que você viria para ver Bues esta noite. Preciso encontrar aquelas coisas para ontem. – Ele desviou o olhar ao estacionamento para se assegurar de que estávamos sozinhos. – Caixões são como qualquer outra mercadoria. Os fabricantes fazem excedentes, outros de classe inferior fazem liquidações. Às vezes, é possível comprar um lote por atacado e conseguir um bom preço. Há uns seis meses, dei um lance num lote e comprei vinte e quatro caixões abaixo do custo. Temos pouco espaço de armazenagem aqui, então eu os guardei num contêiner alugado.

Spiro tirou um envelope do bolso do paletó. Pescou uma chave lá de dentro e a segurou para que eu olhasse.

– Essa é a chave do contêiner. O endereço está dentro do envelope. Os caixões estavam embrulhados em plástico protetor para entrega e dentro de caixas para que pudessem ser empilhados. Eu também incluí uma foto de um dos caixões. Eram todos iguais. Bem simples.

– Você informou isso à polícia?

– Eu não disse nada sobre o roubo a ninguém. Quero pegar os caixões de volta e causar a menor publicidade possível.

– Isso está fora do meu alcance.

– Mil dólares.

– Jesus, Spiro, estamos falando de caixões! Que tipo de pessoa roubaria caixões? E por onde eu começo a procurar? Você tem alguma dica, ou algo assim?

– Tenho uma chave e um armário vazio.

– Talvez você deva desistir e pegar o dinheiro do seguro.

– Não posso dar entrada no pedido de seguro sem um registro policial e não quero envolver a polícia.

Os mil dólares eram tentadores, mas o trabalho era muito mais do que bizarro. Eu honestamente não sabia por onde começar a procurar por vinte e quatro caixões.

– Suponhamos que eu realmente encontre os caixões... e aí? Como você espera recuperá-los? Parece-me que se uma pessoa é baixa o suficiente para roubar um caixão, ela será má o bastante para lutar para mantê-lo.

– Apenas vamos dar um passo de cada vez. A taxa para encontrá-lo não envolve a recuperação. A recuperação é problema meu.

– Acho que posso perguntar por aí.

– Precisamos manter isso em segredo.

Sem crise. Como se eu quisesse que as pessoas soubessem que estou à procura de caixões. Caí na real.

– Sou um túmulo. – Peguei o envelope e enfiei dentro da bolsa. – Mais uma coisa. Os caixões estão vazios, certo?

– Certo.

Voltei para procurar a vovó e estava pensando que a coisa não seria tão ruim assim. Spiro havia perdido uma porrada de caixões. Não seriam tão fáceis de esconder. Não dava para enfiá-los no porta-malas do carro e sair por aí. Alguém usara um caminhão ou algo do gênero. Talvez fosse serviço interno. Talvez alguém da empresa de guarda-volumes tivesse roubado Spiro. E aí? O mercado de caixões é bem limitado. Não dá para usá-los como floreiras, nem apoio de abajures. Os caixões teriam que ser vendidos para outras funerárias. Esses ladrões teriam que estar na criminalidade de ponta. No mercado negro de caixões.

Encontrei a vovó bebericando seu chá com Joe Morelli. Eu nunca vira Morelli com uma xícara de chá na mão e a visão foi enervante. Na adolescência, Morelli era selvagem. Dois anos na Marinha e mais doze na polícia haviam lhe ensinado a ter controle, mas eu estava convencida de que nada o domesticaria inteiramente, exceto se fosse castrado. Sempre havia um lado bárbaro de Morelli por baixo da superfície. Eu me via irremediavelmente tragada por ele e, ao mesmo tempo, aquilo me matava de medo.

— Olhe, aí está ela — disse a vovó ao me ver. — Falando no diabo.

Morelli sorriu.

— Estávamos falando de você.

— Ah, que bom.

— Ouvi dizer que você teve um encontro secreto com Spiro.

— Negócios.

— Esse negócio tem algo a ver com o fato de que Spiro, Kenny e Moogey tenham sido amigos no ensino médio?

Ergui as sobrancelhas para demonstrar surpresa.

— Eles eram amigos no ensino médio?

Ele ergueu três dedos.

— Assim.

— Aaah — eu disse.

O sorriso dele aumentou.

— Imagino que você ainda esteja em guerra comigo?

— Você está rindo de mim?

— Não exatamente rindo.

— Então, o que é?

Ele se balançou nos calcanhares, com as mãos nos bolsos.

– Eu te acho bonitinha.

– Jesus.

– Que pena que não estamos trabalhando juntos – comentou Morelli. – Se estivéssemos, eu poderia te contar sobre o carro do meu primo.

– O que é que tem o carro dele?

– Eles o encontraram no fim dessa tarde. Abandonado. Sem nenhum corpo na mala. Nem manchas de sangue. Nada de Kenny.

– Onde?

– No estacionamento do shopping.

– Talvez Kenny estivesse fazendo compras.

– Improvável. A segurança do shopping lembra ter visto o carro estacionado durante a noite.

– As portas estavam trancadas?

– Todas, menos a do motorista.

Fiquei pensando naquilo por um instante.

– Se eu fosse abandonar o carro do meu primo, me certificaria de que todas as portas estivessem fechadas.

Morelli e eu olhamos nos olhos um do outro e deixamos a ideia seguinte sem ser dita. Talvez Kenny estivesse morto. Não havia uma base real para lançar tal conclusão, mas a premonição passou por minha cabeça e fiquei imaginando se isso estaria relacionado com a carta que eu acabara de receber.

Morelli reconheceu a possibilidade com uma expressão severa nos lábios.

– É...

Stiva havia montado o lobby ao remover as paredes do que originalmente eram as salas de estar e de jantar da imensa casa vitoriana. O carpete que ia de uma parede à outra unificava o ambiente e silenciava os passos. O chá era servido sobre uma mesa de madeira de bordo junto à saída da porta da cozinha. As luzes eram fracas e havia cadeiras em estilo Queen Anne e mesinhas de canto agrupadas para grupos de conversa e pequenos arranjos florais espalhados. Certamente, seria um ambiente agradável se não fosse a certeza de que o tio Harry, ou a tia Minnie, ou Morty, o carteiro, estavam nus em alguma outra parte da casa, mortinhos da silva, recebendo doses de formol.

– Quer um pouco de chá? – a vovó me ofereceu.

Eu sacudi a cabeça em negativa. Chá não tem a menor graça. Eu queria ar fresco e pudim de chocolate. E queria tirar a meia-calça.

– Já estou pronta para ir embora – comuniquei à vovó. – E você?

Ela olhou em volta.

– Ainda está meio cedo, mas acho que não tenho mais ninguém para ver. – Ela colocou a xícara de chá na mesa e enfiou a bolsa embaixo do braço. – De qualquer forma, eu gostaria de comer um pouco de pudim de chocolate. – Ela se virou para Morelli. – Nós comemos pudim de chocolate de sobremesa esta noite e ainda há bastante. Sempre fazemos uma receita dupla.

– Faz tempo que não como pudim de chocolate caseiro – disse Morelli.

Isso chamou a atenção de vovó.

– É mesmo? Bem, você será bem-vindo se nos acompanhar. Temos de sobra.

Um pequeno som estrangulado escapou do fundo de minha garganta e eu olhei para Morelli, dando a entender: *Não, não, não.*

Morelli me lançou o olhar mais inocente do mundo, como quem dizia "O quê?".

– Esse pudim de chocolate parece ótimo. Eu adoraria comer um pouco.

– Então, está combinado – a vovó anunciou. – Sabe onde moramos?

Morelli nos garantiu que poderia encontrar a casa de olhos fechados, mas, para ter certeza de que voltaríamos em segurança, ele seguiria atrás de nós.

– Mas isso não é o máximo? – disse a vovó, quando estávamos sozinhas no carro. – Imagine-o preocupado com nossa segurança. E você já conheceu um jovem mais educado? E ele também é bem bonitão. E é policial. Aposto que tem um revólver embaixo daquele paletó.

Ele iria precisar de um revólver quando minha mãe o visse na porta da frente. Ela olharia pela porta de tela e não veria Joe Morelli, um homem à procura de pudim. Veria Joe Morelli, que se formara no ensino médio e entrara na Marinha. Ela não veria Morelli, o policial. Minha mãe veria o Joe Morelli de mão boba, o garotinho de oito anos cheio de tesão que me levou para brincar de trenzinho na garagem do meu pai, quando eu tinha seis.

– Esta é uma boa oportunidade para você – continuou a vovó, ao encostarmos junto ao meio-fio. – Você bem que poderia ter um homem.

– Não esse.

– O que há de errado com esse?

– Ele não faz meu tipo.

– Você não tem gosto quando se trata de homem. Seu ex-marido era um bunda-mole. Todos nós sabíamos disso quando você se casou com ele, mas você não ouvia.

Morelli encostou atrás de mim e saiu da caminhonete. Minha mãe abriu a porta de tela e, mesmo a distância, pude ver a expressão em sua boca e sua coluna retraída.

– Todos nós viemos comer pudim – informou a vovó para minha mãe quando chegamos à varanda. – Trouxemos o oficial Morelli conosco, pois faz muito tempo que ele não come pudim caseiro.

Os lábios de minha mãe estavam apertados.

– Espero não estar me intrometendo – disse Morelli. – Sei que a senhora não estava esperando visita.

Essa é a frase de abertura que o faz entrar em qualquer casa da cidade. Nenhuma dona de casa que se preze jamais admitirá que sua casa não está pronta vinte e quatro horas por dia para receber visitas. Jack, o Estripador, teria livre acesso com essa frase.

Minha mãe acenou rapidamente com a cabeça e, com um ar rabugento, deu um passo para o lado para que nós três passássemos.

Temendo o estrago, meu pai jamais foi informado sobre o incidente do trenzinho. Isso significava que ele encarava Morelli mais ou menos com a mesma satisfação e apreensão que tinha por qualquer pretendente que minha mãe ou minha avó arrastassem da rua. Ele fez uma inspeção superficial em Joe, falou o mínimo necessário e voltou a atenção para a televisão, solenemente ignorando minha avó, enquanto ela distribuía o pudim.

– O caixão de Moogey Bues estava fechado – a vovó informou à minha mãe. – Eu o vi, de qualquer jeito, por conta do acidente.

Alarmada, minha mãe arregalou os olhos.

– Acidente?

Eu sacudi os ombros, tirando a jaqueta.

– A vovó prendeu a manga na tampa, que acidentalmente abriu.

Minha mãe ergueu os braços em súplica.

– Teve gente me ligando o dia inteiro por causa do vaso de gladíolo. Agora, amanhã eu vou ter que ouvir sobre a tampa.

– Ele não estava muito bonito – continuou a vovó Mazur. – Eu disse a Spiro que ele fez um bom trabalho, mas era lorota.

Morelli estava vestindo um blazer por cima de um blusão de tricô. Ele sentou e o paletó abriu, expondo a arma no quadril.

– Bela arma! – elogiou a vovó. – O que é? Um .45?

– É uma nove milímetros.

– Imagino que você não vá me deixar dar uma olhada – disse a vovó. – Eu certamente gostaria de sentir uma arma como essa.

– NÃO! – todos gritaram ao mesmo tempo.

– Eu atirei numa galinha uma vez – a vovó explicou a Morelli. – Foi um acidente.

Pude ver que Morelli estava procurando por uma resposta.

– Aonde a senhora atirou nela? – finalmente perguntou.

– No pé. E o arranquei com o tiro.

Depois de dois pudins e três cervejas, Morelli se afastou da televisão. Saímos juntos e fomos conversar em particular na calçada. O céu não tinha nem lua, nem estrelas, e a maioria das casas estava escura. A rua estava vazia, sem trânsito. Em outras partes de Trenton, a noite pode dar a impressão de perigo. Naquela parte da cidade, a noite parecia suave e segura.

Morelli levantou a gola do meu casaco por causa do ar frio. As dobras de seus dedos roçaram em meu pescoço e seu olhar parou em minha boca.

– Você tem uma família legal.

Eu estreitei os olhos.

– Se você me beijar, eu vou gritar e o meu pai vem te dar um soco no nariz. – E antes que qualquer uma dessas coisas acontecesse, eu provavelmente molharia as calças.

– Eu poderia encarar seu pai.

– Mas você não faria isso.

Morelli ainda estava com as mãos na minha gola.

– Não, não faria.

– Conte-me sobre o carro novamente. Não havia sinal de luta?

– Nenhum sinal de luta. As chaves estavam na ignição e a porta do motorista estava fechada, mas não trancada.

– Sangue no chão?

– Eu não estive no local, mas o laboratório de perícia foi lá e não encontrou nenhuma prova física.

– Digitais?

– Estão no sistema.

– Pertences pessoais?

– Nenhum encontrado.

– Então, ele não estava vivendo no carro – ponderei.

– Você está ficando boa nesse negócio de agente de apreensão e tudo o mais. Está fazendo todas as perguntas certas.

– Eu assisto a muita televisão.

– Vamos falar sobre Spiro.

– Spiro me contratou para verificar um problema funerário.

O rosto de Morelli se enrugou com o riso.

– Problema funerário?

– Não quero falar a respeito.

– Não tem nada a ver com o Kenny?

– Juro que não e quero morrer se tiver.

A janela do andar de cima se abriu e minha mãe pôs a cabeça para fora.

– Stephanie – sussurrou ela –, o que você está fazendo aí fora? O que os vizinhos vão pensar?
– Não se preocupe, sra. Plum – disse Morelli. – Eu já estava indo embora.

Rex estava correndo em sua roda quando cheguei em casa. Acendi a luz e ele ficou paradinho, com os olhos negros arregalados, remexendo os bigodinhos de indignação porque a noite subitamente desapareceu.

Tirei os sapatos a caminho da cozinha e larguei a bolsa em cima da bancada, depois apertei o botão da secretária eletrônica.

Só havia um recado. Gazarra ligara no final do turno para me dizer que ninguém sabia muito sobre Morelli. Apenas de que ele estava trabalhando em algo grande e que tinha a ver com a investigação Mancuso-Bues.

Apertei o botão de desligar e telefonei para Morelli.

Ele atendeu ligeiramente sem fôlego no sexto toque. Provavelmente acabara de entrar em seu apartamento.

Não parecia haver muita necessidade de rodeios.

– Nojento – fui direto ao assunto.

– Nossa, quem será?

– Você mentiu para mim. E eu sabia. Eu sabia desde o início, seu babaca.

O silêncio se esticou entre nós e percebi que a minha acusação cobria um extenso território, então resumi:

– Eu quero saber sobre esse caso secreto no qual você está trabalhando e quero saber como é que ele está ligado a Kenny Mancuso e Moogey Bues.

– Ah – disse Morelli. – *Essa* mentira.

– Então?

– Não posso lhe dizer nada sobre essa mentira.

Capítulo 4

PENSAMENTOS SOBRE KENNY MANCUSO E JOE MORELLI ME deixaram agitada a maior parte da noite. Às sete horas, eu saí da cama, me sentindo ranzinza e suarenta. Tomei banho, vesti um jeans e uma camiseta e fiz um bule de café.

Meu problema, basicamente, era o fato de ter pensamentos de sobra relacionados a Joe Morelli e quase nenhum sobre Kenny Mancuso.

Eu servi uma tigela de cereal, enchi minha caneca do Patolino de café e remexi no conteúdo do envelope que Spiro me dera. O depósito ficava na saída da Rodovia 1, numa região de pequenos shoppings e complexos industriais. A foto do caixão desaparecido mostrava um esguipe que estava claramente na rabeira da sua classe hierárquica. Era pouco além de uma caixa de pinho, sem os entalhes e as bordas arredondadas geralmente vistas em caixões. O motivo por Spiro ter comprado vinte e quatro daquele modelo estava além de minha compreensão. Na cidade, as pessoas gastavam dinheiro em enterros e casamentos. Ser enterrado num daqueles caixões seria baixar o padrão. Até a sra. Ciak, da porta ao lado, que vivia do Seguro Social e apagava as luzes todas as noites, às nove horas, para economizar, tinha milhares de dólares reservados para seu enterro.

Terminei meu cereal, lavei a tigela e a colher, servi uma segunda xícara de café e novamente enchi a tigelinha de cerâmica de Rex com Cheetos e mirtilos. Rex saiu de sua latinha de sopa remexendo o nariz de empolgação. Ele saiu correndo até a tigelinha, encheu as bochechas e voltou para a lata, onde ficou com o rabinho para fora, vibrando de felicidade. Não é preciso muito para fazer um hamster feliz.

Peguei minha jaqueta e o bolsão de couro preto, onde eu guardava toda a minha parafernália de caçadora de recompensas, e segui para a escada. A televisão do sr. Wolesky ressoava através da porta fechada e o cheiro de bacon sendo frito pairava no corredor em frente à porta do apartamento da sra. Karwatt. Saí do prédio sozinha e parei por um instante para desfrutar do ar fresco matinal. Algumas folhas ainda estavam firmemente presas às árvores, mas a maioria dos galhos estava seca, como teias em contraste ao céu azul. Um cachorro latiu no quarteirão atrás do meu e a porta de um carro bateu. O subúrbio estava saindo para trabalhar. E Stephanie Plum, a extraordinária caçadora de recompensas, estava de partida para achar os vinte e quatro caixões.

O trânsito de Trenton parecia insignificante comparado ao fluxo de saída do Tunnel Holland numa tarde de sexta-feira, mas, mesmo assim, era um pé no saco. Resolvi preservar o restinho de sanidade que ainda me restava naquela manhã e segui pela Hamilton, segura, panorâmica e abarrotada de carros. Virei na Linnert depois de duas quadras e fiquei naquele tédio do anda e para, seguindo pelos bairros que circundavam o centro. Contornei a área ao redor da estação de trem, cortei pelo meio da cidade e peguei a Rodovia 1, por meio quilômetro, saindo na Oatland Avenue.

A R & J Armazenamento ocupava meio acre na Oatland Avenue. Dez anos antes, a Oatland era uma região improdutiva de uma área negligenciada. A grama alta era coberta de lixo, como garrafas quebradas, guimbas de cigarro, preservativos e vegetação seca voando ao vento. Recentemente, as indústrias haviam descoberto a Oatland, e agora a terra improdutiva abrigava a Gráfica Gant, a Knoblock Plumbing Supply House e a R & J Armazenamento. A grama alta dera lugar a estacionamentos pavimentados, mas as garrafas e o lixo urbano ainda perduravam pelas esquinas e sarjetas.

Cercas reforçadas contornavam as instalações da empresa e havia duas entradas para carros, demarcadas com avisos de ENTRADA e SAÍDA, conduzindo aos depósitos do tamanho de garagens. Uma pequena placa fixada na cerca comunicava o horário de funcionamento: das 7:00 às 22:00. Os portões de entrada e saída estavam abertos e uma pequena placa de ABERTO estava pendurada no vidro da porta do escritório. Os prédios eram pintados de branco com uma faixa azul. Uma aparência bem caprichada e eficiente. Exatamente o lugar para se roubar caixões.

Entrei e fui seguindo em frente, contando os números até chegar no 16. Parei diante da unidade, coloquei a chave na fechadura e apertei o botão que acionava a porta hidráulica. A porta subiu até o teto e, obviamente, o depósito estava vazio. Nenhum caixão, nem pistas à vista.

Fiquei ali em pé por um instante, visualizando as caixas de pinho empilhadas. Num dia estavam aqui, no outro haviam sumido. Virei-me para ir embora e quase trombei em Morelli.

– Jesus! – exclamei, com a mão no coração, depois de conter um berro de surpresa. – Eu detesto quando você chega assim do nada por trás de mim. De qualquer forma, o que você está fazendo aqui?

– Te seguindo.

– Eu não quero ser seguida. Isso não é uma forma de infringir os meus direitos? Assédio policial?

– A maioria das mulheres ficaria feliz se eu as seguisse.

– Eu não sou a maioria das mulheres.

– Não me diga. – Gesticulou para a baia vazia. – Qual é o lance?

– Se você precisa saber... estou procurando por caixões.

Isso o fez sorrir.

– Estou falando sério! Spiro tinha vinte e quatro caixões guardados aqui e eles desapareceram.

– Desapareceram? Como num roubo? Ele informou isso à polícia?

Eu balancei a cabeça.

– Ele não quer envolver a polícia. Não quer que se espalhe a notícia de ter comprado um lote de caixões que depois perdeu.

— Detesto estragar a festa, mas acho que isso cheira mal. As pessoas que perdem coisas que valem muito dinheiro relatam à polícia para que possam receber o seguro.

Fechei a porta e coloquei a chave em minha bolsa.

— Estou ganhando mil dólares para encontrar os caixões perdidos. Não vou ficar tentando identificar o odor. Não tenho nenhum motivo para acreditar que haja algo de errado acontecendo.

— E quanto a Kenny? Achei que estivéssemos procurando por ele.

— Neste momento, Kenny é um beco sem saída.

— Está desistindo?

— Dando um tempo.

Abri a porta do jipe, sentei atrás do volante e enfiei a chave na ignição. Até o motor pegar, Morelli já estava sentado ao meu lado.

— Aonde vamos? — quis saber Morelli.

— *Eu* vou até o escritório falar com o gerente.

Ele estava sorrindo de novo.

— Isso pode ser o começo de uma nova carreira. Se você se der bem nessa, talvez possa ser promovida para pegar violadores de túmulos e vândalos de lápides.

— Muito engraçado. Saia do meu carro.

— Achei que fôssemos parceiros.

Até parece. Engatei a ré, dei a volta e estacionei em frente ao escritório. Saí do jipe com Morelli na minha cola.

Eu parei e me virei de frente para ele, com o braço esticado e a mão em seu peito.

— Pare. Isso não é um projeto coletivo.

— Eu posso ajudar. Posso dar um ar de autoridade e credibilidade às suas perguntas.

— E por que você iria querer fazer isso?

— Sou um cara legal.

Senti meus dedos repuxando a camisa dele e me esforcei para relaxar.

— Tente outra.

– Kenny, Moogey e Spiro eram praticamente grudados na época do ensino médio. Moogey está morto. Eu tenho a impressão de que Julia, a namorada, saiu de cena. Talvez Kenny tenha recorrido a Spiro.

– E eu estou trabalhando para Spiro, e você não tem certeza se acredita na história dos caixões.

– Eu não sei o que pensar quanto a essa história. Você tem alguma informação sobre esses caixões? Onde foram originalmente comprados? Como eram?

– São de madeira. Têm aproximadamente 1,80m de comprimento...

– Se há uma coisa que eu detesto é um caçador de recompensas metido a esperto.

Eu mostrei a foto.

– Você está certa – ele concordou. – Eles são feitos de madeira e têm aproximadamente 1,80m.

– E são horríveis.

– É.

– E muito simples – acrescentei.

– A vovó Mazur não ia querer ser vista morta num desses – comentou Morelli.

– Nem todo mundo tem o discernimento da vovó Mazur. Tenho certeza de que Stiva mantém uma vasta variedade de caixões à mão.

– Você deveria me deixar interrogar o gerente. Sou melhor nisso do que você.

– Pronto, agora chega. Vá sentar no carro.

Apesar de toda a briga entre nós, eu até que gostava do Morelli. O bom-senso me dizia que eu deveria ficar longe dele, mas, por outro lado, nunca fui uma escrava do bom-senso. Eu gostava de sua dedicação ao trabalho e da forma como ele havia superado seus anos selvagens de adolescência. Ele fora um garoto com a esperteza das ruas e agora era um policial com a esperteza das ruas. Era verdade que ele era um chauvinista, mas isso não era totalmente sua culpa. Afinal, ele era de Nova Jersey e, para completar, era um Morelli. Levando tudo isso em conta, eu achava que ele até estava indo bem.

O escritório era uma sala dividida ao meio por um balcão de atendimento. Uma mulher vestindo uma camiseta com o logo da R & J Armazenamento em azul estava atrás dele. Tinha quarenta e tantos anos, quase cinquenta, um rosto agradável e um corpo que se tornara confortavelmente cheio. Acenou a cabeça para mim antes de focar em Morelli, que não prestou a menor atenção à minha ordem e estava logo atrás de mim.

Ele vestia uma calça jeans desbotada que moldava um pacote volumoso na frente e a melhor bunda do estado de Nova Jersey na parte de trás. Sua jaqueta de couro marrom só escondia a arma. A atendente da R & J visivelmente engoliu em seco e ergueu o olhar, desviando da braguilha de Morelli.

Eu disse a ela que estava verificando alguns itens guardados por um amigo que estava preocupado com a segurança.

– Quem é seu amigo? – perguntou ela.

– Spiro Stiva.

– Sem querer ofender – disse ela, lutando contra um sorriso –, mas o sr. Stiva está com aquele guarda-volumes cheio de caixões. Ele garantiu que estavam vazios, mas eu não me importo. Não chego nem perto daquele lugar. E não acho que você precise se preocupar com a segurança. Quem, nesse mundo, roubaria um caixão?

– Como é que você sabe que ele guarda caixões ali?

– Eu os vi no dia em que chegaram. Tinha tantos que chegaram de caminhão e tiveram que ser descarregados por um braço mecânico.

– Você trabalha aqui em horário integral? – quis saber.

– Trabalho aqui o tempo *todo*. Meu marido e eu somos os donos. Eu sou a "R", do R & J. Roberta.

– Você sabe se algum outro caminhão grande entrou aqui nos últimos meses?

– Alguns bem grandes da U-Haul. Algum problema?

Spiro me fizera jurar segredo, mas eu não via meio de obter a informação que precisava sem envolver Roberta na investigação. Além disso, ela sem dúvida tinha a chave mestra e, com ou sem caixões, ela provavelmente já verificara o depósito de Spiro, quando ele saiu, e havia descoberto que estava vazio.

– Os caixões de Stiva desapareceram – confessei. – O depósito está vazio.

– Isso é impossível! Uma pessoa não pode simplesmente sair com um contêiner cheio de caixões. São muitos. Eles encheram o guarda-volumes de uma ponta até a outra! Temos caminhões indo e vindo o tempo todo, mas eu teria ficado sabendo se eles estivessem sendo abastecidos com caixões!

– O depósito 16 fica nos fundos – eu disse. – Você não consegue ver daqui. E talvez eles não tenham levado tudo de uma só vez.

– Como entraram? – perguntou ela. – A fechadura estava arrombada?

Eu não sabia como haviam entrado. A fechadura não estava arrombada e Spiro fora enfático ao dizer que a chave sempre estivera em seu poder. Claro que isso poderia ser mentira.

– Eu gostaria de ver uma lista de seus outros locatários – pedi. – E seria útil se você puder pensar sobre os caminhões que estiveram próximos do depósito de Spiro. Caminhões grandes o suficiente para levar aqueles caixões.

– Ele está segurado – disse ela. – Obrigamos todos os nossos clientes a fazerem seguro.

– Ele não pode receber o seguro sem fazer um registro policial, e, nesse estágio preliminar, o sr. Stiva prefere manter as coisas em silêncio.

– Para lhe dizer a verdade, eu também não estou nem um pouco ansiosa para que isso se espalhe. Não quero que as pessoas pensem que nossos guarda-volumes não são seguros. – Ela bateu numa das teclas do computador e imprimiu uma lista dos locatários. – Esses são clientes que estão atualmente registrados. Quando alguém abre uma vaga, nós o mantemos em arquivo por três meses, depois o computador elimina o registro.

Morelli e eu olhamos a lista, mas não reconhecemos nenhum dos nomes.

— Você exige identificação? — perguntou Morelli.

— A carteira de motorista — informou ela. — A seguradora nos faz utilizar uma identificação com foto.

Dobrei a impressão, coloquei em minha bolsa e dei a Roberta um dos meus cartões, com instruções para que ela ligasse, caso surgisse alguma novidade. Depois pedi que ela usasse sua chave mestra para verificar todos os contêineres sobre a possibilidade de que os caixões não tivessem sido retirados das dependências.

Quando voltamos ao jipe, Morelli e eu olhamos a lista mais uma vez e não pescamos absolutamente.

Roberta se apressou a sair do escritório com as chaves na mão e o telefone sem fio no bolso.

— A grande busca pelos caixões — disse Morelli, vendo-a desaparecer no final da primeira fileira de guarda-volumes. Ele se espalhou no banco. — Não consigo assimilar isso. Por que alguém escolheria roubar caixões? São grandes, pesados e o mercado de revenda é limitado, quase inexistente. As pessoas provavelmente têm todo o tipo de coisas armazenadas aqui, que seriam bem mais fáceis de levar. Por que roubar caixões?

— Talvez fosse o que precisavam. Talvez algum empresário com pouca sorte os tenha levado. Como Mosel. Desde que Stiva abriu a nova seção, Mosel vem sofrendo uma derrocada. Talvez Mosel soubesse que Spiro tinha os caixões guardados aqui e entrou sorrateiramente na calada da noite, e os roubou.

Morelli olhava para mim como se eu fosse de Marte.

— Ei, isso é possível — insisti. — Coisas estranhas vêm acontecendo. Acho que nós precisamos ir a uma porção de velórios, para ver se alguém está deitado num dos caixões de Spiro.

— Minha nossa.

Puxei a bolsa mais para o alto do ombro.

— Havia um cara no velório ontem à noite, chamado Sandeman. Você o conhece?

– Eu o prendi por posse de droga uns dois anos atrás. Ele foi pego numa blitz.

– Ranger me contou que Sandeman trabalhava com Moogey na oficina. Disse que ouviu falar que ele estava lá no dia em que Moogey tomou o tiro no joelho. Eu estava pensando se você não teria falado com ele.

– Não. Ainda não. Scully era o investigador naquele dia. Sandeman prestou depoimento, mas não disse muito. O tiro foi dentro do escritório e Sandeman estava na oficina, trabalhando num carro na hora. Estava com o compressor de ar ligado e não ouviu o disparo.

– Pensei em talvez ver se ele não tem alguma ideia sobre Kenny.

– Não se aproxime muito. Sandeman é um escroto. Mau temperamento. Mau comportamento. – Morelli tirou as chaves do carro do bolso. – Excelente mecânico.

– Serei cuidadosa.

Morelli me lançou um olhar de absoluta falta de confiança.

– Você tem certeza de que não quer que eu vá junto? – perguntou ele. – Sou bom de dar arrocho.

– Não sou muito chegada em dar arrocho, mas agradeço a oferta.

O Fairlane de Morelli estava estacionado ao lado do meu jipe.

– Gosto daquela bonequinha havaiana no vidro traseiro – comentei. – Toque sutil.

– Foi ideia do Constanza. Ela cobre uma antena.

Olhei para o alto da cabeça da boneca e, claro, lá estava a ponta de uma antena, espetada para fora. Estreitei os olhos para Morelli.

– Você não vai me seguir, vai?

– Só se você pedir por favor.

– Nem morta.

Morelli pareceu ter entendido.

Atravessei a cidade e entrei à esquerda na Hamilton. Depois de sete quarteirões, entrei numa vaga no estacionamento do posto. De manhã bem cedo e à noitinha, as bombas estavam em uso constante. Naquela hora, elas não tinham muito movimento. A porta do escritório estava aberta, mas o lugar estava vazio. Atrás do escritório, as portas das baias da oficina estavam erguidas. A terceira baia tinha um carro suspenso no macaco hidráulico.

Sandeman estava trabalhando ali por perto, calibrando um pneu. Ele vestia uma camiseta velha da Harley que ficava dois dedos acima do jeans de cintura baixa e manchado de óleo. Os braços e ombros eram cobertos de tatuagens de cobras com dentes pontiagudos e línguas bifurcadas. Entre as cobras havia um coração vermelho escrito EU AMO JEAN. Garota de sorte. Concluí que Sandeman só podia estar enfeitiçado por uma boca cheia de dentes podres e possivelmente algumas perebas purulentas na cara.

Ele se endireitou quando me viu e limpou as mãos no jeans.

– Sim?

– Você é Perry Sandeman?

– Isso mesmo.

– Stephanie Plum. – Renunciei à formalidade habitual de um aperto de mãos. – Trabalho para a empresa de fiança contratada por Kenny Mancuso. Estou tentando localizar Kenny.

– Não o vi – disse Sandeman.

– Sei que ele e Moogey eram amigos.

– É o que ouço dizer.

– O Kenny vinha muito aqui na oficina?

– Não.

– Moogey costumava falar sobre Kenny?

– Não.

Eu estava perdendo o meu tempo? Sim.

– Você estava aqui no dia em que Moogey levou o tiro no joelho. Acha que foi um tiro acidental?

– Eu estava na oficina. Não sei nada sobre isso. Fim do interrogatório. Tenho trabalho a fazer.

Eu lhe dei o meu cartão e lhe disse que entrasse em contato se pensasse em algo útil.

Ele rasgou o cartão e deixou os pedaços flutuarem até o chão de cimento.

Qualquer mulher inteligente teria dignamente recuado, mas aquilo era Nova Jersey, um lugar onde a dignidade sempre vem em segundo lugar, exatamente depois de um bom barraco.

Eu me inclinei à frente, com as mãos nos quadris.

– Você tem algum problema?

– Não gosto de policiais. Isso inclui policiais com xoxota.

– Não sou policial. Sou agente de cumprimento contratual.

– Você é uma porra de uma caçadora de recompensas com xoxotinha. Eu não falo com caçadora de recompensas com xoxotinha.

– Se você falar a palavra xoxotinha mais uma vez, eu vou me zangar.

– Isso deve me preocupar?

Eu tinha uma lata de spray de pimenta na bolsa e minha mão estava coçando para lhe dar uma borrifada. Eu também tinha uma arma de choque. A moça que era dona da loja de armas local me convenceu a comprar, e até agora não havia sido testada. Eu me perguntava se os 45 mil volts bem no meio do logo da Harley iriam preocupá-lo.

– Apenas assegure-se de não estar escondendo informação, Sandeman. Seu oficial de condicional vai achar isso muito irritante.

Ele me deu um cutucão no ombro que me fez recuar um palmo.

– Alguém se mete com o meu oficial de condicional e esse alguém poderá descobrir por que me chamam de Sandeman. Talvez você queira pensar sobre isso.

Nem tão cedo.

Capítulo 5

AINDA ERA O COMEÇO DA TARDE QUANDO EU DEIXEI A OFIcina. A única coisa que fiquei sabendo de Sandeman era que eu não gostava dele, nem um pouco. Sob circunstâncias normais, eu não conseguia enxergar Sandeman e Kenny sendo amigos, mas aquelas não eram circunstâncias normais e havia algo a respeito de Sandeman que deixou meu radar em alerta.

Bisbilhotar a vida de Sandeman não estava no topo de minha lista de atividades favoritas, mas achei que provavelmente deveria lhe dedicar mais um tempo. No mínimo, eu deveria dar uma olhada em seu lar, doce lar, e me assegurar de que Kenny não estivesse dividindo o aluguel.

Desci pela Hamilton e encontrei uma vaga para estacionar logo depois do escritório de Vinnie. Connie estava marchando ao redor do escritório, batendo as portas dos fichários e xingando quando entrei.

– Seu primo é uma bosta! – Connie gritou para mim. – *Stronzo!*

– O que ele fez agora?

– Sabe aquela nova arquivista que acabamos de contratar?

– Sally alguma coisa.

– É. Sally que sabia o alfabeto.

Eu olhei pelo escritório.

– Ela parece ter sumido.

– Pode apostar que sumiu. Seu primo Vinnie a prendeu num ângulo de 45 graus, em frente ao arquivo D, e tentou brincar de esconder o salame.

– Imagino que Sally não tenha sido muito receptiva.

– Saiu correndo, gritando. Disse que podíamos doar seu contracheque para a caridade. Agora não há ninguém para fazer o arquivo, e adivinhe quem é que ganha o trabalho extra? – Connie fechou a gaveta com um chute. – Essa é a terceira arquivista em dois meses!

– Talvez devêssemos fazer uma vaquinha para mandar castrar o Vinnie.

Connie abriu a gaveta do meio de sua escrivaninha e tirou um estilete. Ela apertou um botão e a lâmina saltou num clique fatal.

– Talvez nós mesmas devêssemos fazer o serviço.

O telefone tocou e Connie guardou o estilete na gaveta. Enquanto ela falava, eu examinava as pastas à procura da ficha de Sandeman. Ele não estava no arquivo, o que significava que não se dera ao trabalho de fazer um contrato de fiança, ou teria usado outro fiador. Tentei a lista telefônica local de Trenton. Sem sorte. Liguei para Loretta Heinz no Departamento de Trânsito. Loretta e eu voltamos ao passado. Havíamos sido bandeirantes juntas e seguimos para as duas piores semanas de minha vida no Acampamento Sacajawea. Loretta digitou em seu super ultra extra computador e, *voilà*, eu tinha o endereço de Sandeman.

Copiei o endereço e me despedi de Connie.

Sandeman morava na rua Morton, numa área de casas grandes, de pedra, que se transformara numa lixeira. Os gramados estavam abandonados, havia cortinas rasgadas penduradas em janelas sujas, as esquinas eram pichadas com nomes de gangues e a tinta soltava da moldura das janelas. A maioria das casas fora convertida para habitações comunitárias. Algumas haviam sido incendiadas ou abandonadas e estavam lacradas com tábuas. Algumas haviam sido restauradas num empenho de recuperarem a grandeza e a dignidade originais.

Sandeman morava numa das casas coletivas. Não era a melhor da rua, mas também não era das piores. Um velho estava sentado nos degraus da frente. A parte branca de seus olhos havia amarelado com a idade, tinha uma barba grisalha por fazer sobre as faces cadavéricas e a pele era da cor do asfalto da rua. Um cigarro pendia no canto de sua boca. Ele tragou um pouco de fumaça e me olhou com os olhos apertados.

— Acho que reconheço uma policial quando vejo — disse ele.

— Não sou policial. — Que lance era esse de policial? Olhei para baixo, para as minhas botas Doc Martens, pensando se era por causa delas. Talvez Morelli estivesse certo. Talvez eu devesse me livrar daquelas botas. — Estou à procura de Perry Sandeman. — Eu apresentei meu cartão. — Tenho interesse em encontrar um amigo dele.

— Sandeman não está. Trabalha na oficina durante o dia. Também não fica muito em casa à noite. Só vem pra cá quando está bêbado ou doidão. E ele é mau. É melhor você ficar longe quando ele está bêbado. Fica pior ainda quando bebe. Mas é um bom mecânico. Todos dizem.

— Sabe o número de seu apartamento?

— Três C.

— Tem alguém lá agora?

— Não vi ninguém entrar.

Passei pelo homem, entrei na recepção e fiquei ali em pé por um instante, deixando que minha visão se acostumasse à escuridão. O ar era estagnado, denso pelo cheiro de encanamentos ruins. Havia um papel de parede manchado, descascando nas beiradas. O chão de madeira estava arenoso.

Passei a lata de spray de pimenta da bolsa para a jaqueta e subi a escada. Havia três portas no terceiro andar. Todas três trancadas. Uma televisão ressoava por trás de uma das portas. Os outros dois apartamentos estavam em silêncio. Bati no 3C e esperei por uma resposta. Bati novamente. Nada.

Por um lado, a ideia de confrontar um delinquente me matava de medo e não havia nada que eu desejasse mais do que partir imediatamente. Mas, por outro lado, eu queria pegar Kenny e me sentia obrigada a averiguar o caso até o fim.

Havia uma janela no final do corredor e olhando através dela, vi barras de ferro enferrujadas que pareciam uma saída de emergência. Cheguei até a janela e olhei para fora. Sim, era uma escada de emergência e ladeava uma parte do apartamento de Sandeman. Se eu saísse até a escada, provavelmente poderia ver dentro da janela. Não parecia haver ninguém no andar de baixo. A casa dos fundos estava com as persianas abaixadas.

Fechei os olhos e respirei fundo. O que poderia acontecer de pior? Eu poderia ser presa, levar um tiro, ser atirada lá de cima ou tomar uma surra. Está bem, o que poderia acontecer de melhor? Não haveria ninguém em casa e eu ia me safar.

Abri a janela e pus primeiro os pés para fora. Eu tinha uma boa experiência em saídas de emergência, já que passava um bom tempo na minha. Logo cheguei à janela de Sandeman e olhei para o lado de dentro. Havia uma cama desfeita, uma pequena mesa de fórmica, uma TV sobre uma estante de metal e um frigobar. Tinha vários cabides de ferro pendurados em dois ganchos na parede. Havia um prato largado em cima da mesa, junto com latas de cerveja amassadas, pratos de papel sujos e embalagens de comida para viagem. Não tinha nenhuma outra porta, exceto a da frente, então presumi que Sandeman precisaria usar o banheiro do segundo andar. Aposto que era uma lindeza.

Mais importante, não havia Kenny algum.

Eu estava com um pé para fora da janela do corredor quando olhei para baixo, por entre as grades, e vi o velho em pé, diretamente abaixo de mim, olhando para cima, protegendo os olhos do sol, ainda segurando meu cartão entre os dedos.

– Alguém em casa? – perguntou ele.

– Não.

– Foi o que pensei. Ele não vai chegar tão cedo.

– Bela saída de emergência.

– Bem que podia ser consertada, pois está com os parafusos enferrujados. Não sei se eu confiaria. Claro que se houvesse um incêndio, não daria pra ligar muito pra ferrugem.

Abri um sorriso amarelo e passei o resto do corpo pela janela. Levei pouco tempo para descer as escadas e sair do prédio. Pulei dentro do meu jipe, tranquei as portas e arranquei.

Meia hora depois, eu estava de volta ao meu apartamento, resolvendo o que vestir para uma noite de investigação. Optei por minhas botas, uma saia jeans longa e uma blusa branca de tricô. Caprichei na maquiagem e coloquei alguns bobes elétricos no cabelo. Quando tirei os bobes, eu estava alguns centímetros mais alta. Ainda não tinha altura suficiente para ir a um baile profissional, mas aposto que poderia intimidar os paquistaneses medianos.

Eu estava me decidindo entre o Burger King e o Pizza Hut quando o telefone tocou.

– Stephanie – disse minha mãe –, estou com uma travessa enorme cheia de repolho recheado. E torta de banana para sobremesa.

– Parece bom, mas tenho planos para esta noite.
– Que planos?
– Planos de jantar.
– Você tem um encontro romântico?
– Não.
– Então, você não tem plano algum.
– Há outras coisas na vida além de encontros românticos.
– Tipo o quê?
– Tipo trabalho.
– Stephanie, Stephanie, Stephanie, você trabalha para o Vinnie, seu primo que não vale nada, e fica catando esses vagabundos. Isso não é trabalho que preste.

Mentalmente, bati com a cabeça na parede.

– Também tem sorvete de baunilha para comer com a torta – ela acrescentou.

– É sorvete diet?
– Não, é aquele caro, que vem na caixinha redonda miudinha de papelão.

– Tudo bem. Estou indo pra aí.

Rex pôs a cabecinha para fora da lata de sopa e se esticou todo, com o traseirinho para o alto. Ele bocejou e pude ver do fundo de sua garganta até a parte interna de seus dedos do pé. Cheirou a cumbuquinha de comida, viu que estava vazia e foi para a roda.

Brinquei com ele até que se cansasse bastante para que não ficasse preocupado caso eu chegasse tarde. Deixei a luz da cozinha acesa, liguei a secretária eletrônica, peguei minha bolsa e o jaquetão marrom e tranquei a porta. Eu chegaria um pouco cedo, mas tudo bem. Isso me daria tempo para ler o obituário e decidir para onde ir depois do jantar.

As luzes da rua estavam piscando quando eu encostei junto à casa da minha mãe. A lua cheia estava bem baixa no céu noturno. A temperatura caíra desde a tarde.

A vovó Mazur abriu a porta para mim. Seu cabelo grisalho estava preso em rolinhos apertados espalhados por toda a cabeça. O couro cabeludo cor-de-rosa aparecia por entre os rolos.

– Fui ao salão hoje – ela informou. – Achei que podia pescar alguma informação pra você sobre o caso Mancuso.

– Como foi?

– Bem, arranjei um bom conjunto de informações. Norma Szajack, prima de segundo grau de Betty, estava lá tingindo o cabelo e todos disseram que era o que eu devia fazer. Eu até teria experimentado, mas vi num programa que algumas dessas tinturas de cabelo dão câncer. Acho que deve ter sido no programa da Kathy Lee. Mostraram uma mulher que tinha um tumor do tamanho de uma bola de basquete e ela disse que foi por causa da tintura do cabelo. De qualquer forma, Norma e eu começamos a conversar. Você sabe que Billie, o filho da Norma, frequentou o colégio com o Kenny Mancuso e o Billie agora trabalha num daqueles cassinos em Atlantic City. Norma disse que quando Kenny saiu do exército, começou a ir para Atlantic City. Ela disse que Billie lhe contou que Kenny era um dos grandes apostadores.

– Ela falou se o Kenny tem ido a Atlantic City ultimamente?

– Não. A única outra coisa que disse foi uma ligação de Kenny para Billie há três dias e pediu dinheiro emprestado. Billie disse que sim, que podia emprestar, mas depois Kenny não apareceu.

– Billie contou isso tudo à mãe dele?

– Billie contou para a esposa, e ela contou para Norma. Acho que ela não estava muito feliz por Billie emprestar dinheiro a Kenny. Sabe o que eu acho? Acho que alguém matou Kenny. Aposto que ele virou comida de peixe. Vi um programa sobre a forma como verdadeiros profissionais se livram das pessoas. Foi num daqueles canais educativos. Eles cortam a garganta, depois penduram o cara no chuveiro, de cabeça para baixo, para escoar todo o sangue, assim não estraga o carpete com toda aquela hemorragia. Depois o truque é abrir as tripas do cara morto e furar os pulmões. Se os pulmões não são furados, ele flutua quando é jogado no rio.

Minha mãe fez um som estrangulado que veio lá da cozinha, e pude ouvir meu pai engasgar por trás do jornal na sala de estar.

A campainha tocou e a vovó Mazur deu um pulo, atenta.

– Visita!

– Visita – repetiu minha mãe. – Que visita? Eu não estava esperando visita.

– Eu convidei um homem para Stephanie – explicou a vovó. – Esse é realmente um bom partido. A aparência não é lá grandes coisas, mas ele tem um bom emprego e dinheiro.

A vovó abriu a porta da frente e Spiro Stiva entrou.

Meu pai espiou por cima do jornal.

– Cristo! É uma porra de um agente funerário.

– Eu não estou tão desesperada assim pelo repolho recheado – eu disse à minha mãe.

Ela afagou meu braço.

– Pode não ser tão terrível assim e não tem nada demais ser amistosa com Stiva. Sua avó não vai rejuvenescer.

– Eu convidei Spiro para vir aqui, pois a mãe dele está passando todo aquele tempo no hospital, ao lado de Con, e ele não está tendo nenhuma refeição caseira. – A vovó piscou para mim. – Dessa vez eu te arranjei um vivo.

Nem tanto.

Minha mãe colocou um prato a mais na mesa.

– Certamente é bom ter visita. Estamos sempre dizendo a Stephanie para que ela traga seus amigos para jantar.

– É, só que ela tem ficado tão implicante com seus amigos homens que quase não se diverte – a vovó disse a Spiro. – Apenas espere até você provar a torta de banana que temos de sobremesa. Foi Stephanie quem fez.

– Não, não fiz.

– Ela também fez o repolho recheado – completou a vovó. – Ela será uma ótima esposa um dia.

Spiro deu uma olhada na toalha de renda e os pratos decorados com flores cor-de-rosa.

– Estou procurando uma esposa. Um homem em minha posição precisa pensar no futuro.

Procurando uma esposa? Como assim?

Spiro se sentou ao meu lado à mesa e eu discretamente afastei minha cadeira um pouquinho, na esperança de que a distância fosse fazer com que os pelos arrepiados em meu braço abaixassem.

A vovó passou o repolho a Spiro.

– Espero que você não se importe de conversar sobre negócios. Tenho muitas dúvidas. Por exemplo, sempre me perguntei se vocês vestem o falecido com roupa de baixo. Não parece realmente necessário, mas, por outro lado...

Meu pai parou com o pote de margarina numa das mãos e uma faca na outra e, por um momento irracional, achei que ele fosse esfaquear a vovó Mazur.

– Não acho que Spiro queira falar sobre roupa de baixo – retrucou minha mãe.

Spiro concordou e sorriu para a vovó Mazur.

– Segredo do ofício.

Às dez para as sete, Spiro terminou seu segundo pedaço de torta e anunciou que teria que ir embora para o velório da noite.

A vovó acenou para Spiro, enquanto ele se afastava.

– Correu tudo muito bem. Acho que ele gosta de você.

– Quer mais sorvete? – perguntou minha mãe. – Outra xícara de café?

— Não, obrigada. Estou cheia. Além disso, tenho coisas para fazer esta noite.
— Que coisas?
— Há algumas funerárias que preciso visitar.
— Que funerárias? — vovó Mazur gritou da sala.
— Vou começar com a Sokolowsky's.
— Quem está na Sokolowsky's?
— Helen Martin.
— Não a conheço, mas talvez deva prestar minhas condolências, já que vocês eram tão amigas — disse a vovó.
— Depois da Sokolowsky's, eu vou até a Mosel's e depois até a Casa do Descanso Eterno.
— Casa do Descanso Eterno? Nunca fui a essa. É nova? Fica na cidade?
— Fica na rua Stark.
Minha mãe fez o sinal da cruz.
— Dê-me forças, Senhor.
— A rua Stark não é tão ruim assim — eu disse a ela.
— É cheia de traficantes e assassinos. A rua Stark não é lugar para você. Frank, você vai deixá-la ir até lá à noite?
Meu pai ergueu os olhos do prato quando seu nome foi mencionado.
— O quê?
— A Stephanie vai à rua Stark.
Meu pai estivera mergulhado em sua torta e estava claramente perdido.
— Ela precisa de uma carona?
Minha mãe revirou os olhos.
— Veja com o que tenho que conviver.
A vovó estava de pé.
— Não demoro nem um minuto. Só me deixe pegar minha bolsa e estarei pronta para ir.
A vovó passou batom em frente ao espelho do corredor, abotoou seu casaco de "lã muito boa" e pendurou a bolsa preta de couro no braço. Seu casaco de "lã muito boa" era azul-real, com

uma gola de mink. Ao longo dos anos, o casaco parecia crescer em volume, na mesma proporção em que a vovó parecia estar encolhendo, e naquele momento o casaco parecia bater quase em seus tornozelos. Eu a peguei pelo cotovelo e levei até meu jipe, meio que esperando que seus joelhos se dobrassem sob o peso da lã. Eu tinha visões dela deitada, desamparada, na calçada, numa poça azul-real, parecendo a Bruxa Má do Oeste, sem mostrar nada além dos sapatos.

Fomos primeiro à Sokolowsky's, como planejado. Helen Meyer estava encantadora em seu vestido de renda azul, o cabelo tingido para combinar. A vovó estudou a maquiagem de Helen, com o olho crítico de uma profissional.

– Deveriam ter usado o corretivo de tom esverdeado sob os olhos. É preciso usar muito corretivo quando se fica sob uma iluminação como essa. Agora Stiva tem uma iluminação mais branda naqueles salões novos, e isso faz toda a diferença.

Deixei vovó à vontade e fui em busca de Melvin Sokolowsky, e o encontrei no escritório, ao lado da entrada da frente. A porta do escritório estava aberta e Sokolowsky encontrava-se sentado atrás de uma bela escrivaninha de mogno, digitando sabe Deus o quê, num laptop. Bati suavemente na porta, para obter sua atenção.

Ele era um homem de boa aparência, de quarenta e poucos anos, vestindo um terno conservador escuro, camisa social branca e uma gravata listrada, sóbria.

Ao me ver em sua porta, ergueu as sobrancelhas.

– Sim?

– Eu gostaria de lhe falar a respeito de providências para um funeral. Minha avó está com uma idade avançada e achei que não faria mal algum em obter algumas cotações de caixões.

Ele tirou um catálogo enorme, com capa de couro, de dentro da escrivaninha e o abriu.

– Nós temos vários planos e uma boa seleção de caixões.

Ele me mostrou um caixão chamado Montgomery.

– Esse é bonito – comentei –, mas parece um pouco caro.

Ele voltou algumas páginas até a seção de pinho.

— Essa é a nossa linha econômica. Como pode ver, também são bonitos, com um verniz em tom de mogno e alças de bronze.

Verifiquei a linha econômica, mas ainda não havia nada com uma aparência tão barata quanto os caixões desaparecidos de Stiva.

— Esses são os mais baratos que você tem? — perguntei. — Você tem algo sem esse verniz?

Sokolowsky pareceu sentir dor.

— Para quem mesmo você disse que seria?

— Minha avó.

— Ela te cortou do testamento?

É tudo que o mundo precisa... mais um agente funerário sarcástico.

— Você tem algum caixão simples ou não?

— Ninguém compra caixões simples aqui na cidade. Ouça, e se nós lhe propusermos um financiamento? Ou talvez possamos economizar na maquiagem... você sabe, arrumar o cabelo da sua avó apenas na frente.

Eu já estava de pé na metade do caminho até a porta.

— Vou pensar a respeito.

Ele também ficou de pé com a mesma rapidez, enchendo minha mão de panfletos.

— Tenho certeza de que podemos arranjar algo. Posso lhe providenciar uma ótima compra de um lote no cemitério...

Dei de cara com a vovó Mazur na sala.

— O que ele estava dizendo sobre o lote? — perguntou ela. — Nós já temos um lote. E um muito bom. Bem perto de um daqueles esguichos de água que eles usam para regar a grama. A família inteira está enterrada ali. É claro que quando enterraram a sua tia Marion tiveram que baixar o tio Fred e colocá-la em cima, já que não havia muito espaço sobrando. Eu provavelmente vou acabar em cima do seu avô. Não é sempre assim? Não se pode ter privacidade nem depois de morto.

Pelo canto dos olhos, eu via Sokolowsky espreitando da porta do escritório, medindo a vovó Mazur.

Ela também notou.

— Olhe só para aquele Sokolowsky. Não consegue tirar os olhos de mim. Deve ser esse vestido que estou usando.

Fomos à Mosel's em seguida. Depois visitamos a Dorfman's e a Funerária Majestic. Até o momento em que seguimos para a Casa do Descanso Eterno, eu já tinha tomado um porre de morte. O cheiro das flores estava impregnado em minha roupa e minha voz assumira um tom sussurrante de velório.

A vovó Mazur se divertira até à Mosel's, mas começara a se cansar no fim da visita à Dorman's e ficou fora da visita à Majestic me esperando no jipe, enquanto entrei correndo e pedi os preços dos enterros.

A Casa do Descanso Eterno era a única que faltava em minha lista. Atravessei o centro da cidade, passei pelos prédios do governo do estado e a saída para a Pensilvânia. Passava de nove horas e as ruas centrais estavam por conta do povo da noite — prostitutas, traficantes, viciados e todo o resto.

Virei à direita na Stark, instantaneamente nos conduzindo a um bairro desanimador, de casas com fachadas de tijolinhos sujos, enfileiradas ao lado de pequenos estabelecimentos comerciais. As portas dos bares da rua Stark ficavam abertas, lançando retângulos de fumaça sob a luz das calçadas de cimento. Os homens ociosos ficavam em frente aos bares, passando o tempo, fazendo transações comerciais, parecendo tranquilos. O clima mais frio levara a maior parte dos moradores para o lado de dentro, deixando as fachadas para os menos afortunados.

A vovó Mazur estava na beirada do banco, com o nariz encostado ao vidro.

— Então, aqui que é a rua Stark. Ouvi dizer que essa parte da cidade está cheia de piranhas e traficantes. Eu certamente gostaria de ver alguns. Vi algumas prostitutas na televisão uma vez e, no fim das contas, eram homens. Tinha um que estava de calça de lycra, e ele contou que tinha que colocar fita adesiva no pênis para prendê-lo, bem apertado, no meio das pernas para que não aparecesse. Dá para imaginar isso?

Parei em fila dupla, bem pertinho da funerária, e fiquei estudando a Casa do Descanso Eterno. Era um dos poucos edifícios da rua que não estavam cobertos de pichações. A alvenaria branca parecia recém-lavada e a luminária superior refletia um grande arco de luz. Um pequeno aglomerado de homens de terno conversava e fumava sob a iluminação. A porta se abriu e duas mulheres, com roupas de domingo, saíram do prédio, se juntaram aos homens e caminharam até um carro. O automóvel partiu e os homens restantes entraram na funerária, deixando a rua deserta.

Rapidamente entrei na vaga e fiz uma breve recapitulação da história que usaria como disfarce. Eu estava ali para ver Fred "Ducky" Wilson. Morto aos sessenta e oito anos. Se alguém perguntasse, eu diria que ele era amigo do meu avô.

Silenciosamente, vovó Mazur e eu entramos na casa funerária e olhamos o lugar. Era pequeno. Havia três salas de velório e uma capela. Só uma das salas estava sendo usada. Tinha pouca luz e os móveis eram baratos, mas de bom gosto.

Vovó chupou a dentadura e inspecionou a aglomeração de gente que transbordava do salão de Ducky.

– Isso não vai dar certo. Somos da cor errada. Vamos parecer porcos no galinheiro.

Eu estava pensando na mesma coisa. Estava torcendo por uma mistura de raças. Esse lado da rua Stark era bem mesclado, sendo a má sorte um denominador mais comum do que a cor da pele.

– E qual é a jogada aqui, de qualquer forma? – perguntou vovó. – Qual é o negócio com todas essas funerárias? Aposto que você está procurando alguém. Aposto que estamos numa daquelas caçadas humanas.

– Mais ou menos. Não posso lhe contar os detalhes.

– Não se preocupe comigo. Minha boca é um túmulo.

Olhei o caixão de Ducky de relance e, mesmo a distância, vi que sua família não economizou. Sabia que deveria ver melhor, mas estava cansada de fazer a falsa cotação e encenação funerárias.

– Já vi o bastante – eu disse a vovó. – Acho que está na hora de irmos para casa.

– Por mim, tudo bem. Eu bem que vou gostar de tirar esses sapatos. Esse negócio de caçada humana cansa.

Saímos pela porta da frente e ficamos embaixo da luz da fachada, observando com os olhos apertados.

– Mas que engraçado – comentou vovó. – Eu poderia jurar que você estacionou o carro aqui.

Soltei um suspiro:

– Foi aqui que estacionamos.

– Não está mais aqui.

Puta que pariu, o carro tinha sumido. Evaporado, tomado chá de sumiço. Peguei minha agenda na bolsa e liguei para Morelli. Ninguém atendia em seu número de casa, então tentei o telefone do carro.

Houve um som de estática e Morelli surgiu na linha.

– É a Stephanie. Estou na Casa do Descanso Eterno, na rua Stark, e o meu carro foi roubado.

Não houve uma resposta imediata, mas acho que ouvi um riso abafado.

– Você ligou para notificar? – finalmente perguntou.

– Estou ligando para você.

– Fico honrado.

– A vovó Mazur está comigo e os pés dela estão doendo.

– Entendido, câmbio. Saudações de escoteiro.

Coloquei o telefone de volta na bolsa.

– Morelli está a caminho.

– Que gentil da parte dele vir nos buscar.

Correndo o risco de parecer cínica, eu suspeitava que Morelli estivesse acampado no estacionamento do meu prédio, esperando que eu voltasse para casa para saber o que ocorrera com Perry Sandeman.

Eu e vovó Mazur ficamos junto à porta da funerária, em estado de alerta com a possibilidade de que meu carro passasse por ali. Foi uma espera sem ocorrências e tediosa, e vovó parecia decepcionada por não ter sido abordada por nenhum traficante ou gigolô em busca de carne fresca.

— Não sei por que tanto burburinho — comentou ela. — Aqui estamos, numa noite perfeita, e não vimos crime algum. A rua Stark não faz jus à fama.

— Um canalha roubou meu carro!

— Isso é verdade. Acho que esta noite não foi uma perda total. Ainda assim, eu não vi acontecer. Simplesmente não é a mesma coisa se você não vê acontecer.

A caminhonete de Morelli virou a esquina e veio descendo a rua Stark. Ele parou em fila dupla, ligou o pisca-alerta e veio até nós.

— O que houve?

— O jipe estava estacionado e trancado num espaço vazio aqui. Ficamos na funerária menos de dez minutos. Quando saímos, o jipe havia sumido.

— Alguma testemunha?

— Não que eu saiba. Não vasculhei a vizinhança. — Se havia uma coisa que eu aprendera em minha curta carreira de caçadora de recompensas era que ninguém via nada na rua Stark. Fazer perguntas era um exercício de futilidade.

— Pedi para o despachante notificar todos os carros assim que recebi sua ligação — disse Morelli. — Você deve ir até a delegacia amanhã e fazer um boletim de ocorrência.

— Alguma chance de que eu consiga meu carro de volta?

— Há sempre uma chance.

— Eu vi um programa de TV sobre carros roubados — disse vovó. — Era sobre um desses lugares de desmanche de carros. A essa altura, provavelmente não sobrou mais nada daquele jipe, a não ser uma mancha de óleo no chão de alguma oficina.

Morelli abriu a porta do carona de sua caminhonete e ajudou vovó Mazur a sentar no banco. Eu sentei ao lado dela e disse a mim mesma para pensar positivo. Nem todos os carros roubados terminam como peças de desmonte, certo? Meu carro era tão bonitinho que provavelmente não resistiram em dar uma volta. Pense positivo, Stephanie. Pense positivo.

Morelli fez o contorno e voltou em direção à cidade. Demos uma parada na casa dos meus pais, só o tempo suficiente para colocarmos vovó Mazur na poltrona reclinável e tranquilizar minha mãe de que nada terrível acontecera conosco na rua Stark... fora o fato de eu ter tido meu carro roubado.

Na saída, minha mãe me entregou o tradicional saco de comida.

– Só uma coisinha para um lanche – disse ela. – Um pedaço de torta de banana.

– Eu adoro torta de banana – Morelli se engraçou, quando estávamos de volta à sua caminhonete, rumo ao meu apartamento.

– Esqueça. Você não vai ganhar nem uma garfada.

– Claro que vou. Eu me esforcei muito para te ajudar esta noite. O mínimo que você poderia fazer seria me dar um pouco de torta.

– Você nem quer torta. Só quer ir ao meu apartamento para saber o que houve com Perry Sandeman.

– Esse não é o único motivo.

– Sandeman não estava a fim de falar.

Morelli parou num sinal.

– Ficou sabendo de alguma coisa?

– Ele detesta policiais. E me detesta. E eu o detesto. Ele mora numa espelunca na rua Morton e é um bêbado cruel.

– Como sabe que ele é um bêbado cruel?

– Fui até o prédio dele e conversei com um dos vizinhos.

Morelli me deu uma olhada.

– Mas isso foi bem corajoso.

– Não foi nada – enfatizei a mentira ao máximo. – Foi só um dia de trabalho.

– Espero que você tenha tido o bom-senso de não dizer o seu nome. Sandeman não vai ficar muito contente quando souber que você andou bisbilhotando ao redor de seu ninho.

– É capaz de eu ter deixado um cartão. – Não era preciso dizer a ele que fui flagrada na escada de incêndio. Não ia querer enchê-lo de detalhes desnecessários.

Morelli me lançou um olhar que dizia *"Meu Deus, como você é burra"*.

— Fiquei sabendo que há vagas para trabalhar na Macy's, no setor de maquiagem e transformação.

— Não comece com essa história de transformação novamente. Cometi um engano, e daí?

— Docinho, você está fazendo carreira cometendo enganos.

— É meu estilo. E não me chame de docinho.

Algumas pessoas aprendem com os livros, algumas ouvem os conselhos de outras pessoas, algumas aprendem com os erros. Eu me encaixo na última categoria. E daí? Vai me processar? Pelo menos, eu raramente cometo o mesmo engano duas vezes... com a possível exceção de Morelli. Morelli tinha o hábito de esporadicamente ferrar a minha vida. E eu tinha o hábito de deixar que ele fizesse isso.

— Teve alguma sorte com o circuito funerário?

— Nenhuma.

Ele desligou o motor e chegou mais perto de mim.

— Você está cheirando a cravo-de-defunto.

— Cuidado. Você vai amassar a torta.

Ele olhou para o saco.

— Tem bastante torta.

— Ãrrã.

— Se você comer toda essa torta, ela vai direto para os seus quadris.

Soltei um suspiro:

— Está certo, você pode comer um pouco da torta. Só não tente nada engraçado.

— O que quer dizer com isso?

— Você sabe muito bem!

Morelli sorriu.

Pensei em fazer pose de arrogante, mas concluí que era tarde demais e provavelmente não ia colar, então resmunguei e saí da picape. Fui andando com Morelli logo atrás. Subimos em silêncio no elevador e paramos no segundo andar. Congelamos quando percebemos que a minha porta estava ligeiramente aberta. Havia marcas de arrombamento onde uma ferramenta tinha sido inserida entre o portal e a porta para abri-la.

Ouvi Morelli pegando a arma e dei uma olhada na direção dele. Ele gesticulou para que eu desse um passo para o lado, com os olhos fixos na porta.

Puxei meu .38 da bolsa e fiquei na frente dele.

– É meu apartamento, o problema é meu. – Apesar de eu não estar assim tão ansiosa para ser uma heroína, não queria abrir mão do controle.

Morelli me agarrou pela parte de trás da jaqueta e me puxou.

– Não seja idiota.

O sr. Wolesky abriu a porta com um saco de lixo nos braços e nos viu brigando.

– O que está havendo? – perguntou ele. – Quer que eu chame a polícia?

– Eu sou a polícia – disse Morelli.

O sr. Wolesky lhe lançou um olhar longo e meticuloso, depois se virou para mim.

– Se ele te causar problemas, me diga. Só vou ali no fim do corredor jogar o meu lixo.

Morelli o encarou.

– Acho que ele não confia em mim.

Homem inteligente.

Nós dois espiamos curiosamente para dentro do apartamento, entrando no hall, com os quadris colados, como gêmeos siameses. A cozinha e a sala estavam livres de intrusos. Logo seguimos para o quarto e o banheiro, olhando os armários, embaixo da cama, espiando na saída de emergência, atrás da janela.

– Tudo limpo – constatou Morelli. – Dê uma olhada no prejuízo e veja se algo foi roubado. Vou tentar consertar a porta da frente.

À primeira vista, o prejuízo parecia estar apenas nos slogans sobre órgãos genitais femininos que haviam sido pintados nas paredes com spray. Nada parecia ter sido levado de minha caixa de joias. Era meio insultante, já que eu tinha um par de brincos de zircônio que eu achava muito parecido com diamantes. Bem, mas do que esse cara entendia? Era alguém que não sabia soletrar *vagina*.

— A porta não tranca, mas eu consegui prender a corrente de segurança — Morelli disse, lá do hall. Eu o ouvi caminhando até a sala e parando. Houve um silêncio em seguida.

— Joe?
— O que é?
— O que você está fazendo?
— Vendo o seu gato.
— Eu não tenho gato.
— Que bicho você tem?
— Um hamster.
— Tem certeza?

Uma breve onda de alarme atravessou meu peito. *Rex!* Saí correndo do banheiro para a sala, onde ficava a gaiola de Rex na ponta da mesa, e coloquei a mão sobre a boca, ao ver um imenso gato preto enfiado dentro da gaiola do hamster, com a tampa grudada com fita isolante.

Meu coração bateu com uma repugnância clara e minha garganta fechou. Era o gato da sra. Delgado. Ele estava sentado, com os olhos semicerrados, do jeito que qualquer gato fica quando está com raiva. Não parecia especificamente faminto, e Rex não estava à vista.

— Merda — disse Morelli.

Fiz um som que foi meio um murmúrio, meio um soluço e mordi a mão para evitar o choro.

Morelli passou o braço ao meu redor.

— Vou te comprar um novo hamster. Conheço um cara que tem uma pet shop. Ele provavelmente ainda está acordado. Vou fazê-lo abrir a loja...

— Eu não quero um ha-hamster novo — choraminguei. — Quero o Rex. Eu o amava.

Morelli me segurou com mais força.

– Tudo bem, querida. Ele teve uma boa vida. Aposto que também estava velhinho. Que idade tinha?

– Dois anos.

– Hum.

O gato se contorceu na gaiola e miou baixinho, um miado vindo lá do fundo da garganta.

– Esse é o gato da sra. Delgado – atestei. – Ela mora no apartamento aqui em frente, e o gato mora na saída de incêndio.

Morelli foi até a cozinha e voltou com uma tesoura. Ele cortou a fita isolante, ergueu a tampa e o gato pulou para fora, correndo como um raio para o quarto. Morelli o seguiu, abriu a janela e o gato fugiu para casa.

Olhei para dentro da gaiola, mas não vi restos de hamster. Nada de pelos. Nem ossinhos. Nem dentinhos amarelos. Nada.

Morelli também olhou.

– Que trabalho duro – disse ele.

Isso me fez chorar novamente.

Ficamos assim por um instante, agachados em frente à gaiola, encarando, anestesiados, olhando a serragem de madeira de pinho e a traseira da latinha de sopa de Rex.

– Para que é essa lata de sopa? – Morelli quis saber.

– Ele dormia na lata.

Morelli bateu na lata e Rex saiu correndo.

Quase desmaiei de alívio e fiquei rindo e chorando, engasgada demais para falar.

Rex estava claramente no mesmo estado emocional sobrecarregado. Ele saiu correndo de uma ponta à outra da gaiola, remexendo o narizinho, com os olhinhos negros quase pulando da cabeça.

– Pobrezinho. – Estendi a mão para dentro da gaiola no intuito de pegar Rex e levá-lo até meu rosto para vê-lo melhor.

– Talvez você deva deixá-lo descansar um pouquinho – sugeriu Morelli. – Ele parece muito agitado.

Fiz um carinho nas costas de Rex.

– Ouviu isso, ratinho...? Você está agitado?

Rex respondeu cravando os dentes na ponta do meu polegar. Soltei um gritinho e dei um solavanco na mão, arremessando Rex no ar, como se fosse um frisbee. Ele voou até o meio da sala e aterrissou com uma batida suave, ficou deitado alguns segundos e depois se escondeu atrás de uma estante de livros.

Morelli olhou para os dois furos no meu polegar, depois olhou para a estante.

– Quer que eu dê um tiro nele?

– Não, eu não quero que você atire nele. Quero que vá para a cozinha, pegue a peneira grande e prenda Rex, até que eu arranje um Band-Aid.

Quando saí do banheiro, cinco minutos depois, Rex ainda estava agachado, imóvel como uma pedra, embaixo da peneira, e Morelli estava na mesa de jantar, comendo a torta de banana. Ele tinha me servido um pedaço e enchido dois copos com leite.

– Acho que podemos arriscar um bom palpite quanto à identidade do vilão aqui. – Morelli olhou para o meu cartão de visitas, espetado com minha faca de trinchar, bem no meio da mesa quadrada de madeira. – Belo centro de mesa. Você disse que deixou o seu cartão com um dos vizinhos de Sandeman?

– Na hora pareceu uma boa ideia.

Morelli terminou o leite e a torta e ficou se balançando nas pernas traseiras da cadeira.

– O quanto você está assustada com tudo isso?

– Numa escala de um a dez, acho que estou no seis.

– Quer que eu fique aqui até você consertar a porta?

Fiquei pensando um minuto. Eu já passara por situações preocupantes antes, e sabia que não era nada divertido ficar sozinha e assustada. O problema era que eu não queria admitir nada disso para Morelli.

– Acha que ele vai voltar?

– Esta noite, não. Provavelmente nem volte, se você não forçá-lo novamente.

Eu concordei.

– Vou ficar bem. Mas obrigada pela oferta.

Ele levantou.

– Você tem o meu telefone se precisar de mim.

Nem morta eu ligaria pra ele duas vezes no mesmo dia.

Ele olhou para o Rex.

– Precisa de ajuda para instalar o Drácula?

Eu me ajoelhei, suspendi a peneira, peguei o Rex e gentilmente o coloquei de volta na gaiola.

– Ele não costuma morder. Só ficou empolgado.

Morelli me afagou embaixo do queixo.

– Acontece comigo também.

Depois que Morelli foi embora, passei a corrente na porta e armei um sistema de alarme para mim mesma, empilhando copos em frente ao batente. Se ela fosse aberta, derrubaria a pirâmide, os copos se quebrariam no chão e isso iria me acordar. Ainda tinha a vantagem de que, se o intruso estivesse descalço, ele se cortaria no vidro quebrado. É claro que isso era improvável, já que estávamos em novembro e fazia cinco graus.

Escovei os dentes, vesti o pijama, coloquei a arma sobre a mesinha de cabeceira e fui pra cama, tentando não me incomodar com as coisas escritas na parede. A primeira coisa que eu faria pela manhã seria chamar o zelador e consertar minha porta, e, enquanto isso, eu daria uma demão de tinta no quarto.

Fiquei deitada por um bom tempo, sem conseguir dormir. Meus músculos estavam trêmulos e o meu cérebro, inquieto. Eu não tinha compartilhado a minha opinião com Morelli, mas estava bem certa de que não fora Sandeman que barbarizara o meu apartamento. Um dos recados na parede mencionava conspiração e uma letra K prateada havia sido colada embaixo da mensagem. Provavelmente eu deveria ter mostrado o K a Morelli, e provavelmente deveria ter mostrado o bilhete escrito em prateado, sugerindo que eu tirasse férias. Eu não tinha certeza do motivo por ter escondido isso. Desconfiava de que fora uma razão infantil. Tipo... você não me conta o seu segredo, então eu não conto o meu. Nananina, não.

Minha mente divagava no escuro. Eu pensava no motivo pelo qual Moogey havia sido morto e por que eu não conseguia encontrar Kenny e se eu estava com cáries.

Acordei num estalo, sentando na cama como um raio. O sol entrava pela fresta da cortina do quarto e meu coração estava disparado. Houve um som de raspagem ao longe. Minha mente clareou e percebi que o que me despertara subitamente foram os copos se quebrando no chão.

Capítulo 6

FIQUEI DE PÉ, COM O REVÓLVER EM PUNHO, MAS NÃO CONSEguia decidir que direção tomar. Podia ligar para a polícia, pular pela janela ou me apressar para acertar o filho da puta em minha porta. Felizmente, não precisei escolher porque reconheci a voz xingando no corredor. Pertencia a Morelli.

Olhei o radiorrelógio. Oito horas. Dormi demais. Acontece quando você não fecha os olhos até o dia amanhecer. Enfiei os pés nas botas Doc Martens e fui até o hall, onde o vidro quebrado estava espalhado por uma área de pouco mais de um metro. Morelli conseguira tirar a corrente da porta e estava ali em pé, observando a bagunça.

Ele ergueu os olhos e me olhou de cima a baixo.

— Você dorme com essas botas?

Lancei-lhe um olhar malcriado e fui para a cozinha pegar a vassoura e a pá. Entreguei-lhe a vassoura e soltei a pá no chão, pisando no vidro ao voltar para o quarto. Troquei minha camisola de flanela por uma calça e uma blusa de moletom. Olhei de relance para o espelho acima da cômoda e, ao me ver, quase dei um berro. Sem maquiagem, bolsas embaixo dos olhos, cabelo que batia no teto. Eu não tinha certeza se escová-lo faria muita diferença, então coloquei meu boné dos Rangers.

Quando voltei ao hall, o vidro já desaparecera e Morelli estava na cozinha fazendo café.

— Você não sabe bater, não? — perguntei.

— Eu bati, mas você não respondeu.

— Deveria ter batido mais forte.

— E incomodar o sr. Wolesky?

Enfiei a cabeça na geladeira e peguei o que sobrara da torta, depois dividi. Metade para mim, metade para Morelli. Ficamos em pé junto à pia da cozinha e comemos, enquanto esperávamos pelo café.

— Você não está indo muito bem por aqui, gata — comentou Morelli. — Seu carro foi roubado, seu apartamento foi vandalizado e alguém tentou apagar seu hamster. Talvez você deva dar um tempo.

— Você está preocupado comigo.

— É.

Nós dois remexemos os pés diante dessa confissão.

— Estranho — eu disse.

— Nem me fale.

— Ficou sabendo de alguma coisa sobre meu jipe?

— Não. — Ele tirou alguns papéis dobrados do bolso da jaqueta. — Essa é a ocorrência do roubo. Dê uma olhada e assine.

Corri os olhos pelo documento e o assinei, depois devolvi para Morelli.

— Obrigada pela ajuda.

Morelli enfiou os papéis no bolso.

— Preciso voltar ao centro da cidade. Você tem algum plano para hoje?

— Consertar a minha porta.

— Vai dar queixa do arrombamento e do vandalismo?

— Vou fazer o conserto e fingir que nada aconteceu.

Morelli ouviu isso e ficou olhando para os próprios sapatos, sem qualquer menção de ir embora.

— Algo errado? — perguntei.

— Muita coisa. — Ele soltou o ar longamente. — Sobre esse caso em que estou trabalhando...

— O supersecreto?

— É.

— Se você me contar, eu não conto para ninguém. Juro!

— Acredito. Você só vai contar para a Mary Lou.

— Por que eu contaria para a Mary Lou?

– Mary Lou é sua melhor amiga. As mulheres sempre fofocam sobre tudo com a melhor amiga.

Dei um tapa em minha testa.

– Aaaah! Isso é uma imbecilidade machista.

– E daí? Vai me processar? – perguntou Morelli.

– Você vai ou não me contar?

– Isso tem que ficar em sigilo absoluto.

– Claro.

Morelli hesitou. Claramente era um policial entre a cruz e a espada. Outro suspiro:

– Se isso se espalhar...

– Não vou falar!

– Há três meses um policial foi morto na Filadélfia. Ele estava de colete à prova de balas, mas tomou dois tiros bem no peito que atravessaram o colete. Um entrou no pulmão e o outro, no coração.

– Assassinos de policiais.

– Exatamente. Balas ilegais, perfuradoras de coletes. Há dois meses, um carro passou atirando com muita eficácia e a arma escolhida era um modelo antitanque. Armamento do Exército. Reduziu significativamente a população dos "cachorros grandes" da rua Sherman e transformou em pó a caminhonete Ford Bronco nova do cachorrão Lionel Simms. O invólucro do projétil foi recuperado e rastreado até o Forte Braddock. Fizeram um inventário por lá e descobriram que faltava munição.

– Quando prendemos Kenny, fizemos o rastreamento de sua arma pela central de balística e o que acha que descobrimos?

– Veio de Braddock.

– É.

Esse era um segredo excelente. Tornava a minha vida bem mais interessante.

– O que disse Kenny sobre a arma roubada?

– Disse que havia comprado na rua. Garantiu que não sabia o nome do vendedor, mas trabalharia conosco para tentar identificá-lo.

— Depois ele desapareceu.
— Por que você resolveu me contar?
— Porque você está envolvida, precisa saber.
— Você poderia ter me falado antes.
— No começo, parecíamos ter boas pistas. Eu estava torcendo para que a essa altura já estivéssemos com Kenny e não precisasse envolvê-la.

Minha mente estava acelerada, levantando todos os tipos de possibilidades.

— Você poderia tê-lo prendido no estacionamento, quando ele estava fazendo o negócio com a Julia — eu disse a Morelli.

Ele concordou:
— Poderia.
— Isso talvez não lhe dissesse o que você queria saber.
— O que seria?
— Acho que você queria segui-lo para ver onde ele estava se escondendo. Acho que você não está apenas procurando por Kenny. Acho que está procurando por mais armas.
— Prossiga.

Eu estava me sentindo muito contente comigo mesma, agora fazendo muita força para não abrir um sorriso largo.

— Kenny servia em Braddock. Ele saiu há quatro meses e começou a gastar dinheiro. Comprou um carro. Pagou em espécie. Depois alugou um apartamento relativamente caro e o mobiliou. Encheu o armário com roupas novas.
— E?
— E Moogey também estava indo muito bem, levando-se em conta que ele vivia com o salário de frentista. Tinha um carro caríssimo na garagem.
— E qual é a conclusão?
— Kenny não comprou aquela arma na rua. Ele e Moogey estavam envolvidos no roubo das armas. O que Kenny fazia em Braddock? Onde trabalhava?
— Ele era um despachante de cargas. Trabalhava no depósito.
— E a munição desaparecida estava guardada no depósito?

– Na verdade, estava num anexo do depósito, mas Kenny tinha acesso.

– Arrá!

Morelli sorriu.

– Não fique toda animadinha com isso. O trabalho de Kenny no depósito não chega a ser uma prova conclusiva de culpa no cartório. Centenas de outros soldados têm acesso àquele lugar. E quanto às ramificações de Kenny... ele poderia estar vendendo drogas, apostando em cavalos, chantageando o tio Mário.

– Acho que ele estava passando as armas.

– Eu também acho – disse Morelli.

– Você sabe como ele tirava as coisas?

– Não. O Departamento de Investigação Criminal também não sabe. Pode ter saído tudo de uma só vez, ou aos poucos, durante um período mais longo. Ninguém verifica o inventário a menos que seja preciso, ou, nesse caso, se surgir algo roubado. O DIC está conduzindo uma investigação dos amigos de Kenny no Exército e seus colegas de trabalho no depósito. Até agora nenhum deles foi indicado como suspeito.

– Então, o que fazemos a partir de agora?

– Achei que seria útil falar com Ranger.

Peguei o telefone no balcão da cozinha e digitei o número de Ranger.

– E aí? – disse Ranger. – É bom que seja algo que preste.

– Tem potencial – garanti. – Você está livre para o almoço?

– No Big Jim's, ao meio-dia.

– Seremos três – informei. – Eu, você e o Morelli.

– Ele está aí? – Ranger perguntou.

– Está.

– Você está pelada?

– Não.

– Por enquanto – disse Ranger.

Escutei a desconexão e desliguei.

Quando Morelli saiu, liguei para Dillon Ruddick, o zelador do prédio, que também era um cara gente boa e amigo. Expliquei o problema e, aproximadamente meia hora depois, Dillon apareceu com sua caixa de ferramentas, uma lata de tinta e seus apetrechos de pintura.

Ele foi trabalhar na porta, e eu ataquei as paredes. Foi preciso dar três demãos de tinta para cobrir o spray, mas, antes das onze da manhã, meu apartamento estava livre das ameaças e tinha fechaduras novas instaladas.

Tomei um banho, escovei os dentes, sequei o cabelo e vesti um jeans com uma blusa preta de gola rulê.

Fiz uma ligação para a companhia seguradora e informei a respeito do roubo do carro. Disseram-me que minha apólice não tinha cobertura para um veículo alugado e que o pagamento seria feito em trinta dias caso meu carro não aparecesse até então. Eu estava suspirando profundamente quando o telefone tocou. Antes mesmo de pegar o fone, o ímpeto de gritar me informou que era minha mãe.

– Você já pegou seu carro de volta? – perguntou ela.

– Não.

– Não se preocupe. Já arranjamos tudo. Você pode usar o carro do tio Sandor.

O tio Sandor tinha ido para uma casa de repouso no mês anterior, aos oitenta e quatro anos, e dera seu carro à única irmã viva, a vovó Mazur. A vovó Mazur jamais aprendera a dirigir. Meus pais e o resto do mundo não estavam muito ansiosos para que ela começasse agora.

Apesar de saber que de cavalo dado não se olha os dentes, eu realmente não queria o carro do tio Sandor. Era um Buick azul-bebê, 1953, com o teto branco brilhoso, pneus de banda branca grandes o suficiente para servirem numa escavadeira e janelas de aço cromado reluzente. Ele tinha o mesmo formato e tamanho de uma baleia beluga, e provavelmente fazia 3km com um litro num dia tranquilo.

– Eu nem pensaria nisso – eu disse à minha mãe. – Legal de sua parte oferecer, mas aquele é o carro da vovó Mazur.

— A vovó Mazur quer que você fique com ele. Seu pai está indo até aí. Dirija com cuidado.

Droga. Declinei o convite de minha mãe para jantar e desliguei. Dei uma espiada em Rex para ter certeza de que não estava sofrendo nenhuma reação decorrente da provação da noite anterior. Ele parecia de bom astral, então eu lhe dei um ramo de brócolis e uma noz, peguei minha jaqueta e a bolsa, e tranquei o apartamento. Desci as escadas correndo e fiquei em pé do lado de fora, esperando meu pai aparecer.

O som longínquo de um motor de mamute arrogantemente sugando a gasolina preencheu o estacionamento e eu me encolhi junto ao prédio, esperando um alívio, rezando para que não fosse o Buick se aproximando.

Um carro que parecia um hipopótamo com focinho de batata despontou na esquina e senti meu coração bater no ritmo do pistão. Certamente era o Buick, em todo o seu esplendor, sem um cisco de ferrugem em lugar algum. O tio Sandor o comprara zero em 1953 e o conservara em estado de vitrine.

— Não acho que seja uma boa ideia — insisti com meu pai. — E se eu o arranhar?

— Não vai arranhar. — Meu pai estacionou o carro, deslizando pelo banco grande e inteiriço. — É um Buick.

— Mas eu gosto de carrinhos pequenos — expliquei.

— Esse é o problema desse país — retrucou meu pai –, carrinhos pequenos. Assim que começaram a trazer aqueles carrinhos pequenos do Japão, foi tudo pro brejo. — Ele bateu no painel. — Agora, isso é um automóvel. Essa belezinha foi feita para durar. É o tipo de carro que um homem pode se orgulhar de dirigir. É um veículo que tem *cojones*.

Entrei e sentei ao lado de meu pai. Espiei por cima do volante, boquiaberta com a extensão do capô. Está certo, era grande e horrível, mas, ora essa, ele tinha *cojones*.

Segurei firme no volante e atolei o pé esquerdo no chão, antes que meu cérebro registrasse que não tinha embreagem.

– É hidramático – informou meu pai. – Tem tudo a ver com a América.

Deixei meu pai em casa e forcei um sorriso.

– Obrigada.

Minha mãe estava nos degraus da frente.

– Tome cuidado – ela gritou. – Mantenha as portas trancadas.

Morelli e eu entramos juntos no Big Jim's. Ranger já estava lá, sentado de costas para a parede, numa mesa de onde tinha uma boa visão do ambiente. O eterno caçador de recompensas, e provavelmente se sentindo nu, já que devia ter deixado a maior parte de seu arsenal no carro em homenagem a Morelli.

Não havia necessidade de olhar o cardápio. Se você soubesse de alguma coisa, comia costelinhas e salada no Jim's. Fizemos o pedido e ficamos em silêncio, até que as bebidas foram servidas. Ranger estava à vontade em sua cadeira, de braços cruzados. Morelli mantinha uma postura menos agressiva, espalhado, indolente. Eu estava sentada na beirada de minha cadeira, com os cotovelos na mesa, pronta para pular e sair correndo, caso eles resolvessem começar um tiroteio só de curtição.

– Então – Ranger finalmente começou –, o que é que está havendo por aqui?

Morelli se inclinou ligeiramente à frente. Seu tom de voz era baixo e casual:

– O Exército perdeu uns brinquedos. Até agora eles apareceram em Newark, na Filadélfia, e em Trenton. Você ouviu falar alguma coisa sobre a venda desses troços aí pela rua?

– Sempre tem um troço sendo vendido na rua.

– Isso é um troço diferente – insistiu Morelli. – Munição que mata policiais. LAWs, M-16s, Berettas 9mm novas, com o timbre "Propriedade do Governo dos EUA".

Ranger assentiu:

– Eu soube do carro em Newark e do cana da Filadélfia. O que temos em Trenton?

– Temos a arma que Kenny usou para atirar no joelho de Moogey.

– Sério? – Ranger inclinou a cabeça para trás e riu. – Isso melhora a cada dia que passa. Kenny Mancuso acidentalmente acerta o joelho do melhor amigo, é detido por um policial que para, por acaso, para colocar gasolina, enquanto ainda está saindo fumaça da arma, e, no fim das contas, a arma é roubada.

– O que é que está correndo por aí? – quis saber Morelli. – Sabe de alguma coisa?

– Nada – respondeu Ranger. – E o que o Kenny falou?

– Nada – disse Morelli.

A conversa parou, enquanto nós afastávamos os talheres e copos para abrir espaço para os pratos de costelinhas e as tigelas de salada.

Ranger continuou a encarar Morelli.

– Tenho a sensação de que tem mais coisa.

Morelli escolheu uma costelinha e fez sua imitação de leão do Serengeti.

– O negócio foi roubado de Braddock.

– Enquanto Kenny estava servindo lá?

– Possivelmente.

– Aposto que o danado também teve acesso.

– Até agora, tudo que temos são coincidências. – Morelli continuou: – Seria legal se conseguíssemos seguir a trilha da distribuição.

Ranger deu uma olhada ao redor e focou a atenção em Morelli.

– Tem andado calmo por aqui. Posso perguntar na Filadélfia.

Meu bipe soou no fundo da bolsa. Olhei dentro dela e remexi, finalmente optando por tirar as coisas, uma por uma: algemas, lanterna, cassetete, arma de choque, laquê, escova de cabelo, carteira, walkman, canivete suíço e o bipe.

Ranger e Morelli observavam sérios, fascinados.

Eu olhei o visor, que dizia "Roberta".

Morelli desviou os olhos das costelinhas.

– Você gosta de apostar?

– Com você, não.

Havia no Jim's um telefone público no corredor estreito que dava nos banheiros. Disquei o número de Roberta e recostei o quadril na parede enquanto esperava. Roberta atendeu após alguns toques. Eu estava torcendo para que ela tivesse encontrado os caixões, mas não dei tanta sorte. Ela havia verificado todos os guarda-volumes e não encontrou nada de incomum, mas lembrou que um caminhão fizera várias viagens a um dos depósitos nas proximidades do 16.

– No fim do mês – disse ela. – Eu me lembro, pois estava fazendo a contabilidade mensal, e esse caminhão saiu algumas vezes.

– Pode descrevê-lo?

– Era relativamente grande. Como um pequeno caminhão de mudanças. Não um daqueles de dezoito rodas, nada assim. Parecia poder transportar dois cômodos cheios de móveis. E não era de aluguel. Era branco e tinha letras pretas na porta, mas estava longe demais do escritório para ler.

– Você viu o motorista?

– Desculpe, não prestei muita atenção. Eu estava fazendo a contabilidade.

Agradeci e desliguei. Difícil dizer se a informação sobre o caminhão valia alguma coisa. Devia haver uns cem caminhões na região de Trenton com aquela descrição.

Quando voltei à mesa, Morelli olhou para mim com um ar de expectativa.

– E aí?

– Ela não encontrou nada, mas lembra ter visto um caminhão branco com letras na porta, passando várias vezes no final do mês.

– Isso já resume bem.

Ranger havia limpado totalmente as suas costelinhas. Ele olhou para o relógio e empurrou a cadeira para trás.

– Tenho que ir ver um cara.

Ele e Morelli fizeram um tipo de ritual com as mãos, e Ranger foi embora.

Morelli e eu comemos em silêncio por um tempo. Comer era uma das poucas funções corporais que nos sentíamos à vontade em compartilhar. Quando a última folha da salada foi consumida, soltamos um suspiro simultâneo e fizemos sinal pedindo a conta.

O Big Jim's não tinha preços de um restaurante cinco estrelas, mas não sobrou muito em minha carteira depois que juntei minha parte da conta. Provavelmente seria sábio visitar Connie e ver se ela tinha alguma coleta fácil para mim.

Morelli estacionara na rua e eu optei por deixar o pequeno dirigível num estacionamento público, a duas quadras, na Mapple. Deixei Morelli na porta e saí marchando, dizendo a mim mesma que um carro era um carro. E o que importava se as pessoas me vissem dirigindo um Buick 1953? Era um meio de transporte, certo? Claro. Por isso estacionei a meio quilômetro de distância, num estacionamento subterrâneo.

Peguei o carro e segui pela Hamilton, passando pelo posto Delio's Exxon e por Perry Sandeman, e encontrei uma vaga em frente ao escritório de fianças. Estreitei os olhos acima do capô bojudo azul-bebê e fiquei imaginando exatamente onde o carro terminava. Cheguei devagarzinho à frente, subi no meio-fio e encostei no parquímetro. Achei que já estava bem perto, desliguei o motor, saí e tranquei o carro.

Connie estava em sua mesa, parecendo mais malvada do que o habitual, com as sobrancelhas pretas desenhadas baixas e ameaçadoras, e a boca apertada, formando um risco de batom vermelho-sangue. Fichas de arquivo estavam empilhadas em cima dos armários e sua mesa era uma balbúrdia de papéis soltos e copos de café vazios.

– Então – eu disse –, como está indo?

– Nem pergunte.

– Já contrataram alguém?

– Ela começa amanhã. Enquanto isso, não consigo achar porcaria nenhuma, porque não tem nada no lugar.

– Você devia fazer o Vinnie ajudar.

– Vinnie não está aqui. Ele foi para a Carolina do Norte com Mo Barnes para pegar um cara que deu Não Comparecimento.

Peguei uma pilha de pastas e comecei a organizar por ordem alfabética.

– Estou num impasse temporário com Kenny Mancuso. Entrou algo novo que pareça um flagrante rápido?

Ela me deu vários formulários grampeados juntos.

– Eugene Petras perdeu o dia da audiência na corte ontem. Provavelmente está em casa, bêbado como um gambá, e não sabe que dia é hoje.

Dei uma olhada no acordo de fiança. Eugene Petras tinha um endereço na cidade. A alegação era agressão à esposa.

– Eu deveria conhecer esse cara?

– Pode ser que conheça a esposa. Seu nome de solteira era Lukach. Acho que ela estava uns dois anos abaixo de você no colégio.

– Essa foi a primeira prisão desse cara?

Connie balançou a cabeça.

– Tem um longo histórico. Um escroto. Toda vez que toma umas cervejas, dá uns tapas na Kitty. Às vezes, vai longe demais e ela acaba no hospital. Tem vezes em que ela dá queixa, mas sempre acaba voltando atrás. Acho que fica com medo.

– Adorável. Quanto vale a fiança dele?

– Ele sai a dois mil dólares. Violência doméstica não conta muito como ameaça.

Enfiei a papelada embaixo do braço.

– Já volto.

Kitty e Eugene moravam numa casa estreita na esquina da Baker com a Rose, do lado oposto à fábrica de botões Milped. A porta da frente ficava direto na calçada, sem qualquer espaço de quintal ou varanda. O lado externo era marrom, com uma faixa branca contornando a parte de baixo. As cortinas estavam fechadas no cômodo da frente. As janelas de cima estavam escuras.

Eu estava com meu spray de pimenta à mão, no bolso da jaqueta, e as algemas e a arma de choque na calça Levi's. Bati na porta e escutei um barulho lá dentro. Bati novamente e a voz de um homem gritou algo incoerente. Novamente, mais barulho e a porta foi aberta.

Uma jovem me olhou por trás da corrente de segurança.
– Sim?
– Você é Kitty Petras?
– O que quer?
– Estou procurando seu marido, o Eugene. Ele está em casa?
– Não.
– Ouvi uma voz de homem aí dentro. Achei que parecia ser de Eugene.

Kitty Petras era magra como um graveto, tinha um rosto aflito e olhos castanhos grandes. Não estava usando maquiagem alguma. Seus cabelos castanhos estavam presos num rabo de cavalo na altura da nuca. Ela não era bonita, mas também não era feia. Ela não era nada. Tinha as feições esquecidas das mulheres que sofrem abuso, depois de alguns anos tentando se tornar invisíveis.

Ela me lançou um olhar cauteloso.
– Você conhece o Eugene?
– Trabalho para o agente contratual. Eugene perdeu a data na corte ontem e nós queríamos que ele remarcasse.

Não chegava a ser uma mentira, no entanto estava mais para uma meia verdade. Primeiro nós remarcaríamos, e depois o trancaríamos numa cela bem fedorenta, até que sua nova data chegasse.

– Eu não sei...

Eugene entrou em meu raio de visão através da fresta da porta.

– O que está havendo?

Kitty se afastou.
– Essa mulher gostaria que você remarcasse a data do tribunal.

Eugene enfiou o rosto no vão da porta bem perto de mim. Com seu narigão, os olhos vermelhos e um bafo de matar.

– O quê?

Repeti a baboseira sobre a remarcação e cheguei para o lado, a fim de forçá-lo a abrir a porta, se quisesse me ver.

A corrente foi aberta e tilintou no batente.

— Você está de sacanagem com a minha cara? — disse Eugene.

Eu me posicionei com metade do corpo para dentro da porta, ajustei a bolsa no ombro e menti na maior cara de pau:

— Só vai levar alguns minutos. Precisamos que você passe na corte e registre uma nova data.

— Ah, é mesmo? E sabe o que eu tenho a dizer sobre isso? — Ele se virou de costas pra mim, abaixou as calças e se inclinou à frente. — Beije a minha bunda branca peluda.

Ele estava de frente para o lado errado para que eu lhe borrifasse meu spray de pimenta. Então, peguei a minha arma de choque no bolso da Levi's. Nunca havia usado aquilo, mas não parecia complicado. Eu me inclinei à frente, pressionei o dispositivo eletrônico sobre a bunda de Eugene e apertei o botão. Eugene deu um gemido rápido e caiu encolhido no chão, como um saco de farinha.

— Meu Deus! — gritou Kitty. — O que foi que você fez?

Olhei Eugene no chão, deitado, imóvel, com os olhos vidrados, com as ceroulas nos joelhos. Ele estava respirando meio devagar, mas eu achei que isso fosse normal para um homem que acabara de tomar uma descarga capaz de iluminar um pequeno quarto. A cor da pele dele era branco pastoso; portanto, nada havia mudado quanto a isso.

— Arma de choque — expliquei. — Segundo o folheto, não causa nenhum dano.

— Que pena. Eu estava torcendo para que você o tivesse matado.

— Talvez você deva arrumar as calças dele — eu disse a Kitty. Já tinha feiura demais nesse mundo sem que eu precisasse ter que olhar para o pinto murcho de Eugene.

Quando ela já havia fechado o zíper, eu o cutuquei com a ponta do meu sapato e obtive uma reação mínima.

— Provavelmente seria melhor se nós o levássemos até meu carro antes que ele volte a si.

– Como vamos fazer isso? – perguntou ela.
– Acho que vamos ter que arrastá-lo.
– Sem chance. Eu não quero tomar parte nisso. Oh, Deus, que coisa terrível. Ele vai me dar uma surra daquelas por causa dessa história toda.
– Ele não pode te bater se estiver na prisão.
– Ele vai me bater quando sair.
– Se você ainda estiver aqui.

Eugene fez uma tentativa insignificante de mover a boca, e Kitty soltou um gritinho.

– Ele vai levantar! Faça alguma coisa!

Eu realmente não queria aplicar mais volts. Achei que não ia pegar bem se eu o arrastasse para dentro do tribunal com os cabelos em pé, todos chamuscados. Então, o agarrei pelos tornozelos e arrastei em direção à porta.

Kitty correu lá para cima e, pelos sons de gavetas sendo abertas, imaginei que estivesse fazendo as malas.

Consegui tirar Eugene da casa e levar até a calçada ao lado do Buick, mas, de jeito algum, eu iria conseguir colocá-lo dentro do carro sem alguma ajuda.

Eu podia ver Kitty juntando malas e sacolas na sala.

– Ei, Kitty, eu preciso de uma mãozinha aqui.

Ela espiou pela porta aberta.

– Qual é o problema?
– Não consigo colocá-lo no carro.

Ela mordeu o lábio inferior.

– Ele está acordado?
– Há vários tipos de acordado. Esse tipo não chega nem perto de alguns outros tipos.

Ela se inclinou à frente.

– Os olhos dele estão abertos.
– Verdade, mas as pupilas estão reviradas e atrás das pálpebras. Não dá para imaginar que ele possa ver muito desse jeito.

Em resposta à nossa conversa, Eugene havia começado a remexer as pernas.

Kitty e eu pegamos cada uma delas e um dos braços e o seguramos na altura dos ombros.

– Isso seria mais fácil se você tivesse estacionado mais perto – ofegou Kitty. – Você praticamente estacionou no meio da rua.

Eu me equilibrei embaixo do peso.

– Eu só consigo estacionar junto ao meio-fio quando há um parquímetro para que eu me guie.

Demos um impulso conjunto e batemos de encontro ao painel traseiro, com Eugene parecendo um boneco de borracha. Nós o empurramos no banco traseiro e o algemamos na alça de mão do passageiro, onde ele ficou pendurado como um saco de areia.

– O que você vai fazer? – perguntei a Kitty. – Tem algum lugar para onde ir?

– Tenho uma amiga em New Brunswick. Posso ficar com ela por um tempo.

– Assegure-se de manter a Justiça informada de seu endereço.

Ela concordou e saiu correndo para dentro de casa. Sentei atrás do volante e atravessei a cidade pela Hamilton. A cabeça de Eugene caía para os lados nas curvas, mas, fora isso, a viagem até a delegacia de polícia foi sem ocorrências.

Dirigi até a parte de trás do prédio, saí do Buick, apertei o botão de alerta na porta trancada, que conduzia até o balcão de atendimento, dei um passo para trás e acenei para a câmera de segurança.

Quase que instantaneamente a porta se abriu e o Crazy Carl Costanza pôs a cabeça para fora, olhando para mim.

– Sim?

– Entrega de pizza.

– É contra a lei mentir para um policial.

– Ajude-me a tirar um cara do meu carro.

Carl se virou e riu.

– Esse carro é seu?

Eu estreitei os olhos.

– Vai querer fazer alguma gracinha por causa disso?

– Credo, não. Sou politicamente correto pra cacete. Não faço piada sobre mulheres com carros grandes.
– Ela me eletrocutou – disse Eugene. – Quero falar com um advogado.
Carl e eu trocamos olhares.
– É terrível o que a bebida pode fazer com um homem. – Eu destravei as algemas. – As coisas mais loucas saem de sua boca.
– Você não o eletrocutou de verdade, não é?
– Claro que não!
– Embaralhou seus neurônios?
– Dei-lhe um choque na bunda.

Quando finalmente peguei meu recibo de entrega, já passava das seis horas. Tarde demais para passar no escritório e receber o pagamento. Dei um tempinho no estacionamento, olhando através da cerca de arame, vendo a estranha variedade de estabelecimentos comerciais do outro lado da rua. A igreja, a loja de chapéus Lydia's Hat Designs, uma loja de móveis usados e um mercadinho de esquina. Eu nunca via nenhum cliente em nenhuma dessas lojas e fiquei pensando como seus donos conseguiam sobreviver. Imaginei que era algo marginal; embora os negócios parecessem estáveis, suas fachadas nunca mudavam. É claro que madeira petrificada tem a mesma aparência ano após ano.

Eu estava preocupada que meu nível de colesterol tivesse baixado durante o dia, então optei por comer um franguinho frito e pãezinhos do Popeye's para o jantar. Pedi para embalarem tudo para viagem, dirigi com a minha comida até a rua Paterson e estacionei em frente à casa de Julia Cenetta. Imaginei que esse fosse um bom lugar para comer, como outro qualquer, e quem sabe, se eu tivesse sorte, Kenny apareceria.

Terminei meu frango com pãezinhos e uma saladinha de repolho, entornei um refrigerante Dr. Pepper e disse a mim mesma que não dava para ficar muito melhor que isso. Nada de Spiro, nada de louça, nada de chateação.

As luzes da casa de Julia estavam acesas, mas as cortinas estavam fechadas, portanto eu não podia bisbilhotar. Havia dois carros na entrada da garagem. Eu sabia que um era de Julia, e imaginei que o outro fosse de sua mãe.

Um carro de último tipo encostou junto ao meio-fio. Um cara louro e forte saiu dele e foi até a porta. Julia atendeu, vestindo jeans e uma jaqueta. Ela falou por cima do próprio ombro com alguém dentro da casa e saiu. O louro e Julia sentaram no carro e se beijaram por alguns minutos. O louro ligou o motor e os dois saíram. Kenny já era.

Fui até a locadora Vic's Vídeo e aluguei *Os caça-fantasmas*, meu filme mais inspirador de todos os tempos. Comprei pipoca de micro-ondas, um chocolate KitKat, um saco de copinhos de manteiga de amendoim Reese e uma caixinha de chocolate quente instantâneo com marshmallows. Sei ou não sei me divertir?

Quando cheguei em casa, a luz vermelha da minha secretária eletrônica estava piscando.

Spiro queria saber se eu tivera algum progresso na busca de seus caixões e se eu queria sair para jantar com ele na noite seguinte, depois do velório de Kingsmith. A resposta para as duas perguntas era um enfático NÃO!, mas fiquei adiando para lhe dizer isso, já que até o som da voz dele na secretária eletrônica me dava problemas intestinais.

O outro recado era de Ranger:

"Me liga."

Tentei o telefone da casa dele. Ninguém atendeu. Apelei para o telefone do carro.

– E aí? – disse Ranger.

– É a Stephanie. O que é que tá rolando?

– Vai ter uma festa. Acho bom você se arrumar.

– Você quer dizer salto alto e meia fina?

– Quero dizer um .38 da Smith & Wesson.

– Imagino que você queira que eu vá encontrá-lo em algum lugar.

– Estou num beco na esquina da West Lincoln com a Jackson.

A Jackson se estendia por aproximadamente três quilômetros, margeando ferros-velhos e a antiga Fábrica de Tubos Jackson, e tinha inúmeros bares e pensões. Uma área da cidade tão depressiva que era considerada desmerecida pelos grafiteiros. Poucos carros passavam no último quilômetro depois da fábrica. As luzes da rua haviam sido eliminadas a tiros e nunca foram substituídas. Incêndios eram ocorrências comuns, deixando mais prédios enegrecidos e lacrados com tábuas, e uma parafernália relacionada com o uso de drogas entupia as sarjetas cheias de lixo.

Peguei minha arma cuidadosamente no pote de biscoito em formato de urso marrom, e verifiquei se estava carregada. Coloquei-a em minha bolsa, junto com o KitKat, enfiei o cabelo embaixo do boné dos Rangers para ficar andrógena e voltei a vestir a jaqueta.

Ao menos, eu estava abrindo mão do encontro sentimental com Bill Murray por uma boa causa. Era provável que Ranger tivesse alguma pista sobre Kenny ou os caixões. Se Ranger precisasse de ajuda com o flagrante de alguém que estivesse seguindo pessoalmente, ele não ligaria para mim. Se você desse quinze minutos a Ranger, ele poderia organizar uma equipe para fazer a invasão do Kuwait parecer uma brincadeira de jardim de infância. Desnecessário dizer que eu não encabeçava a lista dessa possível tropa. Meu nome não constava nem mesmo no fim da lista.

Eu me sentia razoavelmente segura dirigindo pela Jackson no Buick. Alguém desesperado o suficiente para sequestrar o Azulão provavelmente seria imbecil demais para conseguir realizar tal proeza. Imaginei que nem precisava me preocupar se alguém passasse atirando. É difícil para uma pessoa mirar uma arma quando está rindo.

Ranger dirigia uma Mercedes preta esporte quando não pretendia transportar criminosos. Quando era temporada de caça, ele aparecia com um Ford Bronco preto. Avistei o Bronco no beco e receei que o conteúdo de meus intestinos fosse dissolver diante da possibilidade de dar um bote em alguém na rua Jackson. Estacionei diretamente na frente de Ranger e apaguei os faróis, enquanto o vi saindo das sombras.

– Aconteceu alguma coisa com o jipe?

— Roubado.
— Estão dizendo que vão estourar uma transação de armas esta noite. Armamento militar com munição difícil de arranjar. Dizem que o cara com os produtos é branco.
— Kenny!
— Talvez. Achei que deveríamos dar uma olhada. Minha fonte me assegurou de que vai rolar uma grande venda no número 270 da Jackson. É aquela casa bem ali do outro lado da rua, com a janela da frente quebrada.

Estreitei os olhos mirando a rua. Havia um Bonneville enferrujado colocado em cima de uns blocos, duas casas depois do número 270. O resto do mundo estava sem vida. Todas as casas estavam escuras.

— Não estamos interessados em estourar o negócio — explicou Ranger. — Vamos ficar aqui, bem quietinhos, e tentar ver o cara branco. Se for o Kenny, vamos segui-lo.

— Está bem escuro para identificar.

Ranger me deu um binóculo.

— Visão noturna.

Claro.

Estávamos entrando na segunda hora quando uma van desceu pela Jackson. Segundos depois, o veículo reapareceu e estacionou.

Foquei os binóculos no motorista.

— Ele parece branco, mas está usando uma máscara de esqui. Não consigo vê-lo.

Uma BMW parou atrás da van. Quatro negões saíram da BMW e caminharam até a van. Ranger estava com a janela aberta e o som da porta lateral da van, correndo no trilho ao abrir, ecoou pela rua vindo até o beco. As vozes eram abafadas. Alguém riu. Os minutos passavam. Um dos negões foi da van até a BMW, carregando uma caixa grande de madeira. Ele abriu o porta-malas, guardou a caixa, voltou para a van e repetiu o procedimento com uma segunda caixa.

Subitamente, a porta da casa com o carro em cima dos blocos abriu e os policiais saíram rápido, gritando instruções, de arma na mão, correndo rumo à BMW. Um carro de polícia desceu a Jackson e deu uma guinada, bloqueando a rua. Os quatro negões se espalharam. Tiros foram disparados. A van deu ré e desceu do meio-fio.

– Não perca a van de vista – Ranger gritou, correndo de volta para o Bronco. – Vou estar bem atrás de você.

Eu engatei o automático do Buick e atolei o pé no chão. Saí como uma bala do beco quando a van passou por mim, mas percebi, tarde demais, que a van estava sendo perseguida por outro carro. Os pneus cantaram e xinguei muito. O carro que também estava perseguindo a van bateu no Buick e quicou, com um "*bum*" sólido. Uma pequena luzinha vermelha piscante voou do teto do carro, parecendo uma estrela cadente. Eu mal senti o impacto, mas o outro carro, que eu presumia ser de um policial, tinha sido impulsionado uns cinco metros.

Vi as luzes traseiras da van sumindo no fim da rua e fiquei decidindo se a perseguiria. Resolvi que provavelmente não era uma boa ideia. Talvez não pegasse bem abandonar a cena depois de destruir um dos melhores carros da polícia civil de Trenton.

Eu estava pescando a carteira de motorista dentro da bolsa quando a porta foi aberta e eu fui arrancada e posta de pé por ninguém menos que Joe Morelli. Nós nos encaramos boquiabertos de perplexidade, mal acreditando em nossos olhos.

– Eu não acredito nisso – Morelli gritou. – Não acredito nessa porra. O que é que você faz? Fica sentada na cama, no meio da noite, pensando em maneiras de foder a minha vida?

– Não seja convencido.

– Você quase me matou!

– Você está exagerando. E não foi nada pessoal. Eu nem sabia que era o seu carro. – Se soubesse, eu não ficaria ali. – Além disso, você não está me ouvindo reclamar porque *você* entrou no meu caminho. Eu o teria pego se não fosse por sua causa.

Morelli passou uma das mãos sobre os olhos.

— Eu deveria ter me mudado da cidade quando tive a chance. Devia ter ficado na Marinha.

Olhei para o carro dele. Parte do painel traseiro havia sido arrancada e o para-choque estava no chão.

— Não tá tão ruim — assegurei. — Provavelmente ainda dá pra dirigir.

Nós dois voltamos a atenção para o Azulão. Não havia nem um único arranhão nele.

— É um Buick — eu disse, num tom de pedido de desculpas. — É emprestado.

Ele ficou olhando para o espaço.

— Merda.

Um carro de patrulha encostou atrás de Morelli.

— Você está bem?

— Sim. Maravilhoso — respondeu Morelli. — Estou bem pra cacete.

A patrulha foi embora.

— Um Buick — repetiu Morelli. — Exatamente como nos velhos tempos.

Quando eu tinha dezoito anos, eu meio que atropelei Morelli com um carro parecido.

Ele olhou além de mim.

— Imagino que aquele seja o Ranger, no Bronco preto.

Eu desviei o olhar para o beco. Ranger ainda estava ali, dobrado por cima do volante, sacudindo os ombros de tanto rir.

— Quer que eu faça uma ocorrência do acidente? — perguntei a Morelli.

— Eu não vou passar recibo disso com uma ocorrência.

— Você conseguiu dar uma olhada no cara da van? Acha que era o Kenny?

— Tem a mesma altura do Kenny, mas parecia mais magro.

— Kenny pode ter perdido peso.

— Eu não sei. Para mim, não parecia ser o Kenny.

Ranger piscou os faróis e o Bronco contornou a traseira do Buick.

— Acho que estou indo — disse Ranger. — Eu sei que três é gente demais.

Ajudei Morelli a colocar o para-choque no banco de trás e tirar o resto dos fragmentos do meio da rua. Eu podia ouvir a polícia se preparando para ir embora na esquina.

— Preciso voltar à delegacia — informou Morelli. — Quero estar lá quando eles falarem com esses caras.

— E você vai verificar as placas da van.

— A van provavelmente é roubada.

Voltei ao Buick e dei ré no beco para evitar o vidro quebrado na rua. Manobrei na primeira entrada de garagem da Jackson e segui para casa. Depois de várias quadras, dei a volta e fui para a delegacia. Estacionei na sombra, a uma certa distância da esquina, do lado oposto ao bar com o letreiro da RC Cola. Eu estava ali a menos de cinco minutos quando duas patrulhas entraram no estacionamento da delegacia, seguidos por Morelli em sua Fairlane sem para-choque e por duas caminhonetes da polícia. A Fairlane combinava com os carros azul e branco. Trenton não gasta dinheiro com cirurgia plástica. Se o carro de um policial sofre uma colisão, fica assim pelo resto da vida. Não havia um só carro no estacionamento que não parecesse ter sido usado para uma demolição.

Naquela hora da noite, o estacionamento lateral estava relativamente vazio. Morelli estacionou a Fairlane ao lado de sua picape e caminhou para o prédio. Os carros azul e branco perfilaram diante da cadeia para descarregar os presos. Engatei o Buick na marcha automática, entrei no estacionamento e estacionei ao lado da picape de Morelli.

Depois de uma hora, o frio começou a entrar no Buick e liguei o aquecedor até tudo ficar aconchegante. Comi metade do KitKat e me estiquei no banco inteiriço. A segunda hora passou e repeti o procedimento. Eu havia comido o último pedacinho de chocolate quando a porta lateral da delegacia se abriu e a silhueta de um homem surgiu na porta. Mesmo vendo apenas a sombra, eu sabia que era Morelli. A porta se fechou atrás dele, e Morelli seguiu para a picape. Na metade do caminho para o estacionamento, ele me viu no Buick. Percebi seus lábios se movendo e não precisava ser um gênio para saber qual havia sido a única palavra que saíra deles.

Pulei para fora do carro para que fosse mais difícil ainda me ignorar.

— Bem — comecei, toda alegrinha —, como foi?

— As coisas eram de Braddock. Só isso. — Ele deu um passo se aproximando e fungou. — Estou sentindo cheiro de chocolate.

— Eu comi metade de um KitKat.

— Imagino que não tenha a outra metade.

— Comi mais cedo.

— Que pena. Talvez eu pudesse lembrar mais alguma informação importante se eu tivesse um KitKat.

— Está me dizendo que vou ter que alimentá-lo?

— Tem mais alguma coisa na sua bolsa?

— Não.

— Ainda tem torta de maçã na sua casa?

— Tenho pipoca e doces. Ia assistir a um filme esta noite.

— É pipoca amanteigada?

— É.

— Tá bem — concordou Morelli. — Acho que posso aceitar uma pipoca amanteigada.

— Você vai ter que dar algo muito bom mesmo se espera ganhar metade da minha pipoca.

Morelli abriu lentamente um sorriso.

— Eu estava falando de informação!

— Claro — disse Morelli.

Capítulo 7

MORELLI ME SEGUIU SAINDO DA DELEGACIA, COM SEU 4X4, sem dúvida preocupado com a turbulência que o Buick causava noite adentro.

Entramos no estacionamento dos fundos do meu prédio e paramos lado a lado. Mickey Boyd estava acendendo um cigarro na porta dos fundos. Francine, esposa de Mickey, havia colocado um adesivo de nicotina na semana anterior, e agora Mickey não tinha permissão para consumir alcatrão em casa.

– Nossa – disse Mickey, com o cigarro magicamente colado ao lábio inferior, apertando os olhos em meio à fumaça. – Olha só esse Buick. Mas que carrinho lindo. Vou te contar, não fazem mais carros assim.

Eu olhei de lado para Morelli.

– Acho que esse negócio de carro grande com janelas cromadas é mais uma dessas coisas de homem.

– É o tamanho – explicou Morelli. – Um homem precisa de espaço.

Subimos a escada e, na metade do caminho, eu senti meu coração apertar. O medo de ter meu apartamento arrombado acabaria passando e a velha segurança voltaria. Iria passar. Mas não naquela noite. Naquele momento, eu me esforçava para esconder minha ansiedade. Não queria que Morelli me achasse uma frouxa. Felizmente, minha porta estava trancada e intacta e, quando entramos no apartamento, ouvi a rodinha do hamster girando no escuro.

Acendi a luz e larguei a jaqueta e a bolsa na mesinha do hall.

Morelli me seguiu até a cozinha e ficou olhando, enquanto eu colocava a pipoca no micro-ondas.

— Aposto que você alugou um filme para ver com essa pipoca.

Abri o saco de copinhos de manteiga de amendoim e ofereci para Morelli.

— Os *caça-fantasmas*.

Morelli pegou um copinho, abriu-o e enfiou seu conteúdo inteiro na boca.

— Você também não entende muito de filmes.
— É o meu predileto!
— É filme de boiola. Não tem o DeNiro.
— Conte-me sobre o flagrante.
— Nós pegamos os quatro caras da BMW, mas ninguém sabe de nada. O negócio foi feito por telefone.
— E quanto à van?
— Roubada. Exatamente como eu disse. Aqui de Trenton mesmo.

O relógio do forno apitou e tirei a pipoca.

— Difícil de acreditar que alguém se deslocaria até a rua Jackson no meio da noite, para comprar armas do exército de alguém que fechou negócio por telefone.
— O vendedor sabia os nomes. Acho que isso era o suficiente para esses caras. Eles não são peixes graúdos.
— Nada que envolva Kenny?
— Nada.

Despejei a pipoca numa tigela e passei-a para Morelli.

— Então, que nomes o vendedor usou? Alguém que conheço?

Ele enfiou a cabeça na geladeira e saiu com uma cerveja.

— Quer uma?

Eu peguei a lata e abri.

— Quanto aos nomes...
— Esqueça os nomes. Eles não vão ajudá-la a encontrar Kenny.
— E quanto a uma descrição? Como era a voz do vendedor? De que cor eram seus olhos?
— Ele era um cara mediano, branco, com voz comum, sem características chamativas. Ninguém notou a cor dos olhos. O interrogatório prosseguiu basicamente no sentido de que eles estavam procurando armas, não uma porra de um encontro amoroso.

– Nós não os teríamos perdido se estivéssemos trabalhando juntos. Você deveria ter me ligado – eu disse. – Como agente de apreensão, eu tenho o direito de participar de operações conjuntas.

– Errado. Ser convidada para participar numa operação conjunta é uma cortesia profissional que podemos lhe estender.

– Ótimo. Por que não foi estendida?

Morelli pegou um punhado de pipoca.

– Não havia nenhum indicativo de que o Kenny estaria dirigindo a van.

– Mas havia uma possibilidade.

– É. Havia uma possibilidade.

– E você optou por não me incluir. Desde o começo, eu sabia que você iria me excluir.

Morelli foi para a sala.

– Então, o que está tentando me dizer é que estamos de novo em guerra?

– Estou tentando dizer que você é nojento. E, mais que isso, eu quero a minha pipoca de volta e quero que você saia do meu apartamento.

– Não.

– O que quer dizer "não"?

– Nós fizemos um acordo. Informação em troca de pipoca. Você obteve a sua informação e agora eu tenho o direito à minha pipoca.

Meu primeiro pensamento foi a bolsa em cima da mesinha do hall. Eu poderia dar a Morélli o tratamento que dei a Eugene Petras.

– Nem pense nisso – disse Morelli. – Se chegar perto daquela mesinha, eu vou dedurá-la por porte ilegal.

– Isso é asqueroso. É abuso de poder como policial.

Morelli pegou a fita de vídeo em cima da TV e colocou dentro do videocassete.

– Você vai ou não vai assistir a esse filme comigo?

Acordei me sentindo irritada sem saber o porquê. Achava que tinha algo a ver com Morelli e o fato de que eu não tivera a chance de borrifar meu spray, nem de dar um choque, muito menos um tiro. Ele foi embora quando o filme terminou e a pipoca acabou. Suas palavras de despedida foram que eu deveria botar fé nele.

– Claro – eu disse. Quando porcos voarem.

Pus a máquina de café para funcionar, liguei para Eddie Gazarra e deixei um recado para que ele ligasse de volta. Pintei minhas unhas dos pés enquanto esperava, tomei café e fiz uma panela de Rice Krispies e marshmallows. Cortei em pedaços, comi dois e o telefone tocou.

– O que é agora? – perguntou Gazarra.

– Preciso dos nomes dos quatro negões que foram presos na rua Jackson ontem à noite. E quero os nomes que o motorista da van deu como referência.

– Merda. Eu não tenho acesso a esse troço.

– Você ainda precisa de uma babá?

– Sempre preciso de babá. Verei o que posso fazer.

Tomei um banho rápido, passei os dedos pelos cabelos e vesti minha Levi's e uma camisa de flanela. Tirei a arma da bolsa e, cuidadosamente, coloquei de volta no pote de biscoitos. Liguei a secretária eletrônica e tranquei a porta ao sair.

O ar estava fresco e o céu, quase azul. O gelo cintilava nos vidros do Buick como poeira mágica. Sentei atrás do volante, liguei o motor e o desembaçador no máximo.

Seguindo a filosofia de que é melhor fazer *qualquer coisa* (independentemente do quanto seja tedioso ou insignificante) do que não fazer nada, dediquei a manhã a passar de carro pela casa dos amigos e parentes de Kenny. Enquanto eu dirigia, ficava atenta para ver se via meu jipe ou caminhões brancos com letras pretas. Eu não estava achando nada, mas a lista de itens para procurar estava ficando mais comprida, então talvez eu estivesse progredindo. Se a lista ficasse longa o suficiente, mais cedo ou mais tarde, eu acabaria encontrando algo.

Depois da terceira parada, desisti e segui até o escritório. Eu precisava pegar o meu cheque por ter levado Petras e queria ver a minha secretária eletrônica. Achei uma vaga duas portas depois do Vinnie e arrisquei inovar, estacionando o Azulão numa vaga paralela. Em pouco menos de dez minutos, eu deixei o carro bem angular, com apenas um dos pneus em cima da calçada.

– Belo serviço de estacionamento – elogiou Connie. – Eu estava com medo de que você fosse ficar sem gasolina antes de conseguir ancorar o *Queen Elizabeth II*.

Larguei minha bolsa no sofá Naugahyde, que imitava couro.

– Estou melhorando. Só bati no carro de trás duas vezes e desviei totalmente do parquímetro.

Um rosto familiar surgiu, vindo de trás de Connie.

– Merda, é bom você não ter batido no meu carro.

– Lula!

Lula exibia seus 105kg com uma das mãos no quadril. Ela vestia uma calça de moletom branca e tênis brancos. O cabelo estava tingido de laranja e parecia ter sido cortado com cortador de grama e esticado com cola de papel de parede.

– E aí, garota? – Lula me cumprimentou. – Por que você está entrando aqui toda tristinha?

– Vim pegar meu pagamento. O que você está fazendo por aqui? Tentando arranjar uma fiança?

– Cruzes, não! Acabei de ser contratada para dar um trato nesse escritório. Vou arquivar essa bagulhada toda.

– E quanto à sua profissão anterior?

– Eu me aposentei. Passei a esquina para Jackie. Não dava pra voltar a rodar bolsinha depois de tomar aqueles talhos brabos no verão passado.

Connie sorria de orelha a orelha.

– Acho que ela vai conseguir lidar com Vinnie.

– É – concordou Lula. – Se ele vier se engraçar pra cima de mim, vou trucidar o putinho. E se ele se meter a besta com um mulherão que nem eu, vai virar uma mancha no carpete.

Eu gostava muito de Lula. Nós nos conhecêramos alguns meses antes, quando eu acabara de começar minha carreira como caçadora de recompensas e estava procurando por respostas, quando a vi em sua esquina, na rua Stark.

– Então, você ainda anda por aí? Ainda ouve falar das coisas da rua? – perguntei a Lula.

– Que tipo de coisa?

– Quatro negões tentaram comprar algumas armas ontem à noite e tomaram um bote.

– Ah, todo mundo sabe disso. São os dois garotos Long e Booger Brown mais aquele cuzão do seu primo, Freddie Johnson.

– Você sabe de quem eles estavam comprando as armas?

– Sei que era um cara branco. Não sei mais que isso.

– Estou tentando descolar alguma dica sobre esse cara branco.

– É bem engraçado estar desse lado da lei – comentou Lula. – Acho que vou ter que me acostumar.

Disquei meu número e acessei meus recados. Havia outro convite de Spiro e uma lista de nomes fornecida por Eddie Gazarra. Os quatro primeiros eram os mesmos que Lula me dera. Os últimos três eram as referências dos gângsteres, dadas pelo vendedor de armas. Eu os anotei e me virei para Lula.

– Conte-me sobre Lionel Boone, Stinky Sanders e Jamal Alou.

– Boone e Sanders traficam. Eles entram e saem de cana como se fossem para um condomínio de veraneio. A expectativa de vida deles não parece muito longa, se você sabe o que quero dizer. Não conheço Alou.

– E quanto a você? – perguntei a Connie. – Conhece algum desses pregos?

– Assim de cara, não, mas posso checar os arquivos.

– Epa! – disse Lula. – Essa é minha tarefa. Você só assiste.

Enquanto ela verificava os arquivos, liguei para Ranger.

– Falei com o Morelli ontem à noite – informei a Ranger. – Eles não tiraram muita coisa dos negões da BMW. Basicamente o que conseguiram foi saber que o motorista da van usava Lionel Boone, Stinky Sanders e Jamal Alou como referências.

– Um monte de gente ruim – comentou Ranger. – Alou é um artesão. Pode fazer qualquer coisa que dispare tiros.

– Talvez a gente deva falar com eles.

– Acho que você não vai querer ouvir o que eles têm a dizer a você, gata. Melhor se eu for ver os garotos sozinho.

– Por mim, tudo bem. De qualquer jeito, tenho outras coisas para fazer.

– Não tem nada sobre esses babacas no arquivo – Lula gritou. – Acho que a gente é classe alta demais.

Peguei meu cheque com Connie e me arrastei até o Azulão. Sal Fiorello tinha saído da delicatéssen e estava espiando pela janela lateral.

– Olha só o estado dessa belezinha – disse ele, sem se dirigir a alguém em particular.

Revirei os olhos e enfiei a chave na fechadura do carro.

– Bom-dia, sr. Fiorello.

– Mas que carro e tanto que você tem aí – elogiou ele.

– Ãrrã – respondi. – Não é todo mundo que pode dirigir um carro desses.

– Meu tio Manni tinha um Buick 53. Ele foi achado morto dentro do carro. Acharam-no lá no aterro sanitário.

– Nossa, eu sinto muito.

– Estragou o estofamento – disse Sal. – Foi uma grande pena.

Dirigi até a Stiva's e estacionei do outro lado da rua. Um caminhão de floricultura encostou na entrada da garagem das salas de velório e desapareceu pela lateral do prédio. Não havia qualquer outra movimentação. O prédio parecia sinistramente pacífico. Fiquei pensando em Constantine Stiva na seção de ortopedia do St. Francis. Eu nunca ouvira dizer que Constantine havia tirado férias e agora ele estava de molho com o negócio nas mãos daquele rato de enteado. Isso o devia estar matando. Pensei se ele saberia sobre os caixões. Meu palpite era que não. Eu achava que Spiro tinha feito besteira e estava tentando manter isso debaixo dos panos, sem que Con soubesse.

Eu tinha que informar a Spiro sobre a ausência de qualquer progresso e declinar o convite para jantar, mas estava tendo dificuldades em me motivar para atravessar a rua. Eu podia encarar uma funerária às sete da noite quando estava repleta de membros do K of C. Não estava morrendo de vontade de andar por ali, em alerta, às onze da manhã, sozinha, exceto pela companhia de Spiro e um monte de gente morta.

Fiquei ali mais um pouco e comecei a pensar em como Spiro, Kenny e Moogey haviam sido melhores amigos ao longo do tempo em que estiveram na escola. Kenny, o cara esperto. Spiro, o garoto não tão inteligente, com dentes ruins e um padrasto que era agente funerário. E Moogey, que até onde eu sabia era um cara bom. É engraçado como as pessoas formam alianças ao redor do denominador comum da simples necessidade de um amigo.

Agora Moogey estava morto. Kenny estava desaparecido em combate. E Spiro perdera vinte e quatro caixões baratos. A vida pode ser bem estranha. Num minuto você está no ensino médio, jogando basquete e roubando o dinheiro do lanche dos garotinhos mais novos, e, de repente, está usando massa de maquiagem funerária para preencher os buracos feitos à bala na cabeça do seu melhor amigo.

Uma ideia estranha passou pelo meu cérebro como no seriado *Phoenix Rising*. E se tudo isso estivesse interligado? E se Kenny tivesse roubado as armas e escondido nos caixões de Spiro? E aí? Eu não sabia.

Nuvens emplumadas surgiam no céu e o vento aumentara desde que eu havia deixado meu apartamento pela manhã. As folhas revoavam pela rua e batiam no para-brisa do Buick. Achei que, se ficasse ali sentada por tempo suficiente, eu provavelmente veria o Leitão, amigo do ursinho Pooh, passar voando.

Por volta de meio-dia, ficou claro que meus pés não superariam meu coração covarde. Sem problemas. Eu optaria pelo plano número dois. Iria até a casa dos meus pais, filaria um almoço e arrastaria a vovó Mazur de volta comigo.

Eram quase duas horas quando entrei no pequeno estacionamento lateral da Stiva's, com a vovó empoleirada ao meu lado no banco imenso, se esforçando para enxergar por cima do painel do carro.

– Não costumo ir a velórios vespertinos – disse a vovó, pegando sua bolsa e as luvas ao mesmo tempo. – Às vezes, no verão, quando estou com vontade de dar uma volta, posso até dar uma passadinha, mas geralmente gosto do pessoal que vem à noite. Claro que tudo muda quando se trata de caçadoras de recompensas... como nós.

Ajudei a vovó a sair do carro.

– Não estou aqui como uma caçadora de recompensas. Vim para falar com Spiro. Estou ajudando a resolver um pequeno problema.

– Aposto que sim. O que foi que ele perdeu? Aposto que perdeu um corpo.

– Ele não perdeu um corpo.

– Que pena. Eu não me importaria de procurar por um corpo.

Subimos as escadas e entramos. Paramos, por um instante, para verificar a programação de velórios.

– Devemos estar aqui para ver quem? – a vovó queria saber. – Vamos ver Feinstein, ou Mackey?

– Você tem alguma preferência?

– Acho que eu poderia ver Mackey. Não o vejo há anos. Desde que ele deixou de trabalhar na A & P.

Deixei a vovó sozinha e fui procurar por Spiro. Encontrei-o no escritório de Con, sentado atrás da imensa escrivaninha de nogueira, com o telefone na mão. Ele desligou e gesticulou na direção de uma cadeira.

– Era o Con – informou ele. – Liga toda hora. Não consigo sair do telefone com ele. Está virando um pé no saco.

Achei que seria legal se Spiro viesse dar em cima de mim para que eu lhe aplicasse alguns volts. Talvez eu até pudesse dar um choque no babaquinha. Se eu conseguisse fazê-lo se virar, talvez pudesse aplicar na parte de trás do pescoço e alegar ter sido outra pessoa. Poderia dizer que algum doido enlutado entrou correndo no escritório, deu um choque em Spiro e saiu correndo.

— Então, quais são as novas? — perguntou Spiro.

— Você está certo quanto aos caixões. Eles sumiram. — Coloquei a chave do galpão em cima da mesa. — Vamos pensar novamente sobre a chave. Você só tem uma, certo?

— Certo.

— Alguma vez chegou a fazer uma cópia?

— Não.

— Já emprestou a alguém?

— Não.

— E quanto a algum estacionamento com manobrista? A chave estava no mesmo chaveiro que as do seu carro?

— Ninguém teve acesso à chave. Eu a guardava em casa, na última gaveta da minha cômoda.

— E quanto a Con?

— O que é que tem ele?

— Ele já teve acesso à chave?

— Con não sabe nada sobre os caixões. Fiz isso sozinho.

Eu não estava surpresa.

— Só por pura curiosidade, o que exatamente você pretendia fazer com esses caixões? Não vai vendê-los para ninguém da cidade.

— Eu era tipo um intermediário. Eu tinha um comprador.

Um comprador. Ahhh! Tabefe mental.

— Esse comprador sabe que os caixões já eram?

— Ainda não.

— E você prefere não arruinar a sua credibilidade.

— Algo parecido.

Eu achava que não queria saber de mais nada. Nem tinha certeza se queria continuar a procurar pelos caixões.

— Está certo — eu disse. — Novo assunto. Kenny Mancuso.

Spiro se afundou mais na cadeira de Con.

— Nós éramos amigos. Eu, Kenny e Moogey.

– Estou surpresa que Kenny não tenha lhe pedido ajuda. Talvez pedisse que você o escondesse.
– Eu bem que queria ter essa sorte.
– Você quer falar mais a respeito?
– Ele está querendo me pegar.
– Kenny?
– Ele esteve aqui.
Isso me fez pular da cadeira.
– Quando? Você o viu?
Spiro abriu a gaveta do meio e tirou uma folha de papel. Ele arrastou a folha até mim.
– Encontrei isso em minha mesa quando cheguei hoje de manhã.
O recado era enigmático: "Você tem algo que é meu, agora eu tenho algo que é seu." A mensagem era formada por letras prateadas coladas. Era assinada por um K prateado. Fiquei olhando para as letras coladas e engoli em seco de forma audível. Spiro e eu tínhamos um amigo de correspondência em comum.
– O que isso significa? – perguntei.
Spiro ainda estava afundado na cadeira.
– Eu não sei o que quer dizer. Significa que ele é maluco. Você vai continuar procurando pelos caixões, não vai? Nós fizemos um acordo.
Ali estava Spiro, totalmente estressado por causa do bilhete de Kenny, e, no suspiro seguinte, estava me perguntando sobre os caixões. Muito suspeito, meu caro Watson.
– Acho que vou continuar procurando, mas, com toda a honestidade, estou desnorteada.
Encontrei a vovó Mazur ainda na sala de velório de Mackey, no posto de comando da cabeceira do caixão, com Marjorie Boyer, e a sra. Mackey estava embriagada de chá batizado, entretendo a vovó e a Marjorie com uma versão da história de sua vida narrada com a língua ligeiramente enrolada e concentrando-se nas mais amarguradas. Ela se balançava e gesticulava e, de vez em quando, o conteúdo de sua xícara voava em seu sapato.

— Você precisa ver isso — a vovó me disse. — Deram a George um forro de cetim azul-marinho, por conta de as cores de sua fraternidade serem azul e dourado. Não é demais?

— Todos os irmãos da fraternidade estarão aqui esta noite — acrescentou a sra. Mackey. — Farão uma cerimônia. E mandaram uma coroa de flores... ENOOORME!

— Mas que anel maravilhoso George está usando — a vovó comentou com a sra. Mackey.

A sra. Mackey virou o resto do chá goela abaixo.

— É o anel da fraternidade, e que o Senhor guarde sua alma. George queria ser enterrado com seu anel da fraternidade.

A vovó se inclinou para ver melhor. Ela se debruçou dentro do caixão e tocou o anel.

— Iiiii.

Todas nós ficamos com medo de perguntar o que estava acontecendo.

A vovó se endireitou e se virou para nós.

— Bem, olhe só para isso. — Ela segurava um objeto do tamanho de um batom. — O dedo dele caiu.

A sra. Mackey caiu desmaiada no chão, e Marjorie saiu da sala correndo e gritando.

Eu me inclinei à frente para ver melhor.

— Tem certeza? — perguntei à vovó Mazur. — Como é que isso aconteceu?

— Eu estava apenas admirando o anel, sentindo a suavidade da pedra, e, de repente, o dedo dele saiu na minha mão — explicou ela.

Spiro entrou na sala como uma bala, trazendo Marjorie junto a ele.

— Que história é essa sobre o dedo?

A vovó segurou o dedo para que ele visse.

— Eu só estava olhando de perto e, de repente, o dedo saiu.

Spiro pegou o dedo.

— Isso não é um dedo de verdade. É de cera.

— Caiu da mão dele — insistiu a vovó. — Veja você mesmo.

Todos nós espiamos dentro do caixão, olhando para o toquinho, onde antes ficava o dedo médio de George.

– Outro dia, havia um homem na TV dizendo que alienígenas estavam pegando pessoas e fazendo experiências científicas com elas – disse a vovó. – Talvez isso tenha acontecido aqui. Talvez alienígenas tenham pegado o dedo de George. Talvez eles tenham levado outras partes também. Quer que eu verifique o resto das partes de George?

Spiro fechou a tampa do caixão.

– Às vezes, acontecem acidentes durante o preparo – explicou ele. – Outras vezes é necessário fazer uma emenda artificial.

Uma ideia arrepiante passou por minha cabeça quanto à perda do dedo de George. Não, eu disse a mim mesma. Kenny Mancuso não faria algo assim. Seria nojento demais, até mesmo para um cara como aquele.

Spiro foi até a sra. Mackey e seguiu até o interfone do lado de fora da sala. Segui atrás dele e esperei, enquanto ele instruía Louie Moon para ligar para a equipe do pronto-socorro, depois arranjar um pouco de massa para o salão número 4.

– Quanto àquele dedo... – eu disse a Spiro.

– Se você estivesse fazendo o seu trabalho, a essa altura o Kenny já estaria trancafiado – queixou-se Spiro. – Não sei porque a contratei para achar os caixões, se nem mesmo consegue achar Mancuso. Como é que pode ser tão difícil? O cara está totalmente pirado, me deixando bilhetes, picotando defuntos.

– Picotando defuntos no sentido de cortar dedos?

– Só um dedo – corrigiu Spiro.

– Você ligou para a polícia?

– O quê? Você está falando sério? Não posso ligar para a polícia. Eles vão direto ao Con. Se Con descobrir alguma coisa sobre isso, vai ficar doido.

– Ainda fico meio receosa quanto aos detalhes da lei, mas parece que você tem a obrigação de comunicar esse negócio.

– Estou relatando a você.

– Ah, não, eu não vou assumir a responsabilidade por isso.

— É problema meu se eu quero comunicar um crime. Não há lei que diga que você tem que falar tudo para a polícia.

O olhar de Spiro se fixou num ponto acima de meu ombro. Eu me virei, vi o que prendia sua atenção e fiquei nervosa ao ver Louie Moon em pé a alguns centímetros de mim. Foi fácil de identificar, pois seu nome estava escrito em linha vermelha, logo acima do bolso do peito de seu macacão. Ele era de altura e peso medianos, e provavelmente tinha trinta e poucos anos. A pele era bem clara e os olhos eram inexpressivos e azuis. O cabelo, louro, estava começando a ficar ralo. Ele me deu uma olhada rápida, só para reconhecer minha presença, e entregou a massa para Spiro.

— Temos uma mulher desmaiada aí dentro — Spiro lhe comunicou. — Que tal se você conduzir o pessoal do pronto-socorro pela porta dos fundos e depois mandá-los até aqui?

Moon saiu sem dizer nem uma única palavra. Bem despreocupado. Talvez o fato de trabalhar com gente morta cause esse tipo de coisa. Imagino que possa ser tranquilo, depois que você passa daquela etapa dos fluidos corporais. Não tinha muita conversa, mas provavelmente era bom para a pressão arterial.

— E quanto a Moon? — perguntei a Spiro. — Ele chegou a ter acesso à chave do galpão? Ele sabe sobre os caixões?

— Moon não sabe de nada. Ele tem o QI de um lagarto.

Eu não sabia exatamente como responder a isso, já que o próprio Spiro era bem do tipo lagarto.

— Vamos recapitular isso desde o início — sugeri. — Quando você recebeu o bilhete?

— Eu entrei para fazer algumas ligações telefônicas e o encontrei em cima de minha escrivaninha. Deve ter sido alguns minutos antes de meio-dia.

— E quanto ao dedo? Quando foi que descobriu sobre o dedo?

— Sempre dou uma inspecionada antes dos velórios. Percebi que o velho George estava com um dedo faltando e fiz um trabalho de recauchutagem.

— Você deveria ter me contado.

– Não era algo que eu quisesse compartilhar. Achei que ninguém descobriria. Não contava que a Vovó Desastre fosse aparecer.

– Faz alguma ideia de como Kenny entrou?

– Deve ter entrado normalmente, andando. À noite, quando saio, ligo o alarme. Desligo quando abro a funerária pela manhã. Durante o dia, a porta dos fundos sempre fica aberta para as entregas. Em geral, a porta da frente também fica aberta. Observei a porta da frente boa parte da manhã e ninguém a utilizou. Um florista encostou nos fundos. Foi só isso. Claro que Kenny pode ter entrado antes de mim.

– Você não ouviu nada?

– Louie e eu estivemos trabalhando na ala nova durante a maior parte da manhã. As pessoas sabem que têm que usar o interfone, caso precisem de nós.

– Então, quem entrou e saiu?

– Clara que faz os cabelos para nós. Ela chegou aqui às nove e meia para trabalhar na sra. Grasso. Saiu uma hora depois. Acho que você poderia falar com ela. Apenas não conte nada. Sal Munoz entregou algumas flores. Eu estava aqui em cima quando ele chegou e depois saiu; então, sei que não ajudará em nada.

– Talvez você deva dar uma olhada por aí, para se certificar de não estar deixando nada passar despercebido.

– Não quero saber o que mais estou deixando de notar.

– Então, o que é que você tem que Kenny quer?

Spiro agarrou a braguilha e deu um apertão.

– Ele é pequeno. Sabe o que quero dizer?

Senti meu lábio superior se contrair.

– Você está brincando, não é?

– Você nunca sabe o que motiva as pessoas. Às vezes, essas coisas as consomem.

– É, bem, se você descobrir mais alguma coisa, me diga.

Voltei ao salão e peguei a vovó Mazur. A sra. Mackey estava de pé, parecendo bem. Marjorie Boyer parecia ligeiramente verde, mas talvez fosse a iluminação.

Quando chegamos ao estacionamento, percebi uma estranha inclinação no Buick. Louie Moon estava em pé ao lado do carro, com uma expressão serena, os olhos fixos numa imensa chave de fenda espetada no pneu de banda branca. Ele estava com uma cara de inspetor da natureza.

A vovó se agachou para ver melhor.

— Não parece muito direito alguém fazer isso com um Buick — comentou ela.

Eu detestava sucumbir à paranoia, mas, nem por um minuto, achei que isso fosse um ato de vandalismo aleatório.

— Você viu quem fez isso? — perguntei a Louie.

Ele sacudiu a cabeça, dizendo que não. Quando ele falou, sua voz era suave e inexpressiva, como seus olhos:

— Eu só vim aqui fora para esperar pelo pessoal do pronto-socorro.

— E não havia ninguém no estacionamento? Você não viu nenhum carro se afastando?

— Não.

Dei-me ao luxo de um suspiro e voltei para dentro da funerária para ligar para o serviço de assistência automotiva. Usei o telefone público do hall, infeliz em perceber que minha mão estava tremendo, conforme remexi o fundo de minha bolsa em busca de uma moeda. Era apenas um pneu furado, eu disse a mim mesma. Não é grande coisa. É um carro, pelo amor de Deus... um carro velho.

Fiz meu pai vir pegar a vovó Mazur e, enquanto esperava pela substituição do pneu, tentei imaginar Kenny entrando escondido na funerária e deixando o bilhete. Teria sido razoavelmente fácil para Kenny entrar pela porta dos fundos sem ser visto. Cortar um dedo teria sido mais difícil. Levaria mais tempo.

Capítulo 8

A PORTA DOS FUNDOS DA FUNERÁRIA DAVA NUM PEQUENO hall, que conduzia ao lobby. A porta para o porão, a porta lateral da cozinha e a porta do escritório de Con, todas abriam do hall. Um pequeno vestíbulo com portas duplas de vidro, localizadas entre o escritório de Con e a porta do porão, dava acesso à entrada das garagens, que ficavam nos fundos. Era por essa porta que o falecido fazia sua última jornada.

Dois anos antes, Con contratara um decorador para dar um trato no lugar. As cores escolhidas, lilás e verde-limão, pontilhavam as paredes com paisagens pastorais. O piso foi todo forrado e acarpetado. Nada rangia. A casa inteira havia sido projetada para reduzir o ruído o máximo possível, e agora Kenny andava entrando escondido sem ser ouvido.

Eu me deparei com Spiro no hall.

– Quero saber mais sobre Kenny – eu disse. – Onde ele se esconderia? Ele deve estar sendo ajudado por alguém. A quem ele recorreria?

– Os Morelli e os Mancuso sempre recorrem à família. Se alguém morre, é como se todos eles tivessem morrido. Eles entram aqui, com seus vestidos e casacos pretos, e choram baldes uns pelos outros. Meu palpite é que ele esteja vivendo no sótão de algum Mancuso.

Eu não tinha tanta certeza. Para mim, parecia que a essa altura Joe saberia se Kenny estivesse escondido no sótão de alguém da família. Os Mancuso e os Morelli não eram conhecidos por sua habilidade em guardar segredos uns dos outros.

– E se não estivesse no sótão de um Mancuso?

Spiro sacudiu os ombros.

— Ele ia muito para Atlantic City.
— Está saindo com alguma garota, além de Julia Cenetta?
— Você quer verificar a lista telefônica?
— Tantas assim, é?

Saí pela porta dos fundos e esperei, impaciente, enquanto Al, do serviço de socorro automotivo Al's Auto Body, descia meu carro do macaco. Al levantou-se e esfregou as mãos no macacão, antes de me entregar a conta.
— Você não estava dirigindo um jipe da última vez que lhe dei um pneu novo?
— O jipe foi roubado.
— Já pensou em usar transporte público?
— O que aconteceu com a chave de fenda?
— Eu a coloquei no porta-malas. Nunca se sabe quando será preciso uma nova chave de fenda.

O Salão de Beleza Clara's ficava a três quarteirões abaixo, na Hamilton, ao lado do Buckets of Donuts. Encontrei uma vaga para estacionar, cerrei os dentes, prendi a respiração e dei ré no Buick a uma velocidade absurda. Era melhor acabar logo com aquilo. Eu sabia que estava perto quando ouvi vidro quebrando.

Saí do Buick e fui olhar o prejuízo. Nada no Buick. Mas o carro de trás estava com o farol quebrado. Deixei um bilhete com as informações do seguro e segui até o salão da Clara.

Bares, funerárias, confeitarias e salões de beleza formam o miolo da roda que faz a cidade girar. Os salões de beleza são especialmente importantes, pois aquela parte da cidade era um bairro de oportunidades iguais, preso a um ritmo dos anos 50. A tradução disso era que as meninas da cidade se tornavam obcecadas com os cabelos ainda bem cedo. Que se danassem os jogos mistos de futebol. Se você é uma garotinha de Trenton, passa seu tempo escovando os cabelos da Barbie. A Barbie é que impõe os padrões. Cílios pretos imensos, sombra azul fluorescente, seios pontudos e uma farta cabeleira louro-platinada. É a que todas nós aspiramos. A Barbie até nos ensina a nos vestir. Vestidos brilhosos apertados, shorts minúsculos, um casaquinho de pele ou plumas e, claro, salto agulha. Não que a Barbie não tenha mais a oferecer, mas as garotinhas da cidade não são trouxas de se deixarem levar por Barbies Patricinhas. Elas não compram nada daqueles trajes esportivos de bom gosto, terninhos ou coisas do tipo. As menininhas dessa cidade querem glamour.

Eu encaro a coisa da seguinte forma: estamos tão no passado que, na verdade, estamos à frente do resto do país. Jamais tivemos de passar por todo aquele negócio confuso de readaptação aos papéis. Em Trenton, você é quem quer ser. Nunca foi homem contra mulher. Aqui, sempre foi fraco contra forte.

Quando eu era pequenininha, cortava a minha franja no salão da Clara. Ela que fez meu cabelo para a minha primeira comunhão e minha formatura. Agora, eu vou ao shopping e corto as pontas com o sr. Alexander, mas ainda vou à Clara, às vezes, para fazer as unhas.

O salão fica numa casa convertida que foi transformada num imenso cômodo, com um banheiro nos fundos. Na frente, há cadeiras estofadas com ferro cromado, onde você pode sentar e esperar a sua vez lendo revistas com orelhas e folheando catálogos de penteados, mostrando estilos que ninguém sabe copiar. Atrás da área de espera, as pias de lavar o cabelo ficam de frente para as cadeiras. Logo em frente ao banheiro, fica o local das manicures. Há mais pôsteres mostrando penteados exóticos, impossíveis de se obter, perfilados nas paredes, refletidos nos espelhos.

As cabeças estavam secando embaixo dos secadores quando eu entrei.

Sob o terceiro secador, a partir do fundo para a frente, estava Joyce Barnhardt, minha arqui-inimiga. Quando eu estava na segunda série, Joyce Barnhardt derramou um copo de papel cheio de água atrás da minha cadeira e disse para todo mundo que eu tinha feito xixi nas calças. Vinte anos depois, eu a peguei em flagrante, em cima de minha mesa de jantar, cavalgando meu marido pangaré.

– Olá, Joyce – eu a cumprimentei. – Há quanto tempo!

— Stephanie. Como está indo?
— Tudo bem.
— Soube que você perdeu seu emprego de vendedora de calcinhas.
— Eu não vendia calcinhas. — Piranha. — Eu era a compradora de lingerie da E. E. Martin e perdi meu emprego quando eles se fundiram com a Baldicott.
— Você sempre teve problemas com calcinhas. Lembra quando você fez xixi na calça, na segunda série?

Se eu estivesse usando um medidor de pressão, ele teria explodido. Dei um safanão na tampa do secador e cheguei tão perto dela que nossos narizes quase se tocaram.

— Sabe o que faço agora como meio de vida, Joyce? Sou uma caçadora de recompensas e ando armada; portanto, não me encha o saco.

— Todo mundo anda armado em Nova Jersey — disse Joyce. Ela enfiou a mão na bolsa e tirou uma Beretta 9mm.

Isso foi meio constrangedor, não apenas por eu não estar com a minha arma, mas pelo fato de minha arma ser menor.

Bertie Greenstein estava embaixo do secador ao lado de Joyce.

— Eu gosto do .45 — Bertie Greenstein entrou na conversa, tirando um Colt da bolsa.

— Esse quica demais — Betty Kuchta comentou com Bertie, lá do outro lado da sala. — E ocupa espaço demais na bolsa. Você está mais bem servida com um .38. É o que uso agora. Um .38.

— Também ando com um .38 — disse Clara. — Costumava usar um quarenta e cinco, mas arranjei uma bursite por causa do peso; então, meu médico disse para trocar por uma arma mais leve. Também carrego spray de pimenta.

Todas carregavam spray de pimenta, com exceção da sra. Rizzoli, que estava fazendo um permanente.

Betty Kuchta acenou uma arma de choque no ar.

— Também tenho uma dessas.

— Brinquedo de criança. — Joyce brandiu um taser, uma arma de choque de alta voltagem.

Ninguém conseguiu superar o taser.

– Então, o que será? – perguntou Clara. – Vai fazer a mão? Eu acabei de comprar um esmalte novo. Delícia de manga.

Na verdade, eu não pretendia fazer as unhas, mas o tom do Delícia de manga era bem legal.

– Pode ser o Delícia de manga – eu disse. Larguei minha jaqueta, pendurei a bolsa no encosto da cadeira, sentei ao lado da mesinha de manicure e coloquei os dedos de molho na tigelinha.

– Quem você está procurando agora? – a sra. Rizzoli queria saber. – Ouvi dizer que era Kenny Mancuso.

– A senhora o tem visto?

– Eu não. Mas ouvi dizer que Kathryn Freeman o viu saindo da casa daquela menina Zaremba às duas da manhã.

– Não era Kenny Mancuso – corrigiu Clara. – Era Mooch Morelli. Eu ouvi da própria Kathryn. Ela mora na casa em frente à dele e estava acordada para levar o cachorro para passear. O bicho estava com diarreia porque tinha comido ossos de galinha. Eu falei para não dar ossos de galinha ao cachorro, mas ela nunca ouve.

– Mooch Morelli! – repetiu a sra. Rizzo. – Dá pra imaginar? A esposa dele sabe?

Joyce puxou a tampa do secador sobre a cabeça.

– Ouvi dizer que ela está entrando com o pedido de divórcio.

Todas elas entraram embaixo do secador e enfiaram a cara nas revistas, já que o assunto lembrava o que havia acontecido entre mim e Joyce. Todo mundo sabia quem pegara quem com quem na mesa de jantar e ninguém queria se arriscar a estar em meio a um tiroteio tendo apenas bobes como proteção.

– E quanto a você? – perguntei a Clara, enquanto ela lixava uma unha num formato oval perfeito. – Tem visto Kenny?

Ela balançou a cabeça.

– Faz muito tempo que não vejo esse aí.

– Ouvi dizer que alguém o viu entrando escondido na Stiva's essa manhã.

Clara parou de lixar e levantou a cabeça.

– Minha nossa! Eu estive na Stiva's essa manhã.

– Você viu ou ouviu alguma coisa?

– Não. Deve ter sido depois que fui embora. Acho que isso não me surpreende. Kenny e Spiro eram muito bons amigos.

Betty Kuchta se inclinou à frente, sob a tampa do secador.

– Ele nunca foi muito certo, sabe. – Ela apontou para a própria cabeça. – Ele estudou com a minha Gail na segunda série. As professoras sabiam que não podiam lhe dar as costas.

A sra. Rizzoli concordou:

– Semente ruim. Violência demais no sangue. Como aquele tio dele, o Guido. *Pazzo*.

– É bom ter cuidado com ele – recomendou a sra. Kuchta. – Já notou seu dedo mindinho? Quando Kenny tinha dez anos, decepou a ponta do mindinho com o machado do pai. Queria ver se doía.

– Adele Baggionne me contou tudo sobre isso – continuou a sra. Rizzoli. – Contou-me sobre o dedo e muitas outras coisas também. Adele disse que ela estava olhando pela janela dos fundos, imaginando o que Kenny ia fazer com o machado. Falou que o viu colocar a mão sobre o toco de madeira, ao lado da garagem, e decepar o dedo. Disse que ele nem chorou. Simplesmente ficou ali, em pé, olhando o dedo, sorrindo. Adele me assegurou que ele morreria de hemorragia se ela não tivesse chamado a emergência.

Eram quase cinco horas quando saí do salão da Clara. Quanto mais eu ouvia sobre Kenny e Spiro, mais amedrontada eu me sentia. Eu havia começado a busca achando que Kenny era o espertalhão, e agora temia que ele fosse maluco. E Spiro não parecia nada melhor.

Dirigi direto para casa, com o humor cada vez mais sombrio. Eu estava tão apavorada quando cheguei ao corredor do meu prédio que estava com a lata de spray de pimenta nas mãos quando destranquei a porta da frente. Acendi a luz e me tranquilizei um pouquinho ao me dar conta de que tudo parecia em ordem. A luz vermelha da minha secretária eletrônica piscava.

Era a Mary Lou.

– Então, qual é o lance aí? Você está pegando o Kevin Costner, ou algo do tipo, e não tem tempo para me ligar?

Tirei a jaqueta e disquei o número dela.

– Tenho andado ocupada – eu disse. – E não é com o Kevin Costner.

– Então, com quem? – perguntou ela.

– Um deles é o Joe Morelli.

– Até melhor.

– Não dessa forma.

– Estou procurando Kenny Mancuso e não tenho tido muita sorte.

– Você parece deprimida. Devia ir fazer as unhas.

– Eu fiz, mas não adiantou.

– Então, só resta uma coisa.

– Compras.

– Puta merda, nota dez – elogiou Mary Lou. – Eu te encontro na Quaker Bridge, às sete. Sapatos da Macy's.

Mary Lou já estava mergulhada em sapatos quando eu apareci.

– O que acha desses? – perguntou ela, dando uma voltinha usando botas de saltos finos altos.

Mary Lou tem 1,60m e é bem parruda. Ela tem muito cabelo, que, naquela semana, por acaso, estava ruivo, e gostava de brincos de argolas imensas e batom com brilho molhado. Ela é casada há seis anos, tem dois filhos e é muito feliz em sua vida familiar. Eu gosto dos filhos dela, mas, nas atuais circunstâncias, estou contente com o hamster. Uma pessoa não precisa de um balde de fraldas quando tem um hamster.

– Acho que conheço essas botas de algum lugar – eu disse. – Acho que a Bruxa Hazel estava calçando botas assim quando encontrou a Luluzinha colhendo frutinhas no quintal.

– Você não gosta?

– São para alguma ocasião especial?

– Para o Ano-Novo.

– O quê? Nada de lantejoulas?

– Você deveria comprar sapatos – sugeriu ela. – Algo sexy.

— Não preciso de sapatos. Preciso de óculos de visão noturna. Acha que eles vendem aqui?

— Ai, meu Deus! — Mary Lou segurou um par de plataformas roxas de camurça. — Olhe esses sapatos. Foram feitos pra você.

— Não tenho dinheiro. Estou esperando meu pagamento.

— Nós podíamos roubá-los.

— Eu não faço mais isso.

— Desde quando?

— Desde muito tempo. De qualquer forma, eu nunca roubei nada grande. Foi só aquela vez que pegamos uns chicletes no Sal's e, mesmo assim, foi só porque não gostávamos do Sal.

— E quanto à jaqueta do Exército da Salvação?

— A jaqueta era MINHA! — Quando eu tinha catorze anos, minha mãe deu a minha jaqueta jeans preferida para o Exército da Salvação e Mary Lou e eu a pegamos de volta. Eu disse à minha mãe que a comprei novamente, mas, na verdade, nós roubamos.

— Você deveria pelo menos experimentar — insistiu Mary Lou. Ela chamou um vendedor. — Nós queremos esses sapatos em tamanho 38.

— Eu não quero sapatos novos. Preciso de muitas outras coisas. Preciso de uma arma nova. Joyce Barnhardt tem uma arma maior que a minha.

— Arrá! Agora estamos chegando a algum lugar.

Eu sentei e desamarrei minhas botas Doc Martens.

— Eu a vi no salão da Clara hoje. Fiz de tudo para não estrangulá-la.

— Ela te fez um favor. Seu ex-marido é um escroto.

— Ela é demoníaca.

— Ela trabalha aqui, sabia? Na seção de cosméticos. Eu a vi fazendo uma maquiagem quando entrei. Deixou uma velhinha parecendo a Lily Monstro.

Eu peguei os sapatos do vendedor e os calcei.

— São ou não são lindos? — perguntou Mary Lou.

— São bem legais, mas eu não posso atirar em ninguém com eles.

— Você nunca atira em ninguém mesmo. Bem, está certo, talvez tenha atirado uma vez.

— Acha que Joyce Barnhardt tem sapatos roxos?

— Eu por acaso sei que a Joyce Barnhardt calça 40 e ficaria parecendo uma vaca com esses sapatos.

Caminhei até o espelho no fim da seção de calçados e fiquei admirando os sapatos. Pode se rasgar, Joyce Barnhardt.

Eu me virei de costas para olhar os sapatos por trás e dei um encontrão em Kenny Mancuso.

Ele segurou meus braços com força e me prendeu em seu peito.

— Surpresa em me ver?

Fiquei sem palavras.

— Você é realmente um pé no saco — ele se queixou. — Acha que eu não te vi espionando, no meio dos arbustos, na casa da Julia? Acha que não sei que você disse a ela que estou transando com a Denise Barkolowsky? — Ele me sacudiu de um jeito que fez meus dentes baterem. — E agora você está de chamego com o Spiro, não está? Vocês dois se acham muito espertos.

— Você deveria me deixar levá-lo de volta ao tribunal. Se Vinnie escalar outro caçador de recompensa, ele pode não ser tão gentil ao levá-lo.

— Você não ouviu o que dizem a meu respeito? Sou especial. Não sinto dor. Provavelmente, sou até imortal.

Minha nossa.

Ele sacudiu a mão e uma faca apareceu do nada.

— Eu fico te mandando recados, mas você não está me dando ouvidos. Talvez eu deva cortar a sua orelha. Isso chamaria a sua atenção?

— Você não me assusta. É um covarde. Nem consegue enfrentar um juiz. — Eu já tinha tentado essa antes com um cara que não deu as caras no tribunal e achei útil.

— Claro que te assusto. Sou um cara assustador. — A faca foi exposta e cortou a manga da minha blusa. — Agora a sua orelha. — Kenny segurou firme a minha jaqueta.

Minha bolsa com minha parafernália de caçadora de recompensas estava no banco, ao lado de Mary Lou; portanto, fiz o que qualquer mulher inteligente e desarmada faria. Abri a boca e gritei a plenos pulmões, quase matando Kenny de susto, a ponto de estragar seus planos. E daí que eu perdi um pouco de cabelo? Pelo menos, fiquei com a orelha.

– Jesus! Você está me envergonhando. – Kenny me deu um safanão contra a vitrine de sapatos, deu a volta e se mandou.

Fiquei de pé e saí correndo atrás dele, passando como um raio no meio das bolsas e da seção infantil, movida à adrenalina excedente e falta de bom-senso. Eu podia ouvir Mary Lou e o vendedor de sapatos correndo muito atrás de mim. Eu estava xingando Kenny e o fato de estar numa perseguição com as malditas plataformas quando dei um encontrão com uma velhinha, no balcão de cosméticos, quase a derrubei.

– Nossa – gritei para ela. – Desculpe!

– Corra! – Mary Lou gritou para mim da seção de roupas infantis. – Pega aquele filho da puta!

Eu me desvencilhei da velhinha e esbarrei em outras duas mulheres. Uma delas era Joyce Barnhardt em seu avental de maquiadora. Todas nós caímos, batendo no chão e gemendo.

Mary Lou e o vendedor de sapatos vieram nos separar, mas, de alguma forma, na confusão do momento, Mary Lou deu um chute atrás do joelho de Joyce. Joyce rolou para o lado, gritando de dor, e o vendedor logo me levantou, me colocando de pé.

Procurei Kenny, mas ele já havia sumido.

– Caramba – disse Mary Lou. – Aquele era o Kenny Mancuso?

Eu concordei com a cabeça e me esforcei para respirar.

– O que ele lhe disse?

– Ele me convidou pra sair. Disse que gostou dos sapatos.

Mary Lou soltou um ronco.

O vendedor de sapatos estava sorrindo.

– Se você estivesse experimentando tênis, o teria pegado.

Com toda honestidade, eu não sabia o que teria feito se o tivesse alcançado. Ele tinha uma faca e tudo que eu tinha eram sapatos sensuais.

– Vou ligar para o meu advogado – disse Joyce, levantando. – Você me atacou! Eu vou te processar até o último fio de cabelo.

– Foi um acidente – tentei explicar. – Eu estava perseguindo Kenny e você entrou no caminho.

– Esse é o departamento de cosméticos – Joyce gritou. – Você não pode simplesmente andar por aqui que nem uma lunática, perseguindo as pessoas em pleno departamento de cosméticos.

– Eu não estava sendo uma lunática. Estava fazendo o meu trabalho.

– Claro que estava sendo uma lunática – insistiu Joyce. – Você é um caso perdido. Você e sua avó são totalmente doidas.

– Bem, ao menos não sou uma vagabunda.

Os olhos de Joyce se arregalaram até ficarem do tamanho de bolas de golfe.

– A quem está chamando de vagabunda?

– Você. – Eu me inclinei à frente em meus sapatos roxos. – Eu que estou te chamando de vagabunda.

– Se eu sou uma vagabunda, você é uma puta.

– Você é uma mentirosa dedo-dura.

– Cadela.

– Piranha.

– Então, o que acha? – Mary Lou me perguntou. – Você vai ou não comprar esses sapatos?

Até chegar em casa, eu não tinha tanta certeza se fizera a coisa certa com os sapatos. Coloquei a caixa embaixo do braço enquanto destrancava a porta. Eram sapatos lindos, verdade, mas eram roxos. O que eu faria com sapatos roxos? Eu teria que comprar um vestido roxo. E quanto à maquiagem? Não se pode usar qualquer maquiagem com um vestido roxo. Eu teria que comprar batom e lápis de olho novos.

Acendi a luz e fechei a porta. Larguei a bolsa e os sapatos novos no balcão da cozinha e dei um pulo para trás quando o telefone tocou. Agitação demais para um único dia, pensei. Eu estava sobrecarregada.

— E agora? – disse a pessoa que estava ligando. – Agora está assustada? Fiz com que você pensasse?

Meu coração quase parou.

— Kenny?

— Recebeu meu recado?

— De que recado você está falando?

— Eu te deixei um recado no bolso da sua jaqueta. É para você e seu novo amigo, o Spiro.

— Onde está você?

Ouvi o som do telefone sendo desligado.

Merda.

Enfiei a mão no bolso da jaqueta e comecei a tirar os troços... Kleenex usado, batom, uma moeda, a embalagem de um Snickers, um dedo...

— AI!

Eu larguei tudo no chão e saí correndo.

— Merda, droga, merda!

Fui correndo até o banheiro e enfiei a cabeça na privada para vomitar. Depois de alguns minutos, resolvi que não ia vomitar (até foi uma pena, pois seria bom para me livrar do sundae de chocolate que eu havia comido com Mary Lou).

Lavei as mãos com bastante sabão e água quente e voltei para a cozinha. O dedo estava ali, no meio do chão. Parecia bem embalsamado. Peguei o telefone, ficando o mais distante possível do dedo, e liguei para Morelli.

— Venha até aqui – eu disse.

— Algo errado?

— SÓ VENHA PRA CÁ!

Dez minutos depois, as portas do elevador abriram e Morelli saiu.

— Iiii – disse ele –, se você está aqui fora esperando por mim, isso provavelmente não é bom sinal. – Ele olhou para a porta do meu apartamento. – Não tem um corpo ali dentro, tem?

— Não totalmente.

— Pode esclarecer isso?

– Eu estou com o dedo de um morto no chão da minha cozinha.
– O dedo está preso a alguma coisa? Como uma mão, ou um braço?
– É só um dedo. Acho que é do George Mayer.
– Você o reconheceu?
– Não. É que eu sei que George perdeu um dedo. Veja só, a sra. Mayer estava falando sobre a fraternidade de George e como ele queria ser enterrado com seu anel; então, a vovó precisou ir olhar o anel e, ao fazer isso, quebrou um dos dedos de George. No fim das contas, era de cera. De alguma forma, Kenny entrou na funerária, hoje de manhã, deixou um bilhete para Spiro e decepou o dedo de George. Depois, enquanto eu estava no shopping essa noite, com a Mary Lou, Kenny me ameaçou na seção de calçados. Deve ter sido quando ele colocou o dedo no meu bolso.
– Você andou bebendo?

Lancei um olhar de não-seja-ridículo e apontei para o chão da cozinha.

Morelli passou por mim e parou, com as mãos nos quadris, olhando para o dedo no chão.

– Você está certa. É um dedo.
– Essa noite, quando eu cheguei, o telefone estava tocando. Era o Kenny, me dizendo que deixou um recado no bolso de minha jaqueta.
– E o recado era o dedo.
– É.
– E como foi parar no chão?
– Eu meio que derrubei, quando fui ao banheiro para vomitar.

Morelli pegou uma toalha de papel e a usou para pegar o dedo. Eu lhe passei um saco plástico, ele soltou o dedo dentro, lacrou o saco e enfiou no bolso de sua jaqueta. Recostou-se na pia da cozinha e cruzou os braços.

– Vamos começar do início.

Eu lhe contei todos os detalhes, exceto sobre a parte de Joyce Barnhardt. Contei-lhe sobre o bilhete com a letra K prateada, sobre o K na parede do meu quarto, sobre a chave de fenda e a forma como tudo parecia ter vindo de Kenny.

Quando terminei, Morelli ficou quieto. Depois de alguns segundos, ele me perguntou se comprei os sapatos.

– Sim – eu disse.

– Deixe eu dar uma olhada.

Mostrei os sapatos.

– Muito sexy – observou ele. – Acho que estou ficando excitado.

Eu logo guardei os sapatos de volta na caixa.

– Você tem alguma ideia de a que Kenny se referia quando disse que Spiro tem algo dele?

– Não. Você tem?

– Não.

– Você me diria se tivesse?

– Talvez.

Morelli abriu a geladeira e olhou as prateleiras.

– Você está sem cerveja.

– Tive que escolher entre comida ou os sapatos.

– Fez a escolha certa.

– Aposto que tudo isso tem a ver com as armas roubadas. Aposto que Spiro estava metido nessa história. Talvez seja por isso que Moogey foi morto. Talvez Moogey tenha descoberto que Spiro e Kenny roubaram as armas do Exército. Ou talvez os três tenham feito isso e Moogey tenha amarelado.

– Você deve incentivar Spiro – sugeriu Morelli. – Você sabe, ir ao cinema com ele, deixá-lo segurar sua mão.

– Ai, socorro, que nojo, credo!

– Mas eu não o deixaria vê-la com esses sapatos. Ele pode ficar descontrolado. Acho que você deve guardá-los para mim. Vista algo provocante com eles. E ligas. Esses sapatos decididamente pedem ligas.

Da próxima vez que eu encontrar um dedo no meu bolso, vou jogar na privada e dar descarga.

— O fato de não termos encontrado Kenny me incomoda, mas ele não parece estar tendo qualquer dificuldade em me seguir.

— Como ele estava? Deixou a barba crescer? Pintou o cabelo?

— Ele estava exatamente como é. Não parecia estar vivendo em becos escuros. Estava limpo, barbeado. Não parecia estar com fome. Estava de roupa limpa. Parecia estar sozinho. Estava meio... é... chateado. Disse que eu era um pé no saco.

— Não! Você? Um pé no saco? Não posso imaginar o motivo para alguém pensar isso.

— De qualquer forma, ele não está passando sufoco. Se está vendendo armas, talvez tenha dinheiro. Talvez esteja ficando em motéis fora da cidade. Talvez em New Brunswick, ou perto de Burlington, ou Atlantic City.

— A foto dele está circulando em Atlantic City. Não apareceu nada. Para lhe dizer a verdade, o rastro de Kenny tem sido inexistente. Saber que ele está com raiva de você foi a melhor notícia que tive a semana toda. Agora, tudo que tenho a fazer é segui-la por aí e esperar que ele faça outra investida.

— Ah, que bom. Eu adoro ser uma isca para um mutilador homicida.

— Não se preocupe. Vou tomar conta de você.

Não me dei ao trabalho de esconder o sorriso.

— Certo — disse Morelli, com cara de policial. — Vamos dar um tempo com os flertes e o papo-furado. Precisamos falar sério sobre isso. Eu sei o que as pessoas falam sobre os homens Morelli e Mancuso... que nós somos vagabundos, bêbados e machistas. E serei o primeiro a admitir que boa parte disso é verdade. O problema com esse tipo de julgamento é que torna as coisas difíceis para os caras legais como eu...

Eu revirei os olhos.

— E isso rotula um cara como Kenny como um espertalhão, quando, em qualquer outro local do planeta, ele seria visto como um psicopata. Quando Kenny tinha oito anos, botou fogo em seu cão e nunca demonstrou o menor sinal de remorso. Ele é um manipulador. É totalmente egocêntrico. É destemido porque não sente dor alguma. E não é burro.

— É verdade que ele decepou o próprio dedo?

— É. É verdade. Se eu soubesse que ele estava te ameaçando, teria feito as coisas de forma diferente.

— Tipo?

Morelli me encarou por alguns instantes antes de responder:

— Eu teria dado o sermão a respeito de o cara ser um psicopata antes, isso é certo. E não a deixaria sozinha num apartamento protegido por copos de suco.

— Na verdade, eu não tinha realmente certeza até ver o Kenny essa noite.

— De agora em diante, carregue seu spray de pimenta no cinto, não na bolsa.

— Ao menos sabemos que Kenny ainda está na área. Meu palpite é de que isso que Spiro tem esteja segurando Kenny aqui. Kenny não vai partir sem essa tal coisa.

— Spiro pareceu agitado pelo que aconteceu com o dedo?

— Spiro pareceu... irritado. Incomodado. Ele estava preocupado que Con descobrisse que as coisas não estavam correndo bem. Spiro tem planos. Ele pretende assumir o negócio e abrir franquias.

Morelli abriu um sorriso largo.

— Planos de franquear a funerária?

— É. Como o McDonald's.

— Talvez a gente deva simplesmente deixar que Kenny e Spiro peguem um ao outro e depois pegamos os restos do chão quando eles terminarem.

— Falando em restos, o que você vai fazer com o dedo?

— Ver se casa com o toco que sobrou em George Mayer. E enquanto estiver fazendo isso, pensei em perguntar a Spiro que diabo está acontecendo.

— Acho que isso não é uma boa ideia. Ele não quer a polícia envolvida. Não quis dar queixa nem da mutilação, nem do bilhete. Se você for entrando lá, ele vai me tirar da jogada.

– O que você sugere?

– Passe esse dedo pra cá. Vou levá-lo de volta pro Spiro amanhã. Vou ver se descubro algo interessante.

– Não posso deixá-la fazer isso.

– Não pode uma ova! É meu dedo, droga. Estava no meu casaco.

– Dá um tempo. Sou policial. Tenho um trabalho a fazer.

– E eu sou caçadora de recompensas. Tenho um trabalho a fazer.

– Está certo, eu lhe dou o dedo, mas você tem que prometer me manter informado. Diante do primeiro sinal de que você está me deixando de fora, eu puxo o fio da tomada.

– Tudo bem. Agora me dê o dedo e vá pra casa antes que mude de ideia.

Ele tirou o saco plástico do bolso da jaqueta e enfiou no meu freezer.

– Só para garantir – disse ele.

Quando Morelli saiu, tranquei a porta e chequei as janelas. Olhei embaixo da cama e em todos os armários. Quando estava confiante de que meu apartamento estava seguro, fui para a cama e dormi como uma pedra, com todas as luzes acesas.

O telefone tocou às sete. Apertei os olhos para o relógio, depois para o telefone. Não existe essa coisa de como uma ligação trazer boas notícias às sete da manhã. Por experiência própria, sei que todas as ligações entre onze da noite e nove da manhã são desastrosas.

– Alô – atendi. – O que há de errado?

– Não há nada de errado. Ainda não – Morelli respondeu.

– São sete horas. Por que você está me ligando a essa hora da manhã?

– Suas cortinas estão fechadas. Queria ter certeza de que você está bem.

– Minhas cortinas estão fechadas porque ainda estou na cama. Como sabe que minhas cortinas estão fechadas?

– Estou no seu estacionamento.

Capítulo 9

Eu me arrastei para sair da cama, abri as cortinas e olhei o estacionamento. Claro. A Fairlane bege estava estacionada ao lado do Buick do tio Sandor. Eu podia ver que o para-choque ainda estava no banco traseiro de Morelli e alguém havia pichado PORCO na porta do motorista. Abri a janela do quarto e coloquei a cabeça para fora.

– Vá embora.

– Eu tenho uma reunião de equipe em quinze minutos – Morelli gritou. – Não deve demorar mais de uma hora, e depois estou livre o resto do dia. Quero que você espere que eu volte antes de ir para a Stiva's.

– Sem problema.

Quando Morelli voltou, eram nove e meia, e eu estava inquieta. Estava olhando a janela quando ele entrou no estacionamento e saí do prédio como um raio, com o dedo revirando de um lado para outro dentro da minha bolsa. Eu estava calçando minhas botas Doc Martens, caso precisasse chutar alguém, e havia prendido o spray de pimenta no cinto para poder pegá-lo instantaneamente. Estava com minha arma de choque totalmente carregada e guardada na jaqueta.

– Está com pressa? – Morelli perguntou.

– O dedo de George Mayer está me deixando nervosa. Vou me sentir muito melhor quando ele estiver de volta com George.

– Se precisar falar comigo, é só dar uma ligada – informou Morelli. – Você tem o número do telefone do carro?

– De cabeça.

– Meu bipe?

– Sim.

Liguei o Buick e saí do estacionamento. Pude ver que Morelli mantinha uma distância respeitável atrás de mim. A meia quadra de distância da Stiva's, avistei um batedor de motocicleta piscando o farol. Ótimo. Um funeral. Parei no acostamento e vi o cortejo passando, seguido por um carro de flores e a limusine com a família. Dei uma olhada na limusine e reconheci a sra. Mayer.

Olhei meu espelho retrovisor e vi Morelli estacionado diretamente atrás de mim, balançando a cabeça, como se dissesse *nem pense nisso*.

Disquei seu número no meu telefone.

– Eles estão enterrando George sem o dedo!

– Confie em mim, George não se importa com o dedo. Você pode me devolver. Vou guardar como prova.

– Prova de quê?

– Adulteração de cadáver.

– Não acredito em você. Provavelmente, vai jogar o dedo numa caçamba de lixo.

– Na verdade, eu estava pensando em colocá-lo no armário do Goldstein.

O cemitério ficava a um quilômetro e meio de distância da Stiva's. Havia sete ou oito carros antes de mim, seguindo lentamente a procissão melancólica. Do lado de fora, fazia cerca de dois graus e o céu estava naquele tom de azul típico de inverno. Parecia mais que eu estava num engarrafamento rumo a um jogo de futebol do que num funeral. Nós entramos pelos portões do cemitério e seguimos caminho até o meio do cemitério, onde o túmulo havia sido preparado e as cadeiras, arrumadas. No momento em que eu consegui estacionar, Spiro já havia acomodado a viúva Mayer.

Eu me aproximei silenciosamente de Spiro.

– Estou com o dedo de George.

Nada de resposta.

– O dedo de George – repeti, em minha voz de menininha de três anos falando com a mamãe. – O dedo de verdade. Aquele que está faltando. Estou com ele na bolsa.

— Que diabos o dedo de George está fazendo em sua bolsa?

— É uma longa história. Agora precisamos colocar o pedaço que completa George.

— O quê? Você está maluca? Eu não vou abrir aquele caixão para devolver o dedo de George! Ninguém dá a mínima para o dedo de George!

— Eu dou!

— Por que você não faz algo de útil, como encontrar meus malditos caixões? Por que está perdendo seu tempo encontrando coisas que eu não quero? Você não espera ser paga por ter encontrado o dedo, não é?

— Jesus, Spiro, você é muito escroto.

— Ah, é? Então, qual é o seu ponto?

— Meu ponto é que é melhor você arranjar um jeito de devolver o dedo do velho George, ou eu vou fazer uma cena.

Spiro não pareceu convencido.

— Vou contar para a vovó Mazur.

— Merda, não faça isso.

— E quanto ao dedo?

— Nós só baixamos o caixão quando estão todos nos carros, com os motores ligados. Nessa hora, podemos jogar o dedo. Isso serve pra você?

— Jogar o dedo?

— Eu não vou abrir aquele caixão. Você vai ter que se conformar em tê-lo enterrado na mesma cova.

— Eu sinto que tenho um grito a caminho.

— Cristo. — Ele apertou os lábios, mas eles nem conseguiam cobrir toda a sua arcada fechada. — Está certo. Eu vou abrir o caixão. Alguém já lhe disse que você é um pé no saco?

Eu me afastei de Spiro até a beirada da aglomeração, onde Morelli estava em pé, observando.

— Todo mundo me diz que eu sou um pé no saco.

— Então, deve ser verdade. — Morelli passou o braço ao redor dos meus ombros. — Teve sorte em se livrar do dedo?

– Spiro vai devolvê-lo a George depois da cerimônia, depois que os carros saírem.

– Você vai ficar?

– Sim. Isso me dará uma chance de falar com Spiro.

– Eu vou embora com todos os outros corpos quentes. Estarei na área, caso precise de mim.

Inclinei a cabeça em direção ao sol e deixei que minha mente vagasse durante a pequena prece. Quando a temperatura caía abaixo de dez graus, Stiva não perdia tempo ao lado da sepultura. Nenhuma viúva da cidade jamais usava sapatos adequados para um funeral, e era responsabilidade do agente funerário manter os velhos pés aquecidos. A cerimônia inteira levou menos de dez minutos, nem chegando a dar tempo para que o nariz da sra. Mayer ficasse vermelho. Vi os idosos seguindo para seus locais de abrigo, passando pela grama e pelo piso pavimentado. Em meia hora, todos estariam na casa dos Mayer, bebendo uísque em copos longos. E por volta de uma hora, a sra. Mayer estaria sozinha, imaginando o que faria naquela casa onde criara sua família sem ninguém, pelo resto da vida.

As portas dos carros se fechavam com batidas e os motores eram ligados. Os carros foram saindo.

Spiro ficou com as mãos nos quadris, um protótipo do agente funerário sofredor.

– E aí? – ele me disse.

Tirei o saco da minha bolsa e entreguei.

Dois empregados do cemitério estavam em pé, um de cada lado do caixão. Spiro deu o saco a um deles com instruções para que abrisse o caixão e colocasse lá dentro.

Nenhum dos dois homens piscou. Imagino que, quando se ganha a vida baixando caixões em sepulturas, você não tem que ser necessariamente do tipo inquisitivo.

– Então – Spiro virou-se para mim –, como foi que você pegou o dedo?

Eu fiz um resumo sobre Kenny na seção de calçados e de como encontrei o dedo quando cheguei em casa.

– Veja – disse Spiro –, essa é a diferença entre mim e Kenny. Kenny sempre tem que estar na tribuna de honra. Gosta de armar as coisas e depois ver o desfecho. Tudo é um jogo para Kenny. Quando éramos crianças, eu pisava num inseto e o matava esmigalhado, e Kenny espetava um alfinete para ver quanto tempo o inseto demoraria até morrer. Acho que Kenny gosta de ver as coisas se contorcerem, e eu gosto de ver o trabalho feito. Se fosse comigo, eu a pegaria num estacionamento escuro e vazio e enfiaria o dedo no seu cu.

Senti uma tonteira.

– Só estou falando teoricamente, é claro – corrigiu-se Spiro. – Eu nunca faria uma coisa dessas com uma gata como você. A não ser que você me pedisse.

– Eu preciso ir agora.

– Talvez nós possamos nos ver mais tarde. Para jantar ou algo assim. Só porque você é um pé no saco e sou muito escroto não quer dizer que não possamos nos encontrar.

– Prefiro espetar uma agulha no meu olho.

– Você vai superar isso – disse Spiro. – Tenho o que você quer.

Eu estava com medo de perguntar.

– Aparentemente, você também tem o que Kenny quer.

– Kenny é um babaca.

– Ele era seu amigo.

– As coisas acontecem.

– Que tipo de coisa? – perguntei.

– Nada não.

– Tive a impressão de que Kenny achou que fôssemos parceiros em alguma trama contra ele.

– Kenny é doido. Da próxima vez que o encontrar, devia atirar nele. Você pode fazer isso, não pode? Tem uma arma?

– Eu realmente tenho que ir.

– Até mais. – Spiro imitou um revólver com a mão e puxou o gatilho.

Praticamente, voltei correndo para o Buick. Sentei atrás do volante, tranquei a porta e liguei para o Morelli.

– Talvez você esteja certo quanto à possibilidade de eu ir trabalhar com cosméticos.

– Você iria adorar – disse Morelli. – Iria ficar desenhando sobrancelhas num monte de gatas velhas.

– Spiro não me disse nada. Ao menos, nada que eu quisesse ouvir.

– Escutei algo interessante no rádio enquanto estava esperando por você. Houve um incêndio na rua Low ontem à noite. Foi num dos edifícios pertencentes à antiga fábrica de tubos. Claramente foi um incêndio criminoso. A fábrica de tubos estava fechada com tapumes há anos, mas parece que alguém vinha usando o prédio para armazenar caixões.

– Você está me dizendo que alguém botou fogo nos meus caixões?

– O Spiro impôs condições sobre o estado dos caixões, ou você recebe na base do vivo ou morto?

– Encontro com você lá.

A fábrica era num terreno horrível, localizado entre a rua Low e a linha do trem. Havia sido fechada nos anos 70 e deixada ao abandono. Em ambos os lados havia terrenos sem valor. Depois dos descampados ficavam algumas indústrias sobreviventes: um cemitério de carcaças de automóveis, uma casa de suprimentos hidráulicos e a empresa de mudança e armazenagem Jackson.

O portão da fábrica estava aberto, emperrado de ferrugem. O telhado preto estava quebrado e esburacado, cheio de lixo e vidros. Um céu cor de chumbo refletia nas poças de água de fuligem. Um caminhão dos bombeiros estava parado no estacionamento. Havia um carro oficial ao lado do caminhão. Um azul e branco da polícia e o carro dos bombeiros estavam parados em ângulo, próximos ao galpão de carregamento, onde o fogo obviamente havia ocorrido.

Morelli e eu estacionamos lado a lado e caminhamos em direção ao grupo de homens que estavam conversando e escrevendo em pranchetas.

Eles ergueram o olhar quando nos aproximamos e acenaram com a cabeça para Morelli.

– Qual é a história? – quis saber Morelli.

Eu reconheci o homem que respondeu. John Petrucci. Quando meu pai trabalhou nos correios, Petrucci foi seu supervisor. Agora Petrucci era capitão do corpo de bombeiros. Vá entender.

– Incêndio criminoso – disse Petrucci. – Ficou bem restrito a uma das baias. Alguém encharcou uma porção de caixões com gasolina e ateou fogo. A trilha das chamas é clara.

– Algum suspeito? – perguntou Morelli.

Olharam-no como se ele fosse maluco.

Morelli sorriu.

– Achei que devia perguntar. Importa-se se eu der uma olhada por aí?

– Fique à vontade. Já terminamos por aqui. O inspetor da seguradora já acabou. Não houve muito dano estrutural. Tudo é feito de cimento. Alguém virá para lacrar o lugar com tapumes.

Morelli e eu fomos para a baia de carregamento. Peguei minha lanterna na bolsa e foquei em cima do monte de lixo encharcado que estava no meio da baia. Somente nas bordas distantes da bagunça era possível reconhecer algum caixão. Uma caixa de madeira dentro da outra. Nada elegante. Ambas enegrecidas pelo fogo. Estendi uma das mãos para tocar num dos cantos e o caixão e sua embalagem desmoronaram no chão, acomodando-se com um suspiro.

– Se você quisesse ser realmente aplicada quando a isso, poderia dizer quantos caixões estavam aqui, coletando as ferragens – sugeriu Morelli. – Depois poderia levá-las de volta para Spiro e ver se ele seria capaz de reconhecê-las.

– Quantos caixões você acha que havia aqui?

– Um monte.

– Isso já está bom pra mim. – Escolhi uma alça, embrulhei num Kleenex e enfiei no bolso da jaqueta. – Por que alguém iria querer roubar caixões e depois queimá-los?

– De sacanagem? Rancor? Talvez o fato de roubar os caixões parecesse uma boa ideia na época, mas quem os pegou não conseguia se livrar deles.

– Spiro não vai ficar feliz.

– É – concordou Morelli. – Isso até que acalenta seu coração, não é?

– Eu precisava do dinheiro.

– O que iria fazer com ele?

– Quitar meu jipe.

– Meu bem, você não tem um jipe.

A alça do caixão dava uma sensação de peso em meu bolso. Não em termos de gramas, ou quilos, mas pelo horror. Eu não queria bater na porta de Spiro. Quando eu sentia medo, a minha regra era sempre adiar o inevitável.

– Pensei em talvez ir para casa almoçar – disse a Morelli. – Depois eu podia levar a vovó Mazur comigo até a Stiva's. Haverá alguém novo na sala de George Mayer e a vovó realmente gosta de ir aos velórios da tarde.

– Muito atencioso de sua parte. Estou convidado para o almoço?

– Não. Você já comeu pudim. Se eu o levar para outra refeição, nunca mais vão largar do meu pé. Duas refeições já representam um noivado.

Parei para abastecer o carro a caminho da casa de meus pais e fiquei aliviada ao ver que Morelli não estava em lugar algum. Talvez isso não fosse tão ruim, pensei. Eu provavelmente não receberia o pagamento por ter encontrado os caixões, mas, ao menos, teria concluído meu assunto com Spiro. Virei na Hamilton e passei pelo posto de gasolina Delio's Exxon.

Meu coração apertou quando entrei na rua High e vi a Fairlane de Morelli estacionada em frente à casa dos meus pais. Tentei estacionar atrás dele, calculei mal e arranquei a lanterna traseira direita do carro dele.

Morelli saiu do carro e inspecionou o prejuízo.

– Você fez isso de propósito.

— Não fiz! Isso aqui é um Buick. Não dá pra saber aonde termina. – Lancei-lhe um olhar malvado. – O que você está fazendo aqui?

— Estou te protegendo. Vou esperar no carro.

— Ótimo.

— Ótimo – repetiu Morelli.

— Stephanie – minha mãe chamou da porta. – O que você está fazendo aí, em pé, com seu namorado?

— Tá vendo? – disse a Morelli. – O que foi que eu disse? Agora você é meu namorado.

— Sortuda.

Minha mãe acenava para que entrássemos.

— Entrem. Que boa surpresa. Que bom que fiz bastante sopa. E nós temos um pão fresquinho que seu pai comprou na padaria.

— Eu gosto de sopa – informou Morelli.

— Não. Nada de sopa – eu disse a ele.

A vovó Mazur surgiu na porta.

— O que você está fazendo com ele? Achei que você tinha dito que ele não era seu tipo.

— Ele me seguiu até aqui.

— Se eu soubesse que ele vinha, teria passado batom.

— Ele não vai entrar.

— Claro que vai – retrucou minha mãe. – Tenho bastante sopa. O que as pessoas achariam se ele não entrasse?

— É. – Morelli virou-se para mim. – O que as pessoas achariam?

Meu pai estava na cozinha instalando uma torneira nova na pia. Pareceu aliviado ao ver Morelli em pé no corredor. Ele provavelmente prefere que eu leve alguém útil para casa, como um açougueiro ou mecânico de carros, mas acho que policiais estão uma categoria acima dos agentes funerários.

— Sentem-se à mesa – convidou minha mãe. – Comam um pouco de pão com queijo. Comam uns frios. Comprei os frios no Giovichinni's. Ele sempre tem os melhores frios.

Enquanto todos estavam se servindo de sopa e espetando os frios com o garfo, tirei da bolsa um papel com a foto do caixão.

O detalhe na foto não estava tão bom, mas as ferragens pareciam semelhantes às que eu vira no local do incêndio.

— O que é isso? — a vovó Mazur quis saber. — Parece a foto de um caixão. — Ela olhou mais de perto. — Você não está pensando em comprar isso para mim, não é? Eu quero algo com algum entalhe. Não quero um desses caixões militares.

A cabeça de Morelli se ergueu.

— Militares?

— Só os militares têm caixões horríveis assim. Eu vi na TV que eles têm uma porção de caixões que sobraram da Operação Tempestade no Deserto. Não morreram americanos suficientes por lá e agora eles têm que se livrar de pilhas de caixões, e o Exército está fazendo leilões. São... como se chama... excedentes.

Morelli e eu nos entreolhamos. Óbvio.

Morelli colocou o guardanapo na mesa e empurrou a cadeira para trás.

— Preciso dar um telefonema — ele disse à minha mãe. — Tem problema se eu usar seu telefone?

Parecia exagero achar que Kenny teria tirado o armamento da base clandestinamente em caixões. Porém, as coisas mais loucas aconteciam. E isso explicaria a ansiedade de Spiro quanto aos caixões.

— Como foi? — perguntei quando Morelli voltou à mesa.

— Marie está verificando para mim.

A vovó Mazur parou com uma colher cheia de sopa na metade do caminho até a boca.

— Isso é negócio de polícia? Estamos trabalhando num caso?

— Estou tentando arranjar uma consulta com o dentista — desconversou Morelli. — Estou com uma obturação solta.

— Você precisa de dentes como os meus — a vovó disse a ele. — Posso despachar os meus para o dentista pelo correio.

Eu estava receosa quanto a arrastar a vovó comigo até a Stiva's. Imaginei que ela podia se virar sozinha com um agente funerário nojento. Mas não a queria envolvida com um que fosse perigoso.

Terminei minha sopa com pão e ataquei o pote de biscoitos, olhando para Morelli, admirando seu corpo esguio. Ele tinha tomado dois pratos de sopa, comeu meio pão coberto de manteiga e sete biscoitos. Eu tinha contado.

Ele me viu olhando e ergueu as sobrancelhas numa pergunta silenciosa.

– Imagino que você faça exercícios – eu disse, mais em um tom de afirmação do que de pergunta.

– Corro quando posso. Levanto uns pesos. – Ele sorriu. – Os homens Morelli têm bom metabolismo.

Droga de vida.

O bipe de Morelli disparou e ele retornou a ligação do telefone da cozinha. Quando voltou à mesa, parecia um gato que tinha engolido um canário.

– Meu dentista – disse ele. – Boas-novas.

Empilhei todas as tigelas de sopa e os pratos e levei para a cozinha.

– Preciso ir – comuniquei à minha mãe. – Tenho trabalho a fazer.

– Trabalho – minha mãe repetiu. – Rá! Mas que trabalho.

– Estava maravilhoso – Morelli disse à minha mãe. – A sopa estava esplêndida.

– Você deve vir mais vezes – ela incentivou. – Vamos fazer carne assada amanhã. Stephanie, por que não o traz amanhã?

– Não.

– Que falta de educação – ralhou minha mãe. – Isso é maneira de tratar um namorado?

Se minha mãe estava disposta a aceitar Morelli como meu namorado, isso só podia demonstrar o quanto ela estava desesperada para que eu me casasse, ou, ao menos, para que eu tivesse uma vida social.

– Ele não é meu namorado.

Minha mãe me deu um saco de biscoitos.

– Vou fazer bolinhos de creme amanhã. Faz tanto tempo que não faço bolinhos de creme!

Quando estávamos do lado de fora, eu me empinei toda e olhei Morelli direto nos olhos.

– Você não vem para o jantar.

– Claro – disse Morelli.

– E quanto ao telefonema?

– Havia um estoque imenso de caixões em Braddock. A divisão de reutilização de material coordenou uma venda seis meses atrás. Isso aconteceu dois meses antes de Kenny ser dispensado. A Funerária Stiva's comprou vinte e quatro. Os caixões ficavam armazenados na mesma área em que a munição, mas nós estamos falando de um espaço enorme. São vários galpões e quilômetros quadrados de terreno aberto cercado.

– Claro que a cerca não era problema para Kenny, pois ele trabalhava nas instalações.

– Ãrrã. E quando os lances foram aceitos, os caixões foram designados para retirada. Então, Kenny sabia que caixões seguiriam para Spiro. – Morelli roubou um biscoito do meu saquinho. – Meu tio Vito teria ficado orgulhoso.

– Vito roubava caixões no tempo dele?

– Vito fazia mais o recheio dos caixões. Sequestrar era algo mais secundário.

– Então, você acha que é possível que Kenny tenha usado os caixões para tirar as armas escondidas da base?

– Parece arriscado e desnecessariamente melodramático, mas, sim, acho que é possível.

– Certo; então, Spiro, Kenny e provavelmente Moogey talvez tenham roubado todo esse troço de Braddock e guardado na R & J. Depois, de repente, o negócio todo sumiu. Alguém traiu os companheiros e nós sabemos que não foi Spiro, pois ele me contratou para encontrar os caixões.

– Também não parece ter sido o Kenny – observou Morelli. – Quando ele disse que Spiro tinha algo que lhe pertencia, meu palpite é que estava se referindo às armas roubadas.

– Então, sobra quem? Moogey?

— Mortos não combinam encontros de vendas tarde da noite com os irmãos Long.

Eu não queria passar por cima dos cacos da lanterna traseira de Morelli, então peguei os pedaços maiores e, na falta de algo melhor para fazer com eles, entreguei-lhe os nacos de plástico.

— Você provavelmente tem seguro para isso — eu disse.

Morelli fez uma cara de dor.

— Você ainda vai ficar me seguindo? — perguntei.

— Vou.

— Então, é bom tomar cuidado com meus pneus quando entrar na Stiva's.

O pequeno estacionamento lateral da Stiva's estava totalmente lotado pela multidão matinal, o que me forçou a estacionar na rua. Saí do Buick e tentei ficar tranquila ao procurar Morelli. Eu não conseguia encontrá-lo, mas sabia que ele estava por perto, pois meu estômago estava quente e parecendo uma gelatina.

Spiro estava no lobby fazendo sua melhor imitação de Deus, direcionando o tráfego.

— Como está indo? — cumprimentei-o.

— Ocupado. Joe Loosey chegou esta noite. Aneurisma. E Stan Radiewski está aqui. Ele era um Elk e os Elks sempre têm um grande comparecimento.

— Eu tenho boas e más notícias — eu disse. — A boa notícia é que... acho que encontrei seus caixões.

— E a má?

Tirei a alça enegrecida do bolso.

— A má notícia é que... só sobrou isso.

Spiro olhou a alça.

— Não estou entendendo.

— Alguém fez churrasco de um monte de caixões ontem à noite. Eles foram empilhados numa das baias da fábrica de tubos e encharcados de gasolina, depois atearam fogo. Estavam bastante queimados, mas sobrou o suficiente de um para identificá-lo como um caixão dentro de um engradado.

— E você viu isso? O que mais queimou? Tinha mais alguma coisa?

Tipo algumas LAWs?

— Pelo que vi, só havia caixões. Talvez você mesmo queira dar uma olhada.

— Cristo — disse Spiro. — Não posso ir agora. Quem vai ficar de babá dessas porras desses Elks?

— Louie?

— Jesus. Louie, não. Terá que ser você.

— Ah, não. Eu não.

— Tudo que você tem a fazer é assegurar que haja bastante chá e dizer um monte de baboseira do tipo... Deus age de formas misteriosas. Eu só vou ficar fora meia hora. — Ele tirou as chaves do bolso. — Quem estava na fábrica de tubos quando você foi lá?

— O capitão do corpo de bombeiros, um policial, um cara que não conheço, Joe Morelli e uma porção de bombeiros, que se preparavam para partir.

— Disseram algo que valesse lembrar?

— Não.

— Você lhes disse que os caixões me pertenciam?

— Não. E não vou ficar. Quero meu pagamento pela descoberta e depois vou dar o fora.

— Não vou lhe dar dinheiro algum até que eu averigue a situação. Pelo que sei, esses caixões podem pertencer a outra pessoa. Ou talvez você esteja inventando isso tudo.

— Meia hora — gritei para as costas dele. — É tudo que tem!

Verifiquei a mesa de chá. Nada a fazer ali. Tinha bastante água quente e biscoitos servidos. Sentei numa cadeira de braços e fiquei olhando as flores que estavam ali perto. Os Elks estavam todos na ala nova com Radiewski e o lobby estava desconfortavelmente quieto. Nada de revistas. Nada de televisão. Música de morte saindo suavemente pelo sistema de som.

Depois do que pareceram quatro dias, Eddie Ragucci entrou a passos lentos. Eddie era contador e um dos figurões dos Elks.

– Onde está o roedor? – perguntou Eddie.
– Teve que sair. Disse que não iria demorar.
– Está quente demais na sala de Stan. O termostato deve estar quebrado. Não conseguimos desligar. A maquiagem de Stan está começando a escorrer. Coisas desse tipo nunca aconteciam quando Con estava aqui. É uma grande pena que Stan tenha falecido enquanto Con está no hospital. Mas que falta de sorte.
– Deus age de formas misteriosas.
– Isso não é verdade.
– Vou ver se consigo encontrar o assistente de Spiro.

Apertei alguns botões no interfone, gritando o nome de Louie no troço, pedindo que ele viesse até o lobby.

Louie apareceu assim que apertei o último botão.
– Eu estava nas salas de serviço – informou ele.
– Tem mais alguém lá?
– O sr. Loosey.
– Quer dizer, há outros empregados? Como a Clara do salão de beleza?
– Não, só eu.

Eu lhe contei sobre o termostato e o mandei ir dar uma olhada. Cinco minutos depois, ele voltou.
– Tinha um negocinho torto. Acontece sempre. As pessoas debruçam ali e entortam o negócio.
– Você gosta de trabalhar numa funerária?
– Eu trabalhava numa casa de repouso. Isso aqui é bem mais fácil porque você só precisa dar banho de mangueira nas pessoas. E quando as coloca na mesa, elas não ficam se mexendo.
– Você conhecia o Moogey Bues?
– Não antes de ele ser morto. Foi preciso meio quilo de massa para preencher os buracos que ele tinha na cabeça.
– E quanto a Kenny Mancuso?
– Spiro disse que foi Kenny Mancuso quem atirou em Moogey Bues.
– Você sabe como Kenny é? Ele já apareceu por aqui?

— Sei como ele é, mas não o vejo há muito tempo. Ouço as pessoas dizerem que você é uma caçadora de recompensas e está procurando por Kenny.

— Ele deixou de comparecer ao tribunal.

— Se eu o vir, vou avisá-la.

Eu lhe dei um cartão.

— Aqui estão alguns números onde posso ser encontrada.

A porta dos fundos bateu ao ser aberta e fechada. Um instante depois, Spiro entrou na sala a passos largos. Os sapatos pretos sociais e as pernas da calça estavam cobertos de cinzas. As faces tinham um tom vermelho nada saudável e seus pequenos olhos de roedor estavam negros e dilatados.

— Então? — perguntei.

Seus olhos se fixaram acima de meu ombro. Eu me virei e vi Morelli atravessar o lobby.

— Está procurando alguém? — Spiro perguntou a Morelli. — Radiewski está na ala nova.

Morelli mostrou o distintivo.

— Sei quem você é — disse Spiro. — Há algum problema aqui? Eu saio por meia hora e volto para um problema.

— Não há problemas — garantiu Morelli. — Só estou tentando encontrar o dono de alguns caixões queimados.

— Acabou de achá-lo. E não fui eu quem os incendiou. Os caixões foram roubados de mim.

— Você registrou queixa do roubo à polícia?

— Não queria publicidade. Contratei a srta. Maravilha aqui para encontrar os malditos troços.

— O caixão que sobrou parecia bem simples para os padrões de Trenton — observou Morelli.

— Eu os comprei numa venda do Exército. De um lote excedente. Eu estava pensando em talvez abrir franquias fora da cidade. Talvez levá-los para a Filadélfia. Tem muita gente pobre na Filadélfia.

— Estou curioso sobre esse negócio de excedente do Exército — disse Morelli. — Como é que funciona?

– Você dá um lance no escritório de gerenciamento de reutilização de material. Se o lance for aceito, você tem uma semana para tirar as tralhas da base.

– E de que base estamos falando?

– Braddock.

Morelli permanecia impassível, ele era definitivamente um caso para estudo.

– Kenny Mancuso não ficava alocado em Braddock?

– Ficava. Muita gente fica em Braddock.

– Certo – prosseguiu Morelli. – Então, eles aceitam seu lance. Como é que você trouxe os caixões para cá?

– Eu e Moogey fomos até lá com um caminhão da U-Haul.

– Uma última pergunta – disse Morelli. – Você tem alguma ideia do motivo para que alguém roubasse e queimasse os caixões?

– Tenho. Eles foram roubados por um maluco. Eu tenho coisas a fazer. Você terminou aqui, certo?

– Por enquanto.

Eles fixaram o olhar um no outro, um músculo no maxilar de Spiro se mexeu e ele rapidamente foi para o escritório.

– Vejo você por aí – Morelli me disse e também saiu.

A porta do escritório de Spiro estava fechada. Eu bati e esperei. Nada de resposta. Bati com mais força.

– Spiro – gritei –, eu sei que você está aí dentro!

Spiro abriu a porta bruscamente.

– O que é agora?

– Meu dinheiro.

– Cristo, eu tenho mais coisas a pensar do que seu dinheirinho de merda.

– Tipo o quê?

– Tipo o maluco do Kenny Mancuso tocando fogo nos malditos caixões.

– Como sabe que foi Kenny?

– Quem mais poderia ser? Ele é pirado e está me ameaçando.

– Você deveria ter contado isso ao Morelli.

– Ah, tá. É tudo o que eu preciso. Como se eu não tivesse problemas suficientes, ainda tenho que ficar com um cana tomando conta do meu rabo.

– Notei que você não é muito fã de policiais.

– São uns babacas.

Senti um bafo no cangote e me virei, dando de cara com Louie Moon quase em cima de mim.

– Com licença – ele começou. – Eu preciso falar com o Spiro.

– Fale – disse Spiro.

– É sobre o sr. Loosey. Houve um acidente.

Spiro não disse nem uma palavra, mas seus olhos pareciam flechas na direção da testa de Louie.

– Eu estava com o sr. Loosey na mesa e ia vesti-lo, mas tive que ir consertar o termostato e, quando voltei ao sr. Loosey, percebi que estava faltando o... é... uma parte íntima. Não sei como isso pode ter acontecido. Num minuto estava ali, e no outro tinha sumido.

Spiro deu um solavanco, jogou Louie para o lado e saiu gritando:

– Jesus Cristo e a puta que pariu.

Minutos depois, Spiro voltou ao escritório, com a cara toda vermelha, as mãos entrelaçadas.

– Eu não consigo acreditar nessa porra – ele rugia com os dentes cerrados. – Saio por meia hora, e alguém entra aqui e corta o pau do Loosey. Sabe quem foi esse alguém? Foi o Kenny. Eu a deixo tomando conta da funerária e você permite que Kenny entre aqui e corte um peru.

O telefone tocou e Spiro o arrancou do gancho.

– Stiva.

Seus lábios se estreitaram e eu soube que era o Kenny.

– Você é maluco – disse Spiro. – Anda cheirando demais. Tomando ácido demais.

Kenny ficou falando um pouco e Spiro interrompeu:

– Cale a boca. Você não sabe porra nenhuma do que está dizendo. E não sabe que porra está arranjando ao se meter comigo.

Se eu o vir por aqui, vou matá-lo. E se eu não matar, vou mandar a doçura te matar.

Doçura? Ele estava falando de mim?

— Com licença — eu disse a Spiro —, o que foi essa última parte?

Spiro bateu o telefone.

— Babaca do caralho.

Coloquei as mãos espalmadas em cima da mesa e me inclinei à frente.

— Eu *não* sou uma doçura. E *não* sou matadora de aluguel. E se eu estivesse no ramo de proteção, eu *não* o protegeria. Você é um furúnculo, o cocô do cavalo do bandido. Se algum dia você disser novamente a alguém que mato em seu nome, vou me certificar de que você cante como uma soprano para o resto da sua vida.

Stephanie Plum, mestre das ameaças vazias.

— Deixe-me adivinhar... você está de chico, certo?

Ainda bem que eu não estava com a minha arma, pois poderia ter lhe dado um tiro.

— Há muita gente que não lhe pagaria nada por encontrar a mercadoria queimada — disse Spiro —, mas como eu sou um cara muito legal, vou te dar um cheque. Podemos considerá-lo um adiantamento. Verei em que pode ser útil ter uma garota como você por perto.

Peguei o cheque e saí. Não via sentido em continuar a discutir, já que claramente estava falando com as paredes. Parei para abastecer o carro e Morelli estacionou atrás de mim.

— Isso está ficando estranho — comentei com Morelli. — Acho que Kenny está passando dos limites.

— O que foi agora?

Contei-lhe sobre o sr. Loosey e seu probleminha, e sobre o telefonema.

— Você deveria fazer uma revisão de primeira nesse carro — sugeriu Morelli. — Essa lata velha vai acabar batendo pino.

— Deus me livre de o meu carro bater pino.

Morelli pareceu aborrecido.

— Merda.

Achei que aquilo era uma reação meio forte para a minha falta de manutenção automotiva.

– Bater pino é tão ruim assim?

Ele se recostou no para-lama.

– Um policial foi morto em New Brunswick ontem à noite. Tomou dois tiros que atravessaram o colete.

– Munição do Exército?

– É. – Morelli ergueu os olhos para mim. – Preciso achar esses troços. Estão debaixo do meu nariz.

– Você acha que Kenny pode estar certo quanto a Spiro? Acha que Spiro pode ter esvaziado os caixões e me contratou para encobri-lo?

– Não sei. Não parece muito provável. Minha intuição diz que essa história começou com Kenny, Moogey e Spiro, e, de alguma forma, um quarto participante entrou e ferrou tudo. Acho que alguém passou a mão nas paradas dos três e fez com que eles começassem a brigar entre si. E provavelmente não é ninguém de Braddock, pois a mercadoria está sendo vendida aos poucos em Nova Jersey e na Filadélfia.

– Teria de ser alguém próximo de um dos três. Um confidente... como uma namorada.

– Pode ser alguém que tenha encontrado as armas por acidente – cogitou Morelli. – Alguém que tenha entreouvido uma conversa.

– Como Louie Moon.

– É. Como Louie Moon – ele concordou.

– E teria que ser alguém que teve acesso à chave do guarda-volumes. Como Louie Moon.

– Provavelmente, há muita gente com quem Spiro pode ter falado e que teria acesso à chave. Todos, desde a moça da limpeza até Clara. O mesmo com Moogey. Só porque Spiro disse a você que ninguém além dele tinha a chave, não significa que isso seja verdade. Provavelmente, os três tinham a chave.

– Se esse era o caso, o que dizer a respeito da chave de Moogey? Ela foi considerada? Estava no chaveiro quando ele foi morto?

— As chaves dele jamais foram encontradas. Imaginaram que ele tivesse deixado os chaveiros em algum lugar da oficina e mais cedo ou mais tarde apareceriam. Seus pais trouxeram uma chave extra e levaram o carro.

— Agora que os caixões apareceram, tenho um motivo para atormentar Spiro. Acho que vou voltar lá e ficar no pé dele. E quero falar com Louie Moon. Você consegue se manter fora de encrenca por um tempo?

— Não se preocupe comigo. Vou ficar bem. Pensei em talvez ir fazer compras. Ver se consigo encontrar um vestido para combinar com os sapatos roxos.

A linha entre os lábios de Morelli se apertou.

— Você está mentindo. Não vai fazer nada imbecil, não é?

— Cara, isso realmente dói. Achei que você ficaria empolgado com esse lance de vestido roxo para combinar com os sapatos. Eu também ia procurar algo de lycra. Um vestido curto de lycra com miçangas e lantejoulas.

— Eu te conheço e sei que você não vai fazer compras.

— Juro por Deus que vou e quero cair mortinha se for mentira. Vou fazer compras, juro a você.

Um dos cantos da boca de Morelli se curvou ligeiramente.

— Você mentiria para o papa.

Parei no meio do sinal da cruz.

— Eu quase nunca minto. — Só quando é absolutamente necessário. E em ocasiões como aquela, quando a verdade não parecia apropriada.

Fiquei olhando enquanto Morelli saiu dirigindo e depois segui para o escritório de Vinnie para pegar alguns endereços.

Capítulo 10

CONNIE E LULA ESTAVAM GRITANDO UMA COM A OUTRA quando eu entrei no escritório.

— Dominick Russo faz seu próprio molho — berrou Connie — com tomate-ameixa. Manjericão fresco. Alho fresco.

— Não sei nada dessa bosta de tomate-ameixa. Tudo o que sei é que a melhor pizza de Trenton é a do Tiny's, na rua First — Lula gritou de volta. — Ninguém faz pizza como o Tiny. Aquele homem faz pizza com alma.

— Pizza com alma? Que diabos é pizza com alma? — Connie quis saber.

As duas se viraram e me olharam.

— Você decide isso — disse Connie. — Conte aqui para a sabichona sobre a pizza do Dominic.

— Dom faz uma boa pizza — concordei. — Mas eu gosto da pizza do Pino's.

— Pino's! — Connie franziu o lábio superior. — Eles usam molho marinara que vem em latas de vinte litros.

— É. Eu adoro aquele molho marinara enlatado. — Soltei a bolsa na mesa de Connie. — Fico feliz que vocês estejam se dando tão bem.

— Hum — fez Lula.

Eu me esparramei no sofá.

— Preciso de alguns endereços. Quero dar uma bisbilhotada.

Connie pegou a lista dentro do armário atrás dela.

— De quem você precisa?

— Spiro Stiva e Louie Moon.

— Eu que não ia querer olhar embaixo das almofadas da casa de Spiro — disse Connie. — Nem ia querer olhar dentro da geladeira.

Lula riu.

– É o cara da funerária? Credo, você não vai entrar numa de arrombar e entrar na casa de um agente funerário, né?

Connie escreveu um endereço num pedaço de papel e procurou pelo segundo nome.

Olhei o endereço de Spiro que ela havia arranjado.

– Você sabe onde é?

– Condomínio Century Courts. Você pega a Klockner até a Demby. – Connie me deu o segundo endereço. – Eu não tenho a menor ideia de onde fica esse outro. Em algum lugar do distrito de Hamilton.

– O que você está procurando? – perguntou Lula.

Enfiei os endereços no bolso.

– Não sei. Uma chave talvez. – Ou alguns engradados de armas na sala de estar.

– Talvez eu deva ir com você – ofereceu-se Lula. – Uma magrela que nem você não deveria ficar espionando sozinha por aí.

– Agradeço a oferta – eu disse a ela –, mas andar com gente armada não está na descrição da sua função.

– Não acho que eu tenho muito uma descrição de função – retrucou Lula. – Para mim, parece que eu faço o que tem que ser feito. E nesse momento eu fiz tudo, a menos que eu queira varrer o chão e esfregar a privada.

– Ela é uma maníaca com os arquivos – comentou Connie. – Nasceu para arquivar.

– E você ainda não viu nada – disse Lula. – Espere até me ver como assistente de uma caçadora de recompensas.

– Vai fundo – incentivou Connie.

Lula vestiu a jaqueta e pegou a bolsa.

– Isso vai ser bom. Vai ser que nem a Cagney e a Lacey.

Eu olhei o grande mapa da parede em busca do endereço de Moon.

– Por mim, se a Connie concordar, está tudo bem, mas eu quero ser a Cagney.

– Sem chance! Eu quero ser a Cagney – disse Lula.

– Eu disse primeiro.

Lula projetou o lábio inferior e estreitou os olhos.

– Foi minha ideia e eu não vou a lugar nenhum se não puder ser a Cagney.

Eu olhei para ela.

– Nós não estamos falando sério sobre isso, estamos?

– Hum. Fale por você.

Eu disse a Connie para não esperar e segurei a porta aberta para Lula.

– Vamos primeiro verificar o Louie Moon – eu disse a ela.

Lula parou no meio da calçada e olhou o Azulão.

– Vamos nessa porra desse Buick?

– Ãrrã.

– Uma vez eu conheci um gigolô que tinha um carro desses.

– Ele era do meu tio Sandor.

– Era executivo?

– Não que eu saiba.

Louie Moon morava no distrito de Hamilton. Eram quase quatro horas quando entramos na rua Orchid. Fui contando as casas, em busca do número 216, entretida pelo fato de que uma rua com um nome tão exótico havia sido agraciada com casas perfiladas e tão sem imaginação. Era um bairro construído nos anos 60, quando ainda havia espaço disponível, de forma que os terrenos eram grandes, fazendo com que os sobrados de dois quartos parecessem ainda menores. Com o passar dos anos, os proprietários personalizaram as casas idênticas, acrescentando uma garagem aqui, uma varanda ali. As casas haviam sido modernizadas com vários toldos de cores inexpressivas. Janelas assimétricas haviam sido colocadas. Arbustos de azaleias foram plantados. Mas a mesmice ainda prevalecia.

A casa de Louie Moon se destacava por uma pintura azul-turquesa, um conjunto completo de luzinhas natalinas e um Papai Noel de plástico com um metro e meio de altura amarrado a uma antena de TV enferrujada.

— Imagino que ele entre no espírito natalino bem cedo — comentou Lula.

Pela inclinação das luzes casualmente presas à casa e o visual desbotado do Papai Noel, imaginei que o espírito natalino daquele cara durava o ano inteiro.

A casa não tinha garagem e não havia carros na entrada, nem mesmo estacionados no meio-fio. Parecia escura e imperturbável. Deixei Lula no carro e fui até a porta da frente. Bati duas vezes. Nenhuma resposta. A casa era térrea, com piso de tábuas. As cortinas estavam todas abertas. Louie não tinha nada a esconder. Contornei a casa, olhando pelas janelas. O interior estava arrumado e mobiliado com o que parecia ser um acúmulo de coisas descartadas. Não havia qualquer sinal de riqueza recente. Nada de caixas de munição empilhadas na mesa da cozinha. Nem um único rifle à vista. Parecia-me que ele morava sozinho. Uma xícara e uma tigela repousavam no escorredor de louça. Um lado da cama de casal havia sido desfeito.

Eu podia facilmente imaginar Louie Moon morando ali, feliz da vida por ter sua casinha azul. Brinquei com a ideia de uma entrada ilegal, mas não consegui ter motivação suficiente para justificar a invasão.

O ar estava úmido e frio. Levantei a gola da jaqueta e voltei para o carro.

— Isso não demorou muito — observou Lula.

— Não havia muito a ser visto.

— Agora vamos ao agente funerário?

— É.

— Ainda bem que ele não mora aonde faz o serviço. Eu não ia querer ver o que eles colhem naqueles baldes na ponta das mesas.

Já era noite fechada na hora em que chegamos ao Condomínio Century Courts. Os prédios de dois andares eram de tijolinhos com rodapés brancos. As portas eram em conjuntos de quatro. Havia cinco blocos em cada prédio, o que significa que eram vinte apartamentos. Dez em cima, dez térreos. Todos os prédios foram projetados sobre colunas de tubulação que vinham da rua Demby. Quatro prédios por coluna.

O apartamento de Spiro ficava na última unidade do andar térreo. As janelas estavam escuras e o carro não estava no estacionamento. Estando Con no hospital, Spiro era forçado a trabalhar até tarde. O Buick podia ser facilmente reconhecido e eu não queria ser pega se Spiro resolvesse passar em casa para trocar de meias; portanto, estacionei em outro bloco.

– Aposto que vamos achar umas paradas brabas aqui. – Lula saiu do carro. – Estou com um pressentimento a respeito dessa.

– Vamos apenas dar uma olhada – eu disse. – Não vamos fazer nada ilegal... como arrombar ou invadir.

– Claro – Lula assentiu –, eu sei disso.

Atravessamos o gramado até a lateral do prédio, andando casualmente, como se estivéssemos dando um passeio. As cortinas estavam fechadas nas janelas da frente do apartamento de Spiro, então seguimos até a parte de trás. Novamente, cortinas fechadas. Lula testou a porta de correr do quintal e as duas janelas e constatou que estavam todas trancadas.

– Mas isso não é uma droga? – disse ela. – Como podemos descobrir alguma coisa dessa maneira? E logo quando tive um pressentimento!

– É – concordei. – Eu adoraria entrar nesse apartamento.

Lula girou a bolsa num arco grande e bateu na janela de Spiro, quebrando o vidro.

– Quando se tem vontade, se dá um jeito.

Meu queixo caiu e, quando as palavras finalmente saíram, foi um gritinho sussurrado.

– Não acredito que você fez isso! Você simplesmente quebrou a janela dele!

– O Senhor provê – disse Lula.

– Eu lhe disse que não faríamos nada ilegal. As pessoas não podem simplesmente sair por aí quebrando janelas.

– Cagney teria quebrado.

– Cagney *jamais* teria feito isso.

– Teria sim.

– Não teria!

Ela puxou a janela de correr e enfiou a cabeça do lado de dentro.

– Parece que não tem ninguém. Acho melhor a gente entrar e ter certeza de que o vidro quebrado não causou nenhum prejuízo. – Ela estava com a parte de cima do corpo toda para dentro da janela. – Bem que podiam fazer essas janelas maiores. Mal dá pra uma mulher encorpada como eu passar por essa porcaria.

Mordi o lábio inferior e fiquei indecisa quanto a empurrá-la para dentro ou puxá-la para fora. Ela parecia o ursinho Pooh, quando ele ficou entalado no buraco do coelho.

Ela deu um gemido e subitamente a metade traseira de seu corpo desapareceu atrás da cortina de Spiro. Depois de um instante, a porta do pátio se abriu e Lula pôs a cabeça para fora.

– Você vai ficar aí em pé o dia todo?

– Nós podemos ser presas por isso!

– Ah, como se você nunca tivesse mijado fora do penico e feito uma entrada ilegal.

– Eu nunca quebrei nada.

– Dessa vez, também não. Eu que quebrei. Você só vai entrar.

Imaginei que estivesse tudo bem, já que ela colocou as coisas dessa forma.

Entrei atrás da cortina do pátio e deixei os olhos se acostumarem à escuridão.

– Você sabe como é o Spiro?

– Um nanico, com cara de rato?

– É. Fique de olho na varanda da frente. Bata três vezes se ver que Spiro chegou de carro.

Lula abriu a porta da frente e espiou do lado de fora.

– Tudo limpo. – Lula saiu e fechou a porta.

Tranquei as duas portas e acendi a luz da sala de jantar, virando o interruptor até a luz ficar bem fraquinha. Comecei pela cozinha, olhando os armários metodicamente. Cheguei a geladeira em busca de potes suspeitos e fiz uma busca no lixo da cozinha.

Passei pelas salas de jantar e de estar, sem encontrar nada que valesse a pena. A louça do café da manhã ainda estava na pia e o jornal, aberto na mesa. Um par de sapatos sociais havia sido tirado e largado em frente à TV. Fora isso, o apartamento estava limpo. Nada de armas, nem chaves, nem bilhetes ameaçadores. Nenhum endereço escrito no bloquinho ao lado do telefone de parede da cozinha.

Acendi a luz do banheiro. Roupa suja espalhada pelo chão. Não havia dinheiro no mundo que me fizesse tocar na roupa suja de Spiro. Se houvesse alguma pista em seu bolso, ela estaria a salvo de mim. Vasculhei o armário de remédios e dei uma olhada no lixo. Nada.

A porta do quarto estava fechada. Prendi a respiração, abri a porta e quase desmaiei de alívio quando vi que o quarto estava vazio. Os móveis eram bem modernos e a colcha era de cetim preto. O teto era forrado de ladrilhos espelhados e havia revistas pornográficas empilhadas numa cadeira ao lado da cama. Uma camisinha usada estava colada numa das capas.

Assim que eu chegasse em casa, ia tomar um banho de água fervendo.

Havia uma escrivaninha na parede em frente à janela. Achei que aquilo parecia promissor. Sentei na cadeira preta de couro e cuidadosamente olhei a correspondência de propaganda, contas e correspondência pessoal, espalhada por cima do tampo polido. As contas pareciam todas dentro de limites razoáveis e a maior parte da correspondência era relativa à funerária. Bilhetes de parentes de pessoas recém-falecidas. "Prezado Spiro, obrigada por me amparar neste momento tão difícil." Recados telefônicos haviam sido registrados nos lugares que estavam à mão... na parte de trás de envelopes, margens de cartas. Nenhuma das mensagens estava rotulada como uma ameaça de Kenny. Fiz uma lista de números telefônicos indefinidos e enfiei no bolso para investigação futura.

Abri as gavetas e corri os dedos pelos clipes, elásticos e outros apetrechos de escritório. Não havia recados na secretária eletrônica. Nada embaixo da cama.

Achei difícil acreditar que houvesse armas no apartamento. Spiro parecia o tipo de pessoa que gostava de troféus.

Apalpei as roupas na cômoda e segui até o armário, cheio de ternos, camisas e sapatos de agente funerário. Seis pares de sapatos pretos estavam alinhados no chão, junto a seis caixas. Hum. Eu abri uma caixa de sapatos. Bingo! Uma arma. Um Colt .45. Abri as outras cinco e acabei com um total de três armas e três caixas de sapatos cheias de munição. Copiei os números de série das armas e peguei as informações das caixas de balas.

Puxei a janela do quarto e espiei Lula lá fora. Ela estava sentada nos degraus, lixando as unhas. Bati na moldura da janela e a lixa saiu voando de sua mão. Acho que ela não estava tão calma quanto aparentava. Gesticulei que eu estava saindo e a encontraria nos fundos.

Certifiquei-me de que tudo ficasse da mesma forma que eu encontrara, apaguei todas as luzes e saí pela porta do pátio. Para Spiro, seria óbvio que alguém havia entrado em seu apartamento, mas havia uma boa chance de que ele pensasse em ter sido Kenny.

– Qual foi a parada? – perguntou Lula. – Você encontrou alguma coisa, não foi?

– Achei algumas armas.

– Isso não quer dizer nada. Todo mundo tem armas.

– Você tem uma?

– Qual é, minha irmã? Pode crer que sim. – Ela puxou uma arma preta enorme de dentro da bolsa. – Ferro azul. Arranjei com o Harry Cavalo na época em que eu era piranha. Quer saber por que a gente chamava o cara de Harry Cavalo?

– Não me conte.

– Aquele filho da mãe era de dar medo. Não cabia em lugar nenhum. Minha nossa, eu tinha que usar as duas mãos para fazer o "especial do dia" nele.

Deixei Lula de volta no escritório e fui para casa. Até a hora em que entrei no estacionamento, o céu já havia escurecido e uma chuva fina caía. Pendurei a bolsa no ombro e me apressei para entrar no prédio, feliz por estar em casa.

A sra. Bestler estava dando voltas no corredor com seu andador. Um passo, uma puxada no andador. Um passo, uma puxada.

Por trás da porta fechada, pude ouvir o barulho do auditório aumentando e diminuindo na televisão do sr. Wolesky.

Enfiei a chave na fechadura e dei uma olhada rápida e desconfiada ao redor do meu apartamento. Estava tudo seguro. Não havia recados na secretária eletrônica e não tinha correspondência na portaria.

Fiz chocolate quente e um sanduíche de manteiga de amendoim e mel. Coloquei o prato em cima da caneca, o telefone embaixo do braço e peguei a lista de números que havia anotado no apartamento de Spiro, levando tudo para a mesa da sala de jantar.

Disquei para o primeiro número e uma mulher atendeu.

– Eu gostaria de falar com Kenny – eu disse.

– Você deve estar com o número errado. Não tem nenhum Kenny aqui.

– Aí é o Colonial Grill?

– Não, é um número particular.

– Desculpe.

Eu tinha sete números para verificar. Os quatro primeiros deram na mesma coisa. Todos eram de residências. Provavelmente, clientes. O quinto era de uma pizzaria. O sexto era do Hospital St. Francis. O sétimo era de um motel em Bordentown. Achei que esse último tinha potencial.

Dei uma pontinha do meu sanduíche para o Rex, suspirei por ter que sair do calor de meu apartamento e vesti a jaqueta. O motel ficava na Rodovia 206, não muito distante da entrada da rodovia. Era um estabelecimento barato, construído antes que as redes de motéis se instalassem. Havia quarenta unidades, todas térreas, com saídas para varandas estreitas. As luzes estavam acesas em duas. O letreiro luminoso do lado de fora anunciava que havia quartos disponíveis. A parte externa era arrumada, mas certamente o interior seria antigo, com papel de parede desbotado, colchas puídas e a pia do banheiro manchada de ferrugem.

Estacionei perto da recepção e me apressei para entrar. Um senhor estava sentado atrás do balcão, assistindo a uma pequena TV.

– Noite – ele me cumprimentou.
– O senhor é o gerente?
– Ãrrã. Gerente, proprietário e zelador.

Tirei a foto de Kenny da bolsa.

– Estou procurando por este homem. O senhor o viu?
– Importa-se em me dizer por que a senhorita o está procurando?
– Ele violou um acordo de fiança.
– O que isso significa?
– Significa que ele é um criminoso.
– Você é policial?
– Sou agente de apreensão. Trabalho para uma companhia de fiança.

O homem olhou a foto e assentiu.

– Ele está na unidade dezessete. Está lá há alguns dias. – O homem passou o dedo numa lista sobre o balcão. – O nome dele é John Sherman. Chegou na terça.

Eu mal podia acreditar! Cara, eu sou boa pra cacete.

– Ele está sozinho?
– Sim, até onde eu sei.
– O senhor tem alguma informação sobre algum veículo?
– Não nos incomodamos com isso. Temos muito espaço em nosso estacionamento.

Eu o agradeci e disse que ficaria por perto durante um tempo. Dei-lhe meu cartão e pedi que ele não falasse de mim, caso visse Sherman.

Segui para um canto escuro do estacionamento, desliguei o motor, tranquei as janelas e me abaixei para dar um tempo. Se Kenny aparecesse, eu ligaria para Ranger. Se não o encontrasse, ligaria para Joe Morelli.

Por volta de nove da noite, eu pensava ter escolhido a profissão errada. Meus dedos dos pés estavam congelando e eu precisava fazer xixi. Kenny não aparecera e não havia qualquer movimento no motel para quebrar a monotonia da espera. Liguei o motor para aquecer e fiz uns exercícios isométricos. Fantasiei sobre ir para a cama com o Batman. Ele estava meio escuro, mas eu gostei do visual da sunga por cima da roupa de borracha.

Às onze horas, eu implorei ao gerente para me deixar usar o banheiro. Roubei dele uma xícara de café e voltei para o Azulão. Eu tinha que admitir, embora a espera fosse desconfortável, estava sendo imensamente melhor do que se fosse em meu jipinho. Havia uma sensação de encapsulamento no Buick. Mais ou menos como estar dentro de um abrigo antibomba ambulante, com janelas e móveis superestofados. Eu podia esticar as pernas no banco da frente. Atrás de mim, o banco traseiro parecia um vestiário feminino.

Por volta de meia-noite e meia, eu cochilei e acordei à uma e meia. O quarto de Kenny continuava escuro e não havia novos carros no estacionamento.

Eu tinha várias opções diante de mim. Podia tentar ficar firme, sozinha, podia pedir a Ranger que revezasse turnos comigo, ou podia ir embora e voltar antes de amanhecer. Se eu pedisse a Ranger que revezasse comigo, teria que lhe dar uma parte maior do que o originalmente combinado. Por outro lado, se eu tentasse ficar sozinha, temia que fosse dormir e morrer congelada como na história da menininha vendedora de fósforos. Escolhi a opção número três. Se Kenny voltasse naquela noite, seria para dormir e ele ainda estaria ali às seis da manhã.

Fiquei cantando "Um elefante incomoda muita gente..." ao longo de todo o trajeto até a minha casa, para me manter acordada. Arrastei-me para entrar no prédio, escada acima e pelo corredor. Entrei no apartamento, tranquei a porta e cambaleei para a cama, totalmente vestida, com sapato e tudo. Dormi direto até às seis, quando o despertador me acordou.

Saí da cama aos tropeços, aliviada ao descobrir que já estava vestida e podia me abster dessa tarefa. Fiz o essencial no banheiro, peguei a jaqueta, a bolsa e fui para o estacionamento. Estava um breu acima dos postes, ainda chovia e o gelo se acumulara nas janelas. Adorável. Liguei o carro e o aquecedor no máximo. Peguei o raspador e fui tirar o gelo para desobstruir os vidros. Até terminar, eu já estava bem acordada. Parei numa loja 7-Eleven, a caminho de Bordentown, e fiz um estoque de café e donuts.

Ainda estava escuro quando cheguei ao motel. Não havia luz em nenhum dos quartos e nenhum carro novo no estacionamento. Parei ao lado do escritório, na parte mais escura, e destampei o café. Sentia-me menos otimista naquele dia e considerava a possibilidade de que o velho do escritório estivesse se divertindo às minhas custas. Se Kenny não aparecesse até a metade da tarde, eu pediria para entrar no quarto dele.

Se eu tivesse sido esperta, teria trocado de meias e trazido um cobertor. Se tivesse sido *realmente* esperta, teria dado vinte pratas para o cara do escritório e pedido que ele me ligasse, caso Kenny aparecesse.

Às dez para as sete, uma mulher chegou dirigindo uma picape Ford e estacionou em frente ao escritório. Ela me lançou um olhar curioso e entrou. Dez minutos depois, o velho saiu e atravessou o estacionamento, até uma caminhonete Chevy toda detonada. Ele acenou, sorriu e saiu dirigindo.

Não havia como ter certeza se o velho teria falado à mulher sobre mim, e eu não queria que ela ligasse para a polícia para informar sobre uma estranha no local. Então, saí do carro, fui até o escritório e repeti o mesmo procedimento da noite anterior.

As respostas foram as mesmas. Sim, ela reconhecia a fotografia. Sim, ele estava registrado como John Sherman.

– Cara bonito – comentou ela. – Mas realmente não é muito amistoso.

– Você reparou no carro que ele estava dirigindo?

– Meu bem, eu notei tudo sobre ele. Ele estava dirigindo uma van azul. Não era uma daquelas vans elegantes, mas uma daquelas de serviço, sem janelas.

– Você anotou o número da placa? – perguntei.

– Credo, não. Eu não estava interessada nas placas.

Agradeci e voltei para o carro para tomar café frio. De vez em quando, saía para esticar as pernas e bater os pés. Tirei meia hora de intervalo para o almoço e nada havia mudado quando eu voltei.

Às três horas, Morelli encostou o carro dele ao lado do meu. Ele saiu e veio até meu carro, sentando ao meu lado.

– Cristo – reclamou ele. – Está um gelo nesse carro.

– Esse é um encontro casual?

– Kelly passa por aqui a caminho do trabalho. Ele a viu no Buick e começou um interrogatório sobre com quem você está.

Eu cerrei os dentes.

– Hum.

– Então, o que você *está* fazendo aqui?

– Com um trabalho soberbo de detetive, eu descobri que Kenny estava ficando aqui, registrado como John Sherman.

Uma centelha de empolgação brilhou no rosto de Morelli.

– Você tem uma identificação?

– Tanto o atendente noturno quanto a recepcionista diurna reconheceram a fotografia de Kenny. Ele está dirigindo uma van azul fechada e foi visto, pela última vez, ontem de manhã. Cheguei aqui ontem à noite e fiquei até uma hora. Voltei hoje às seis e meia da manhã.

– Nenhum sinal de Kenny.

– Nada.

– Já vasculhou o quarto dele?

– Ainda não.

– A camareira já passou?

– Não.

Morelli abriu a porta.

– Vamos dar uma olhada.

Ele se identificou para a recepcionista e pegou a chave número 17. Morelli bateu duas vezes na porta do quarto. Nenhuma resposta. Ele destrancou a porta e nós dois entramos.

A cama estava desfeita. Uma mochila azul-marinho estava aberta no chão. Tinha meias, shorts e duas camisetas pretas. Uma camisa de flanela e um jeans haviam sido atirados no encosto de uma cadeira. Tinha um kit de barbear aberto no banheiro.

— Parece que ele saiu assustado — observou Morelli. — Meu palpite é que ele a viu.

— Impossível. Eu estacionei na parte mais escura do estacionamento. E como ele saberia que era eu?

— Docinho, todos sabem que é você.

— É esse carro horrível! Está arruinando a minha vida. Sabotando a minha carreira.

Morelli sorriu.

— Isso é pedir muito de um carro.

Tentei parecer desdenhosa, mas era difícil, com meus dentes batendo por causa do frio.

— E agora? — perguntei.

— Agora eu vou falar com a balconista e pedir que me ligue, caso Kenny volte. — Ele me deu uma olhada rápida da cabeça aos pés. — Parece que você dormiu com essa roupa.

— Como foi com Spiro e Louie Moon ontem?

— Acho que Louie Moon não está envolvido. Ele não tem o que é preciso.

— Inteligência?

— Contatos — corrigiu Morelli. — Quem estiver com as armas é que está vendendo. Fiz umas verificações. Moon não circula nos meios certos. O cara nem sequer sabe como encontrar os meios certos.

— E quanto a Spiro?

— Não estava pronto para me dar uma confissão. — Morelli apagou a luz. — É melhor você ir para casa, tomar banho e se arrumar para o jantar.

— Jantar?

— Carne assada às seis.

— Você não está falando sério.

O sorriso voltou aos lábios dele.

— Vou buscá-la às quinze para as seis.

— Não! Eu vou de carro.

Morelli estava com uma jaqueta de couro marrom e um cachecol vermelho. Ele tirou o cachecol e pôs ao redor do meu pescoço.

– Você parece estar congelando. Vá para casa se aquecer. – E saiu devagarinho rumo ao escritório do motel.

Ainda estava garoando. O céu tinha uma cor cinza-chumbo e meu humor estava igualmente ruim. Eu conseguira uma boa pista de Kenny Mancuso e havia estragado tudo. Bati com o punho fechado na testa. Imbecil, imbecil, imbecil. Tinha ficado ali sentada naquele Buick imenso e idiota. O que eu estava pensando?

O motel ficava a vinte quilômetros do meu apartamento e eu fui repreendendo a mim mesma ao longo do caminho. Dei uma parada rápida no supermercado, abasteci o Azulão com mais gasolina e, até chegar em meu estacionamento, eu estava totalmente aborrecida e desmoralizada. Tivera três chances de pegar o Kenny: na casa da Julia, no shopping e, agora, no motel; e ferrei as três.

Naquela altura de minha carreira, eu provavelmente deveria me ater aos criminosos de baixo nível, como gente que rouba em lojas e motoristas bêbados. Infelizmente, o pagamento para esses criminosos não era suficiente para me manter.

Pratiquei mais um pouquinho de autoflagelação, enquanto subia de elevador e depois atravessava o corredor. Um bilhete do Dillon escrito num Post-it estava preso em minha porta. "Tenho um pacote para você."

Voltei ao elevador e apertei o botão do subsolo. O elevador abriu num pequeno vestíbulo, com quatro portas recém-pintadas daquele cinza-navio de batalha. Uma das portas conduzia aos compartimentos de armazenagem usados pelos moradores, a segunda sala das caldeiras, com ruídos agourentos, e a terceira dava num longo corredor reservado à manutenção do prédio, e Dillon morava alegremente, isento de aluguel, atrás da quarta porta.

Eu sempre me sentia claustrofóbica quando descia ali, mas Dillon dizia que para ele estava ótimo e que achava o barulho do aquecedor calmante. Ele havia deixado um bilhete na porta de seu apartamento, dizendo que estaria em casa às cinco horas.

Voltei para casa, dei algumas passas e um biscoitinho de milho para Rex e tomei um banho quente e demorado. Saí vermelha como uma lagosta fervida e com o cérebro embaçado por causa do vapor do cloro. Joguei-me na cama e contemplei o meu futuro. Foi uma breve contemplação. Quando acordei, eram quinze para as seis e alguém estava batendo em minha porta.

Enrolei-me em meu robe e fui até o hall. Olhei no olho mágico. Era Joe Morelli. Abri a porta com a correntinha ainda presa.

— Acabei de sair do chuveiro.

— Eu agradeceria se você me deixasse entrar antes que o sr. Wolesky saia e me aplique um homicídio doloso.

Puxei a corrente e abri a porta.

Morelli entrou no hall. Sua boca se curvou nos cantos.

— Que cabelo medonho.

— Eu meio que dormi e amassou.

— Não admira que você não tenha uma vida sexual. Seria preciso muito esforço de um homem para acordar e ver um cabelo desses.

— Vá sentar numa cadeira da sala e não levante até eu mandar. Não coma a minha comida, não assuste o meu hamster e não faça ligações interurbanas.

Ele estava assistindo à televisão quando eu saí do quarto dez minutos depois. Eu estava com meu vestido estilo vovó, por cima de uma camiseta, botas marrons de amarrar de cano curto e um suéter imenso. Era o meu visual Annie Hall e fazia com que eu me sentisse bem feminina, mas sempre tinha o efeito contrário no sexo oposto. Annie Hall brochava até o pau mais determinado. Era melhor do que gás paralisante num primeiro encontro com alguém desconhecido.

Passei o cachecol de Morelli ao redor do pescoço e abotoei a jaqueta. Peguei a bolsa e apaguei as luzes.

— Será um inferno se chegarmos atrasados.

Morelli me seguiu pela porta.

— Eu não me preocuparia com isso. Quando a sua mãe a vir com essa roupa de dormir, vai até esquecer a hora.

– É meu visual Annie Hall.
– Parece que você colocou um donut de geleia num saco que está escrito pãozinho de farelo de milho.

Apressei-me pelo corredor e comecei a descer a escada. Cheguei ao térreo e lembrei do pacote que Dillon estava guardando.

– Espere um minuto – gritei para Morelli. – Já volto.

Desci a escada até o porão e bati à porta de Dillon.

Dillon espiou do lado de fora.

– Estou atrasada, preciso do meu pacote – informei.

Ele me passou um envelope volumoso de entrega expressa e corri de volta escada acima.

– Três minutos a mais ou a menos podem assar ou queimar a carne. – Eu peguei Morelli pela mão e o arrastei até a picape. Eu não tinha a intenção de ir com ele, mas imaginei que, se pegasse um engarrafamento, ele poderia ligar a sirene.

– Você tem uma sirene na caminhonete? – perguntei, enquanto entrava.

Morelli colocou o cinto.

– Sim, tenho. Mas você não espera que eu a utilize por causa da carne assada, não é?

Virei-me no banco e olhei para o vidro detrás.

Morelli desviou o olhar para o retrovisor.

– Está procurando pelo Kenny?

– Eu sinto que ele está por aí.

– Não vejo ninguém.

– Isso não quer dizer que ele não esteja aí. O Kenny é bom nesse negócio de se esconder. Entra na Stiva's, decepa partes de corpos e ninguém o vê. Apareceu do nada no shopping. Ele me viu na casa da Julia Cenetta, assim como no estacionamento do motel, e eu nem imaginava. Agora tenho essa sensação arrepiante de que ele está me observando, me seguindo por aí.

– Por que ele estaria fazendo isso?

– Para começar, Spiro disse a Kenny que eu o mataria se ele continuasse a importuná-lo.

– Minha nossa.

— Provavelmente, estou apenas paranoica.

— Às vezes, a paranoia se justifica.

Morelli parou num sinal. O relógio digital do painel marcava 5:58. Eu estalei os dedos e Morelli olhou para mim, com as sobrancelhas erguidas.

— Tudo bem, eu confesso, a minha mãe me deixa nervosa.

— Faz parte do trabalho dela — disse Morelli. — Você não deveria levar para o lado pessoal.

Viramos na Hamilton, entramos no subúrbio e o tráfego desapareceu. Não havia faróis atrás de nós, mas eu não conseguia me livrar da sensação de que Kenny me espionava.

Minha mãe e a vovó Mazur estavam na porta quando estacionamos. Geralmente, o que me chamava atenção eram as diferenças delas. Hoje, as semelhanças é que pareciam óbvias. Elas estavam eretas, com os ombros para trás. Era uma postura desafiadora e eu sabia que essa também era a minha postura. As mãos estavam entrelaçadas, o olhar estava fixo em mim e Morelli. Os rostos eram redondos, os olhos tinham as pálpebras caídas. Olhos da Mongólia. Meus parentes húngaros tinham vindo das estepes. Não havia um único habitante urbano entre eles. Minha mãe e minha avó eram mulheres pequenas e haviam diminuído com a idade. Tinham ossos delicados e eram miúdas, com cabelos bem fininhos. Provavelmente, tinham a descendência de mulheres egípcias, criadas com todo o mimo.

Eu, por outro lado, era o revés de alguma mulher do arado, a esposa ossuda de algum fazendeiro bárbaro.

Ergui a saia para pular da caminhonete e vi minha mãe e minha avó encolhendo diante do que viram.

— Que roupa é essa? — minha mãe perguntou. — Você não pode comprar roupa? Está vestindo roupa dos outros? Frank, dê algum dinheiro a Stephanie. Ela precisa comprar roupas.

— Eu não preciso comprar roupas — retruquei. — Isso é novo. Acabei de comprar. É o estilo.

— Como é que você vai arranjar um homem vestida desse jeito? — Minha mãe se virou para Morelli. — Estou certa?

Morelli sorriu.

– Acho que é até bonitinho. É o visual de Monty Hall.

Eu ainda estava com o pacote nas mãos. Coloquei-o sobre a mesa da entrada e tirei a jaqueta.

– Annie Hall!

A vovó Mazur pegou o envelope e ficou inspecionando.

– Entrega expressa. Deve ser algo importante. Parece que há uma caixa aqui dentro. O remetente é R. Klein, da Quinta Avenida, em Nova York. Pena que não é para mim. Eu não me importaria de receber uma correspondência expressa.

Até agora eu não havia pensado muito sobre o pacote. Não conhecia ninguém com nome de R. Klein e não havia encomendado nada de Nova York. Peguei o envelope da vovó e abri a aba. Havia uma caixinha de papelão dentro, fechada com durex. Tirei a caixa e a segurei nas mãos. Não era exatamente pesada.

– Tem um cheiro engraçado – observou a vovó. – Como inseticida. Ou talvez seja um daqueles perfumes novos.

Arranquei o durex, abri a caixa e fiquei sem ar. Havia um pênis dentro da caixa. O pênis estava caprichosamente cortado na raiz, perfeitamente embalsamado e preso a um quadrado de isopor com um alfinete de chapéu.

Todos olharam para o pênis em absoluto horror.

A vovó Mazur foi a primeira a falar e, quando o fez, foi com um ar de saudosismo:

– Poxa, faz tempo que não vejo um desses – disse ela.

Minha mãe começou a gritar, com as mãos no ar, os olhos quase pulando do rosto.

– Tire isso da minha casa! Em que esse mundo está se transformando? O que as pessoas pensam?

Meu pai saiu de sua poltrona na sala e passou pelo hall, para ver o que estava causando a confusão.

– O que está havendo? – perguntou ele, enfiando a cabeça pela porta.

– É um pênis – informou a vovó. – Stephanie recebeu pelo correio. E até que é um dos bons.

Meu pai recuou.

– Jesus, Maria e José!

– Quem faria tal coisa? – minha mãe berrou. – O que é isso? É borracha? É um daqueles pênis de borracha?

– Não me parece de borracha – retrucou a vovó Mazur. – Parece um pênis de verdade, exceto por estar meio sem cor. Eu não me lembro de ter visto nenhum dessa cor.

– Isso é loucura! – disse minha mãe. – Que pessoa enviaria o próprio pênis pelo correio?

A vovó Mazur olhou o envelope. – Está escrito Klein no remetente. Eu sempre pensei que esse fosse um nome judeu, mas isso não me parece um pênis judeu.

Todos voltaram a atenção para a vovó Mazur.

– Não que eu saiba muito a respeito – acrescentou a vovó. – É que eu posso ter visto um daqueles judeus no *National Geographic*.

Morelli pegou a caixa das minhas mãos e recolocou a tampa. Nós dois sabíamos que nome ligar ao pênis. Joseph Loosey.

– Eu vou ter que levar um vale para o jantar. Receio que isso seja um caso de polícia. – Morelli pegou minha bolsa na mesinha do hall e pendurou em meu ombro. – Stephanie também precisa vir para que possa dar uma declaração.

– É esse emprego de caçadora de recompensas – minha mãe me disse. – Você conhece todo tipo de gente errada. Por que não pode arranjar um bom emprego, como a sua prima Christine? Ninguém jamais manda essas coisas pelo correio para a Christine.

– A Christine trabalha numa fábrica de vitaminas. Ela passa o dia todo tomando conta da máquina que coloca as bolas de algodão nos vidros, para que a geringonça não entupa.

– Ela ganha um bom dinheiro.

Eu fechei o zíper de minha jaqueta.

– Eu ganho um bom dinheiro... às vezes.

Capítulo 11

MORELLI ESCANCAROU A PORTA DA PICAPE, JOGOU O ENVElope no banco e gesticulou impacientemente para que eu o seguisse. Seu rosto estava austero, mas eu podia sentir as vibrações de raiva que irradiavam de seu corpo.

– Maldito! – Morelli bateu a porta da caminhonete e engatou a marcha. – Ele acha que essa porra é engraçada. Ele e seus malditos joguinhos. Quando ele era criança, costumava me contar histórias sobre as coisas que havia feito. Eu nunca sabia o que era real e o que era inventado. Acho que nem o próprio Kenny sabia. Talvez fosse tudo real.

– Você estava falando sério sobre isso ser uma questão policial?

– Os correios não veem com bons olhos o envio de partes humanas como piada.

– Foi por isso que você saiu correndo da casa dos meus pais?

– Eu saí correndo da casa de seus pais porque não achei que conseguiria encarar duas horas na mesa de jantar, com todos concentrados no pau de Joe Loosey dentro da geladeira, ao lado do purê de maçã.

– Eu agradeceria se você pudesse não comentar sobre isso. Não gostaria que as pessoas fizessem uma ideia errada de mim e o sr. Loosey.

– Seu segredo está seguro.

– Você acha que devemos contar para o Spiro?

– Acho que *você* deve contar ao Spiro. Deixe que ele pense que vocês dois estão nisso juntos. Talvez você consiga descobrir algo.

Morelli diminuiu a velocidade em frente ao guichê do drivethrough do Burger King e comprou dois sacos de comida. Ele fechou o vidro, entrou no tráfego e a caminhonete imediatamente foi inundada pelo cheiro da América.

– Não é carne assada – comentou Morelli.

Isso era verdade, porém, com exceção da sobremesa, comida é comida. Enfiei o canudo no milk-shake e caí matando no saco de batatas fritas.

– Essas histórias que Kenny costumava te contar... eram sobre o quê?

– Nada que você queira ouvir. Nada que eu sequer queira lembrar. Uns troços bem doentios.

Ele pegou um punhado de batatas fritas.

– Você não chegou a me contar como localizou Kenny no motel.

– Eu provavelmente não deveria divulgar os meus segredos profissionais.

– Provavelmente, deve.

Está certo. Hora de relações públicas. Hora de tranquilizar Morelli dando algumas informações inúteis. Com a vantagem a mais de envolvê-lo numa atividade ilegal.

– Eu arrombei o apartamento de Spiro e vasculhei o lixo dele. Encontrei alguns números telefônicos, liguei para todos e isso resultou no motel.

Morelli parou no sinal e virou o rosto para mim. Sua expressão estava indecifrável no escuro.

– Você arrombou o apartamento do Spiro? Isso foi um acidente quando você tentou destrancar uma porta?

– Entrei por uma janela que estava quebrada com uma bolsada.

– Merda, Stephanie, isso é arrombamento e invasão. As pessoas são presas por esse tipo de coisa. Vão para a prisão.

– Eu fui cuidadosa.

– Isso faz com que eu me sinta bem melhor.

– Imagino que Spiro pensará que foi Kenny e não dará queixa.

– Então, Spiro sabia onde Kenny estava. Fico surpreso que Kenny não tenha sido mais precavido.

– Spiro tem um identificador de chamadas no telefone da funerária. Talvez Kenny não tenha se dado conta de que podia ser pego por isso.

O sinal abriu, Morelli arrancou e seguimos em silêncio pelo resto do trajeto. Ele entrou no estacionamento, parou e desligou os faróis.

– Você quer entrar ou prefere ficar fora disso? – ele quis saber.

– Eu prefiro ficar fora. Espero aqui.

Ele pegou o envelope com o pênis e levou um dos sacos de comida.

– Farei isso o mais rápido que puder.

Dei-lhe o papel com as informações sobre as armas e a munição que anotei no apartamento de Spiro.

– Achei uns ferros no quarto de Spiro. Talvez você queira checar se são de Braddock. – Eu não morria de amores pela ideia de ajudar Morelli, já que ele ainda estava me escondendo coisas, mas não tinha como rastrear as armas sozinha e, além disso, se fossem roubadas, Morelli ficaria me devendo uma.

Eu o olhei sair correndo até a porta lateral. A porta abriu, mostrando um retângulo de luz na fachada escura. A porta fechou e eu desembrulhei meu cheeseburguer, imaginando se Morelli teria que trazer alguém para identificar a prova. Louie Moon e a sra. Loosey. Eu torcia para que ele tivesse o bom-senso de remover o alfinete antes de mostrar à sra. Loosey.

Mandei pra dentro o hambúrguer e a batata frita e fiquei tomando o milk-shake. Não havia movimento no estacionamento nem na rua, e o silêncio na picape era ensurdecedor. Fiquei ouvindo minha própria respiração por um tempo. Bisbilhotei no porta-luvas e nos bolsos das portas. Não encontrei nada de interessante. Segundo o relógio do painel de Morelli, já fazia dez minutos que ele entrara. Terminei o milk-shake e juntei todos os papéis no saco. E agora?

Eram quase sete horas. Hora das visitações no Spiro. Hora perfeita para dizer a ele sobre o pinto de Loosey. Infelizmente, eu estava empacada, batendo com a ponta dos dedos na picape de

Morelli. O reluzir das chaves na ignição chamou minha atenção. Talvez eu devesse pegar a caminhonete emprestada e dar um pulo na funerária. Cuidar dos negócios. Afinal, quem saberia quanto tempo Morelli levaria para preparar toda a papelada? Eu poderia ficar ali, presa na caminhonete, durante horas! Morelli provavelmente ficaria grato por eu concluir esse trabalho. Por outro lado, se ele saísse e visse que a sua picape não estava mais ali, as coisas poderiam ficar horríveis.

Revirei minha bolsa e achei uma hidrográfica preta. Não consegui achar papel, então escrevi um bilhete na lateral do saco de comida. Dei ré na picape, coloquei o saco no espaço que sobrou na vaga, pulei de volta na picape e arranquei.

As luzes reluziam na Stiva's e a aglomeração de gente transbordava pela varanda da frente. A Stiva's sempre tinha muito movimento aos sábados. O estacionamento estava cheio e não havia vaga para estacionar ao longo de dois quarteirões, por isso embiquei na entrada de uma garagem onde estava escrito "somente carros da funerária". Eu só ia demorar alguns minutos e, além disso, ninguém ia rebocar uma caminhonete com um escudo da polícia no vidro traseiro.

Spiro olhou duas vezes quando me viu. A primeira reação foi alívio. A segunda foi reservada ao meu vestido.

– Belo traje – disse ele. – Parece que você acabou de descer de um ônibus vindo de Appalachia.

– Tenho novidades para você.

– É, bem, eu também tenho novidades para você. – Ele inclinou a cabeça na direção do escritório. – Aqui dentro.

Ele se apressou atravessando o lobby, escancarou a porta do escritório e a fechou com uma batida depois que entramos.

– Você não vai acreditar – ele começou. – Aquele babaca do Kenny é muito escroto. Sabe o que ele fez agora? Arrombou o meu apartamento.

Meus olhos se arregalaram de surpresa.

– Não!

– Foi. Dá pra acreditar? Quebrou a porra de uma janela.

– Por que ele arrombou o seu apartamento?
– Porque é um doido varrido.
– Você tem certeza de que foi o Kenny? Não deu falta de nada?
– Claro que foi o Kenny. Quem mais poderia ser? Nada foi roubado. O videocassete ainda está lá. Minha câmera, meu dinheiro, minhas joias, nada foi tocado. Foi o Kenny mesmo. Aquele maluco filho da puta.
– Você informou isso à polícia?
– O que acontece entre mim e o Kenny é particular. Nada de polícia.
– Talvez você tenha que mudar esse plano de jogo.
Os olhos de Spiro se contraíram e focaram em mim.
– Ah, é?
– Lembra aquele pequeno incidente ontem, envolvendo o pênis do sr. Loosey?
– O que é que tem isso?
– Kenny o mandou para mim pelo correio.
– Fala sério!
– Chegou por entrega expressa.
– Onde está agora?
– Com a polícia. O Morelli estava lá em casa quando eu abri o pacote.
– *Porra!* – Ele chutou o cesto de lixo para o outro lado da sala. – Porra, porra, porra, porra, porra.
– Eu não sei por que você está tão aborrecido com tudo isso – eu disse. – Parece-me que isso é problema do maluco do Kenny. Quer dizer, afinal, você não fez nada de errado. – Anime o escroto, pensei. Veja para onde ele corre.
Spiro parou com a crise de raiva e olhou para mim. Imaginei ouvir pequenas engrenagens trabalhando dentro da cabeça dele.
– Isso é verdade. Eu não fiz nada de errado. Sou a vítima aqui. O Morelli sabe que o pacote veio de Kenny? Havia um bilhete? Um endereço de remetente?
– Nada de bilhete. Nem endereço de remetente. É difícil dizer o que o Morelli sabe.

— Você não lhe disse que veio de Kenny?

— Eu não tenho uma prova real de que tenha vindo de Kenny, mas o negócio estava claramente embalsamado; portanto, a polícia irá verificar as funerárias. Eu imagino que eles vão querer saber por que você não deu queixa do... é... roubo.

— Talvez eu deva abrir o jogo. Contar à polícia o quanto Kenny é maluco. Dizer-lhes sobre o dedo e sobre meu apartamento.

— E quanto a Con? Você vai abrir o jogo com ele também? Ele ainda está no hospital?

— Voltou para casa hoje. Tem uma semana de fisioterapia, depois volta a trabalhar meio período.

— Ele não vai ficar muito feliz quando descobrir que seus clientes estão tendo pedaços arrancados.

— Nem me fale. Já ouvi o suficiente pelas minhas próximas três encarnações a respeito de toda essa baboseira de que "o corpo é sagrado". Quer dizer, qual é a grande questão? Loosey nem ia mais usar o pau.

Spiro se largou na cadeira executiva estofada atrás da mesa e se esparramou. A máscara da civilidade caiu de seu rosto e sua pele pálida se contraiu sobre os ossos da maçã do rosto, com os dentes espetados para fora, como se ele tivesse sofrido uma metamorfose, se transformando no Homem-Roedor. Furtivo, com a respiração rápida, de espírito diabólico. Impossível dizer se ele nascera um roedor, ou se os anos e as provocações na hora do recreio na época da escola moldaram sua alma para que combinasse com o rosto.

Spiro inclinou-se à frente.

— Sabe quantos anos tem o Con? Sessenta e dois. Qualquer outro estaria pensando em aposentadoria, mas Constantine Stiva, não. Eu vou morrer de causas naturais e ele ainda vai estar puxando o saco dos outros. Ele é como uma cobra com a pressão doze por oito. Metódico. Ingerindo formol como se fosse o elixir da vida. Aguentando firme só pra me deixar puto. Deveria ter sido câncer, em vez de lesão de coluna. Que diabo de bom pode ser uma lesão de coluna? Ninguém morre de uma maldita lesão na coluna.

– Eu achei que você e o Con se dessem bem.

– Ele me deixa maluco. Ele e suas regras de comportamento alinhado. Você tem que vê-lo na sala de embalsamamento. Tem que ser tudo tim-tim por tim-tim. Você pensaria que aquilo lá é uma porra de um santuário. Constantine Stiva e o altar desses mortos do cacete. Sabe o que eu acho dos mortos? Acho que são uns fedorentos.

– Então, por que você trabalha aqui?

– Tem dinheiro a ser ganho, gatinha. E eu gosto de dinheiro.

Eu me segurei firme para não recuar fisicamente. Ali estava a podridão do cérebro de Spiro, transbordando por todos os orifícios, escorrendo por seu pescoço cheio de dobras, por cima de sua camisa branca imaculada de agente funerário. Uma cabeça de bagre, todo arrumado, sem ter para onde ir.

– Você teve notícias de Kenny desde que ele invadiu seu apartamento?

– Não. – Spiro ficou meditativo. – A gente costumava ser amigos. Ele, o Moogey e eu fazíamos tudo juntos. Depois o Kenny entrou no Exército e ficou diferente. Pensava que era mais esperto do que o resto de nós. Tinha uma porção de ideias grandiosas.

– Por exemplo?

– Não posso te contar, mas eram grandes. Não que eu não pudesse ter grandes ideias como aquelas, mas eu estou ocupado com outras coisas.

– Ele o incluía nessas grandes ideias? Você ganhava dinheiro com elas?

– Às vezes, ele me incluía. Com o Kenny, nunca dava pra saber. Ele também era assim com as mulheres. Todas elas o viam como um cara maneiro. – Os lábios de Spiro se contraíram num sorriso. – Ele matava a gente de rir quando fazia aquele papel de namorado fiel, até que a morte nos separe, enquanto pegava todas. Ele realmente sabia envolver as mulheres. Mesmo quando ele dava uns sopapos nelas, as garotas sempre vinham atrás dele, pedindo mais. Era um cara que merecia admiração, sabe? Ele tinha alguma coisa. Eu já o vi queimar mulheres com cigarro e espetá-las com alfinetes, e mesmo assim elas ainda puxavam o saco dele.

O cheeseburguer começou a revirar na minha barriga. Eu não sabia quem era mais nojento... Kenny, por espetar alfinetes em mulheres, ou Spiro, por admirá-lo.

– Preciso ir andando – eu disse. – Tenho umas coisas pra fazer. – Como dedetizar a minha mente depois de conversar com Spiro.

– Espere um minuto. Eu queria falar com você sobre segurança. Você é uma especialista nesse tipo de troço, certo?

Eu não era especialista em nada.

– Certo.

– Então, o que devo fazer quanto a Kenny? Andei pensando novamente em arranjar um guarda-costas. Só para a noite. Alguém que viesse fechar comigo aqui e garantisse que eu chegaria bem ao meu apartamento. Acho que tive sorte porque Kenny não estava lá dentro, me esperando.

– Você tem medo do Kenny?

– Ele é como fumaça. Não dá para pegar. Está sempre em alguma sombra. Fica espreitando as pessoas. Planeja coisas. – Nossos olhares se fixaram. – Você não conhece o Kenny. Às vezes, ele é um cara muito divertido e, em outras, as coisas que pensa são totalmente diabólicas. Acredite em mim, eu já o vi em ação e você não ia querer estar do lado que recebe a maldade.

– Eu já lhe disse antes... não estou interessada em ser sua guarda-costas.

Ele pegou um bolo de notas de vinte dólares na primeira gaveta e as contou.

– Cem dólares por noite. Tudo que você tem a fazer é me levar em segurança até o meu apartamento. A partir daí é comigo.

Subitamente, eu vi o quanto valia proteger Spiro. Eu estaria exatamente no alvo se Kenny realmente aparecesse. Ficaria em posição para obter informações. E poderia revistar o apartamento de Spiro legalmente todas as noites. Certo, junto com isso eu estaria me vendendo pelo dinheiro, mas, que droga, a coisa poderia ser muito pior. Eu poderia ter me vendido por cinquenta.

– Quando começo?

– Esta noite. Eu fecho às dez. Chegue aqui cinco ou dez minutos antes.

– Por que eu? Por que você não arranja algum cara grandalhão?

Spiro colocou o dinheiro de volta na gaveta.

– Eu ia ficar parecendo um boiolinha. Dessa forma, as pessoas vão achar que você está a fim de mim. Fica melhor pra minha imagem. A menos que você continue usando esses vestidos. Então, eu posso repensar.

Maravilha.

Saí do escritório e avistei o Morelli, recostado na parede, ao lado da porta de entrada, com as mãos enfiadas nos bolsos da calça, visivelmente puto da vida. Ele me viu e sua expressão não mudou, mas o movimento da respiração no peito se tornou mais acelerado. Estampei um sorriso falso no rosto e segui toda me querendo pelo salão até onde ele estava, cruzando a porta antes que Spiro tivesse a chance de nos ver juntos.

– Vejo que você pegou o meu bilhete – eu disse, quando chegamos à picape, aumentando a pressão do sorriso.

– Você não somente roubou minha caminhonete, mas parou em local proibido.

– Você estaciona em local proibido o tempo todo.

– Só quando estou resolvendo algum assunto oficial da polícia e eu não tenho outra escolha... ou quando está chovendo.

– Não sei por que você está aborrecido. Queria que eu falasse com Spiro. Então, foi isso que eu fiz. Vim aqui e falei com Spiro.

– Para começar, eu tive que escalar um daqueles carros azul e branco lá da delegacia para chegar até aqui. E, mais importante, não gosto de você por aí, sozinha. Quero mantê-la à vista até pegarmos Mancuso.

– Fico comovida com a sua preocupação com a minha segurança.

— A segurança não tem muito a ver com isso, espertinho. Você tem uma estranha habilidade de trombar com as pessoas que está procurando e é completamente incompetente em apreendê-las. Eu não quero que você estrague outro encontro com Kenny. Quero me certificar de estar por perto da próxima vez que você trombar com ele.

Eu me acomodei no banco com um suspiro. Quando se está certo, está certo. E Morelli estava certo. Eu não estava totalmente apta à rapidez necessária a uma caçadora de recompensas.

Ficamos em silêncio no trajeto de volta ao meu apartamento. Eu conhecia aquelas ruas como a palma de minha mão. Metade das vezes, eu passava dirigindo, sem me dar conta do que fazia, subitamente percebendo que estava no estacionamento do meu prédio, imaginando de que jeito eu tinha ido para lá. Naquela noite, fiquei mais atenta. Se Kenny estivesse por lá, eu não queria deixar de vê-lo. Spiro dissera que Kenny era como fumaça, que ele vivia nas sombras. Eu disse a mim mesma que essa era uma visão romanceada. Kenny era um psicopata social do dia a dia, que perambulava sorrateiramente, achando ser primo em segundo grau de Deus.

O vento tinha aumentado e as nuvens surgiam no céu, momentaneamente escondendo o prateado da lua. Morelli estacionou ao lado do Buick e desligou o motor. Ele estendeu a mão e brincou com a gola da minha jaqueta.

— Você tem planos para esta noite?

Contei-lhe sobre o serviço de guarda-costas.

Morelli só ficou me encarando.

— Como é que você faz essas coisas? — perguntou ele. — Como se envolve nesses troços? Se soubesse o que está fazendo, você seria uma verdadeira ameaça.

— Acho que eu levo uma vida encantadora. — Olhei meu relógio. Eram 19:30 e Morelli ainda estava trabalhando. — Você trabalha demais. Achei que policiais cumprissem turnos de oito horas.

— O meu cargo é mais flexível. Trabalho quando preciso.

— Você não tem vida.

Ele deu de ombros.

– Gosto do meu trabalho. Quando preciso de uma folga, eu tiro um fim de semana na praia, ou uma semana nas ilhas.

Isso era bem interessante. Eu nunca havia imaginado Morelli como uma pessoa de "ilhas".

– O que você faz quando vai para as ilhas? Qual é o atrativo?

– Gosto de mergulhar.

– E quanto à praia? O que você faz na costa de Nova Jersey?

Morelli sorriu.

– Eu me escondo embaixo do píer de madeira e fico de sacanagem. Velhos hábitos são difíceis de largar.

Tive dificuldades em imaginar Morelli mergulhando na costa da Martinica, mas a ideia de imaginá-lo de sacanagem embaixo do píer foi cristalina. Eu podia vê-lo como um garotinho de onze anos cheio de tesão, ciscando perto dos bares à beira-mar, ouvindo as bandas tocando, olhando as mulheres de tomara que caia e shorts curtinhos. E, mais tarde, debaixo do píer, ficar de sacanagem com a prima Mooch, antes de encontrarem o tio Manny e a tia Florence para a jornada de volta ao bangalô em Seaside Heights. Dois anos depois, ele viria a substituir a prima Sue Ann Beale pela prima Mooch, mas a rotina básica seria a mesma.

Abri a porta da picape e saí no estacionamento. O vento assoviava ao redor da antena de Morelli e batia em minha saia. Meu cabelo ficou voando no rosto numa explosão louca de cachos embaraçados.

Tentei domá-lo no elevador enquanto Morelli observava, com uma curiosidade calma, o meu esforço para prender a maçaroca num elástico que eu havia encontrado no bolso de minha jaqueta. Ele saiu no hall do elevador quando as portas abriram. Esperou enquanto eu procurava a chave.

– Spiro está muito assustado? – Morelli quis saber.

– O bastante para me contratar para protegê-lo.

– Talvez seja só uma jogada para levá-la para o apartamento dele.

Eu entrei no hall, acendi a luz e sacudi os ombros para tirar a jaqueta.

— É uma jogada bem cara.

Morelli foi direto para a televisão e colocou na ESPN. As camisas azuis de jérsei dos Rangers surgiram na tela. Os Caps estavam jogando em casa, de branco. Fiquei assistindo a uma jogada, antes de seguir para a cozinha e olhar a minha secretária eletrônica.

Havia dois recados. O primeiro era de minha mãe, ligando para dizer que ela ouvira que o Banco First National tinha vaga para caixas e que eu me certificasse de lavar as mãos se tivesse tocado o sr. Loosey. O segundo era de Connie. Vinnie voltara da Carolina do Norte e queria que eu passasse no escritório amanhã. Essa eu iria passar. Vinnie estava preocupado com o dinheiro de Mancuso. Se eu fosse vê-lo, ele me tiraria de Mancuso e passaria para alguém com mais experiência.

Apertei o botão de desligar e peguei um saco azul de salgadinhos de milho no armário, junto com duas cervejas da geladeira. Espalhei-me ao lado de Morelli no sofá, colocando os salgadinhos entre nós. Mamãe e papai numa noite de sábado.

Na metade do primeiro tempo do jogo, o telefone tocou.

— Como está indo? – perguntaram. – Você e Joe estão fazendo no estilo cachorrinho? Ouvi dizer que é assim que ele gosta. Você é realmente demais. Pegando tanto o Spiro quanto o menino Joe.

— Mancuso?

— Só pensei em ligar para saber se você tinha gostado do seu pacote surpresa.

— Foi realmente demais. Qual foi o sentido disso?

— Não tem sentido. Só estou me divertindo. Eu estava vendo quando você o abriu no hall. Foi legal levar a velha pra ver. Eu gosto de velhas. Pode-se dizer que elas são a minha especialidade. Pergunte ao Joe sobre as coisas que faço com as velhinhas. Não, espere; melhor ainda, por que você e eu não mostramos em primeira mão?

— Você é doente, Mancuso. Precisa de ajuda.

— É a sua avozinha quem vai precisar de ajuda. Talvez você também. Não ia querer se sentir deixada de fora. No começo, eu estava injuriado contigo. Você ficava cercando os meus negócios. Agora estou vendo isso de um novo ângulo. Agora acho que posso me divertir com você e a vovozinha débil mental. É sempre melhor quando há alguém olhando, esperando a vez. Talvez eu até pudesse fazer você me contar sobre o Spiro e como ele rouba dos amigos.

– Como sabe que não foi Moogey quem roubou dos amigos?

– Moogey não sabia o suficiente para roubar dos amigos.

O barulho da linha desligada clicou em meu ouvido.

Morelli estava em pé, ao meu lado, na cozinha, com a garrafa de cerveja na mão, parecendo casual, mas seus olhos estavam fixos e sérios.

– Era seu primo. Ele estava ligando para ver se eu havia gostado do pacote surpresa e depois sugeriu que poderia se divertir comigo e a vovó Mazur.

Achei que eu estivesse fazendo uma boa imitação da caçadora de recompensas durona, mas a verdade era que eu estava tremendo por dentro. Eu não ia perguntar ao Morelli o que Kenny Mancuso fazia com velhinhas. Não queria saber. E o que quer que fosse, não queria que fizessem com a vovó Mazur.

Liguei para os meus pais para ter certeza de que a vovó Mazur estava segura em casa. Sim, ela estava assistindo à televisão, informou minha mãe. Eu garanti que tinha lavado as mãos e implorei para ser liberada de ter que voltar para a sobremesa.

Tirei o vestido e coloquei uma calça jeans, um par de tênis e uma camisa de flanela. Peguei o meu .38 no pote de biscoitos, verifiquei se estava carregado e o coloquei na bolsa.

Quando voltei à sala de jantar, Morelli estava dando um salgadinho de milho a Rex.

– Parece que você está vestida para a ação – comentou Morelli. – Ouvi o barulho da tampa do pote de biscoitos.

– Mancuso fez ameaças à minha avó.

Morelli desligou os Rangers.

– Ele está ficando inquieto e frustrado e começa a ficar burro. Foi burrice dele ir atrás de você no shopping. Foi burrice entrar escondido na Stiva's. E foi burrice te ligar. Toda vez que ele faz algo assim, arrisca se expor. Kenny pode ser esperto quando está por cima. Quando perde a cabeça, ele é só ego e impulso.

— Ele está se sentindo desesperado porque seu negócio com as armas furou. Está em busca de um bode expiatório, procurando alguém para punir. Ou ele tinha um comprador que deu uma grana de entrada, ou vendeu um punhado de troços antes que fosse roubado. Aposto meu dinheiro na teoria do comprador. Acho que ele está no sufoco por não poder cumprir o contrato e a grana da entrada já foi gasta.

— Ele acha que o Spiro está com as coisas.

— Esses dois comeriam os próprios filhos se você lhes desse a chance.

Eu estava com a jaqueta na mão quando o telefone tocou novamente. Era Louie Moon.

— Ele esteve aqui – disse Moon. – Kenny Mancuso. Ele voltou e cortou o Spiro.

— Onde o Spiro está agora?

— Está no St. Francis. Eu o levei pra lá e depois voltei pra ver as coisas. Você sabe, fechar a casa e tudo o mais.

Quinze minutos depois, nós estávamos no St. Francis. Havia dois policiais uniformizados, Vince Roman e um cara novo que eu não conhecia, ambos em pé, presos ao chão pelo peso das armas, no balcão da sala de emergência.

— Qual é o lance? – perguntou Morelli.

— Pegamos uma declaração do garoto da Stiva. Foi esfaqueado por seu primo. – Vince desviou os olhos para a porta atrás do balcão. – Spiro está lá atrás, tomando pontos.

— Foi muito ruim?

— Poderia ter sido pior. Acho que Kenny tentou decepar a mão de Spiro, a lâmina desviou da pulseirona de ouro, marca registrada do roedor. Espere até ver a pulseira. Parece até que saiu de um museu de coisas bregas.

Isso arrancou uma risadinha de Vince e de seu parceiro.

— Imagino que ninguém tenha seguido Kenny.

— Kenny é rápido como o vento.

Spiro estava sentado numa cama de hospital da sala de emergência quando o encontramos. Havia duas outras pessoas ali e Spiro estava separado delas por uma cortina parcialmente fechada. Seu braço direito estava bem enfaixado da mão até o antebraço. A camisa branca estava manchada de sangue e aberta no pescoço. Havia uma gravata e um pano de prato encharcados de sangue jogados no chão ao lado da cama.

Spiro saiu de seu torpor quando me viu.

– Você deveria estar me protegendo! – ele berrou. – Onde diabos você estava quando precisei de você?

– Eu só entro em cena às dez para as dez, lembra?

Os olhos dele desviaram para Morelli.

– Ele é doido. Seu primo é um doido varrido. Tentou decepar a porra da minha mão. Ele deveria estar trancafiado. Tinha que estar num hospício. Eu estava em meu escritório, cuidando da minha vida, trabalhando na conta da sra. Mayer, quando olho para cima e lá estava Kenny, puto da vida, falando que eu o roubei. Ele é uma porra de um pinel do cacete. De repente, vira e diz que vai me picar em pedacinhos até que eu diga o que ele quer saber. Minha sorte foi estar usando aquela pulseira, ou agora estaria aprendendo a escrever com a mão esquerda. Eu comecei a gritar, Louie entrou e Kenny se arrancou. Quero proteção policial. A Mulher Maravilha aqui não dá conta.

– Posso arranjar um carro da polícia para levá-lo para casa esta noite. Depois disso, você estará por conta própria. – Morelli passou um cartão a Spiro. – Se houver algum problema, pode me ligar. Se precisar de alguém rápido, ligue para a emergência da polícia.

Spiro fez um som de sarcasmo e me olhou.

Eu sorri gentilmente e me balancei nos calcanhares.

– Eu te vejo amanhã?

– É – concordou ele. – Amanhã.

O vento tinha parado e estava chovendo quando nós saímos do hospital.

– Está entrando uma frente de ar quente – comentou Morelli.
– Supostamente vai fazer tempo bom depois da chuva.

Entramos na caminhonete e ficamos sentados olhando o hospital. A patrulhinha de Roman estava estacionada na entrada da garagem reservada para veículos de emergência. Depois de cerca de dez minutos, Roman e seu parceiro acompanharam Spiro e os três entraram no carro. Nós os seguimos até a rua Demby e esperamos enquanto eles viam se o apartamento de Spiro estava seguro.

O carro saiu do estacionamento e nós ficamos mais alguns minutos. As luzes do apartamento de Spiro estavam acesas e eu desconfiava que ficariam assim a noite toda.

– Nós devemos vigiá-lo – disse Morelli. – Kenny não está pensando direito. Ele vai ficar atrás de Spiro até conseguir o que quer.

– Esforço em vão. Spiro não tem nada do que Kenny deseja.

Morelli estava imóvel, olhando pelo para-brisa molhado pela chuva.

– Preciso de um carro diferente. Kenny conhece minha picape.

Nem foi mencionado o fato de que ele conhecia o meu Buick. O mundo inteiro conhecia o meu Buick.

– E quanto ao carro civil bege?

– Provavelmente, já detectou aquele também. Além disso, preciso de algo que me dê mais cobertura. Uma van, ou um Bronco com vidro fumê. – Ele ligou o motor e engatou a marcha da caminhonete. – Você tem alguma ideia da hora que Spiro abre pela manhã?

– Ele geralmente chega para trabalhar por volta de nove horas.

Morelli bateu à minha porta às seis e meia e eu já estava bem adiantada. Já tinha tomado banho e me vestido com o que passara a considerar o meu uniforme de trabalho: jeans, uma camisa quente e o sapato do dia. Limpara a gaiola de Rex e a cafeteira estava ligada.

– Esse é o plano – explicou Morelli. – Você segue Spiro e eu sigo você.

Não achei que isso parecesse muito com um plano, mas eu não tinha nada melhor; então, não reclamei. Enchi minha garrafa térmica de café, embrulhei dois sanduíches e uma maçã que coloquei em minha pequena lancheira, e liguei a secretária eletrônica. Ainda estava escuro quando caminhei até meu carro. Domingo de manhã. Sem tráfego. Nenhum de nós dois estava num clima de muita conversa. Não vi a caminhonete de Morelli no estacionamento.

– O que você está dirigindo? – perguntei.
– Uma Explorer preta que está estacionada na rua, na lateral do prédio.

Eu destranquei o Buick e joguei tudo no banco de trás, incluindo um cobertor, que aparentemente eu não precisaria. Tinha parado de chover e o ar parecia bem mais quente. Por volta de dez graus, creio eu.

Eu não tinha certeza se Spiro mantinha a mesma programação aos domingos. A funerária abria sete dias por semana, mas eu desconfiava que o horário de fim de semana dependia dos corpos recebidos. Spiro não parecia ser do tipo que ia à igreja. Fiz o sinal da cruz. Não conseguia me lembrar da última vez que eu tinha ido à missa.

– O que foi isso tudo? – perguntou Morelli. – Por que esse negócio de sinal de cruz?
– É domingo e eu não estou na igreja... de novo.

Morelli colocou a mão em cima de minha cabeça. Deu uma sensação estável e tranquilizadora, e o calor penetrou em meu couro cabeludo.

– Deus te ama de qualquer forma – disse ele.

Ele deslizou a mão pela parte de trás de minha cabeça, me puxou para junto dele e beijou minha testa. Abraçou-me e subitamente partiu, correndo pelo estacionamento, desaparecendo nas sombras.

Fiquei enfurnada no Buick, sentindo-me aquecida e um tanto confusa, imaginando se estava acontecendo algo entre Morelli e eu. De qualquer forma, o que significaria um beijo na testa? Nada, eu disse a mim mesma. Não significava nada mesmo. Significava que, às vezes, Morelli podia ser um cara legal. Certo; então, por que eu estava sorrindo feito uma imbecil? Porque eu estava carente. Minha vida sentimental simplesmente não existia. Eu dividia um apartamento com um ramster. Bem, eu pensei, poderia ser pior. Eu poderia ser casada com Dickie Orr.

A jornada até o Condomínio Century Courts foi calma. O céu começava a clarear. Havia camadas negras de nuvens e buracos azuis no céu. O condomínio de Spiro estava escuro, com exceção do seu apartamento. Estacionei e olhei o espelho retrovisor em busca dos faróis de Morelli. Nenhuma luz surgiu. Virei-me no banco e olhei o estacionamento. Nada da Explorer.

Não faz mal, eu disse a mim mesma. Morelli estava lá fora em algum lugar. Provavelmente.

Tive algumas ilusões quanto ao meu lugar no esquema das coisas. Eu era o chamariz, ficando claramente à vista no Buick, para Kenny não procurar muito por um segundo homem.

Servi o café e me acomodei para uma longa espera. Uma faixa laranja surgiu no horizonte. Uma luz piscou no apartamento ao lado do de Spiro. Outra luz surgiu a algumas portas adiante. O céu de carvão começava a azular. Tchã-nã! Era de manhã.

As cortinas de Spiro ainda estavam fechadas. Não havia sinal de vida no apartamento. Eu estava começando a me preocupar quando a porta de Spiro abriu e ele saiu. Ele experimentou a porta para ter certeza de que estava trancada e rapidamente caminhou até seu carro. Saiu dirigindo um Lincoln Town azul. O carro preferido de todos os jovens agentes funerários. Sem dúvida, comprado a prazo em nome da funerária.

Ele estava vestido de forma mais informal do que aquela a que eu estava habituada. De calça jeans preta desbotada, tênis de corrida e um suéter verde-escuro grande. E a atadura enrolada ao redor do polegar estava aparecendo por baixo da manga da blusa.

Ele apontou o Lincoln para fora do estacionamento e virou na Klockner. Achei que ele fosse fazer algum reconhecimento dos arredores, mas Spiro seguiu direto, sem olhar para os lados. Provavelmente, estava se concentrando em não borrar as calças.

Eu o segui em ritmo de passeio. Não havia muitos carros na rua e eu sabia para onde Spiro estava indo. Estacionei a meia quadra da funerária numa posição de onde era possível ver a porta de entrada, a entrada lateral e também o pequeno estacionamento ao lado, que tinha um caminho até a porta dos fundos.

Spiro estacionou na passagem de carros e entrou pela lateral. A porta permaneceu aberta enquanto ele digitava o código de segurança. A porta fechou e a luz do escritório de Spiro foi acesa.

Dez minutos depois, Louie Moon apareceu.

Servi mais café e comi metade de um sanduíche. Ninguém mais entrou ou saiu. Às nove e meia, Louie Moon saiu no carro funerário. Voltou uma hora depois e alguém foi levado para dentro da casa pelos fundos. Imagino que era por isso que Louie e Spiro iam à funerária nas manhãs de domingo.

Às onze, usei meu celular para ligar para minha mãe e ter certeza de que a vovó Mazur estava bem.

– Ela saiu – informou minha mãe. – Saio de casa por dez minutos e o que acontece? Seu pai deixa sua avó sair por aí com Betty Greenburg.

Betty Greenburg tinha oitenta e nove anos e era um perigo.

– Desde que Betty Greenburg teve aquele derrame, em agosto, ela não consegue lembrar de nada – continuou minha mãe. – Na semana passada, ela foi de carro para Asbury Park. Disse que queria ir ao Kmart e entrou na rua errada.

– Há quanto tempo a vovó Mazur saiu?

– Quase duas horas. Elas supostamente iam à padaria. Talvez eu deva ligar para a polícia.

Houve um som de porta batendo e muita gritaria ao fundo.

– É a sua avó – disse minha mãe. – E ela está com a mão toda enfaixada.

– Deixe-me falar com ela.

A vovó Mazur foi até o telefone.

– Você não vai acreditar nisso. – A voz dela estava trêmula de raiva e indignação. – Aconteceu uma coisa terrível. Betty e eu estávamos saindo da padaria, com uma caixinha cheia de biscoitos italianos fresquinhos, quando ninguém menos que Kenny Mancuso em pessoa saiu de trás de um carro e descaradamente veio até mim e disse: "Vejam só, é a vovó Mazur." E eu virei para ele e falei: "É, e eu também sei quem você é. Você é aquele tal de Kenny Mancuso que não vale nada." E ele disse: "Isso mesmo. E serei o seu pior pesadelo."

Houve uma pausa e eu pude ouvi-la respirando, se recompondo.

– A mamãe disse que sua mão está enfaixada – comentei, sem querer forçar a barra, mas precisando saber.

– Kenny me furou. Ele pegou a minha mão e enfiou um furador de gelo. – A voz de vovó estava estranhamente aguda, as palavras embargadas de dor devido à lembrança da experiência.

Empurrei o imenso banco para trás, o máximo possível, e coloquei a cabeça entre os joelhos.

– Alô? – disse a vovó. – Você ainda está aí?

Eu respirei fundo.

– Então, e como você está agora? Está bem?

– Claro que estou bem. Eles me arrumaram bem lá no hospital e deram um pouco daquele Tylenol com codeína. Você toma um pouco daquilo e pode ser atropelada por um caminhão sem sentir nada. E por conta do estado em que eu estava, eles me deram alguns comprimidos relaxantes. Os médicos disseram que eu tive sorte porque a perfuração não atingiu nada importante. Só deslizou por entre os ossos. Entrou direto.

Mais uma respiração profunda.

– O que aconteceu com Kenny?

– Saiu correndo como o cachorro covarde que ele é. Disse que iria voltar. Que isso era só o começo. – A voz dela falhou. – Dá pra imaginar?

– Talvez seja melhor se você ficar em casa por um tempo.

— É o que eu também acho. Estou simplesmente cansada. Acho que tomar uma xícara de chá será bom.

Minha mãe voltou ao telefone:

— Mas em que esse mundo está se transformando? Uma senhora é atacada em plena luz do dia, em seu próprio bairro, saindo de uma confeitaria!

— Vou deixar o celular ligado. Mantenha a vovó em casa e me telefone caso alguma outra coisa aconteça.

— O que mais poderia acontecer? Isso já não é o bastante?

Eu desliguei e conectei o celular ao acendedor. Meu coração estava disparado e as palmas de minhas mãos, molhadas de suor. Disse a mim mesma que precisava pensar com clareza, mas minha mente estava povoada de emoções. Saí do Buick e fiquei em pé na calçada, procurando por Morelli. Acenei os braços acima da cabeça num sinal de "aqui estou eu".

O celular tocou dentro do Buick. Era Morelli, com a voz pontilhada de impaciência ou ansiedade. Era difícil saber qual das duas.

— O que foi? – ele quis saber.

Contei-lhe sobre a vovó Mazur e esperei enquanto o silêncio se alongava entre nós. Finalmente, houve um xingamento e um suspiro de desgosto. Aquilo devia ser difícil para ele. Mancuso era da família.

— Sinto muito – disse ele. – Há alguma coisa que eu possa fazer?

— Você pode me ajudar a pegar o Mancuso.

— Nós vamos pegá-lo.

O que passou sem ser mencionado foi o medo mútuo de não o pegarmos rápido o suficiente.

— Você está bem para seguir nosso plano? – Morelli perguntou.

— Até às seis. Eu vou jantar em casa esta noite. Quero ver a vovó Mazur.

Não houve mais movimento até uma hora quando a funerária abriu para os velórios da tarde. Foquei meu binóculo nas janelas do salão da frente e tive um vislumbre de Spiro, de terno e gravata. Ele obviamente mantinha roupas no estabelecimento para se trocar. Os carros iam e vinham constantemente e eu percebi como seria fácil para Kenny se infiltrar no movimento. Ele poderia colar uma barba ou bigodes falsos, usar um chapéu ou uma peruca, e ninguém notaria mais um pedestre entrando pela porta da frente, a lateral ou a dos fundos.

Às duas horas, eu atravessei a rua.

Spiro inalou o ar ao me ver e instintivamente levou a mão ferida para mais perto do corpo. Seus movimentos eram estranhamente bruscos, sua expressão era sombria e tive uma sensação de mente desorganizada. Ele era o rato solto num labirinto, passando por cima de obstáculos, apressando-se por corredores sem saída, à procura de uma passagem.

Um homem estava sozinho junto à mesa de chá. Quarenta e poucos anos, estatura mediana, peso médio, tronco mais para gordinho. Estava vestindo um paletó esportivo e calças compridas. Eu já o vira. Levei um instante para assimilar. Ele estava na oficina quando tiraram o corpo de Moogey. Imaginei que ele fosse da Divisão de Homicídios, mas talvez fosse tira ou um federal.

Aproximei-me da mesa de chá e me apresentei.

Ele estendeu a mão.

– Andy Roche.

– Você trabalha com Morelli.

Ele ficou imóvel por uma fração de segundo, enquanto seus reflexos recompostos reagiram rápido:

– Às vezes.

Eu arrisquei um papite:

– Federal.

– Receita Federal.

– Vai ficar do lado de dentro?

– O maior tempo possível. Nós trouxemos um corpo falso hoje. Eu sou o irmão pesaroso que estava longe há muito tempo.

– Muito inteligente.

– Esse cara, Spiro, ele é sempre descoordenado?

– Ele teve um dia ruim ontem. Não dormiu muito à noite.

Capítulo 12

ESTÁ CERTO, ENTÃO; O MORELLI NÃO ME FALOU SOBRE ANDY Roche. Que novidade. Morelli não mostrava as cartas, esse era o estilo dele. Não mostrava seu jogo para ninguém. Nem para seu chefe, nem para seus parceiros e, certamente, para mim também não. Nada pessoal. Afinal, o objetivo era pegar Kenny. Eu já não ligava como isso seria feito.

Afastei-me de Roche e troquei algumas palavras com Spiro. Sim, Spiro queria que eu o levasse para casa. E não, ele não tivera notícias de Kenny.

Fui ao banheiro feminino e voltei para o Buick. Às cinco horas, me arrumei para partir, sem conseguir me livrar da visão da vovó Mazur sendo ferida por um furador de gelo. Dirigi de volta ao meu apartamento, joguei algumas roupas num cesto, passei maquiagem, gel no cabelo, sequei com o secador e arrastei o cesto lá para fora até o carro. Voltei, alimentei Rex e liguei a secretária eletrônica. Deixei a luz da cozinha acesa e tranquei a porta ao sair.

A única forma que eu conhecia para proteger a vovó Mazur era me mudando de volta para casa.

– O que é isso? – perguntou minha mãe, quando viu a gaiola de vidro do hamster.

– Estou me mudando pra cá por alguns dias.

– Você largou aquele emprego. Graças a Deus! Sempre achei que você podia arrumar coisa melhor.

– Eu não saí do meu emprego. Só preciso de uma mudança.

– Estou com a tábua de passar e a máquina de costura no seu quarto. Você disse que nunca voltaria para casa.

Eu estava com os braços ao redor da gaiola do hamster.

– Eu estava errada. Estou em casa. Vou me virar.

— Frank — minha mãe gritou –, venha ajudar a Stephanie, ela está vindo morar conosco novamente.

Passei por ela e fui subindo a escada.

— Só por alguns dias. É temporário.

— A filha da Stella Lombardi disse a mesma coisa, mas três anos se passaram e ela ainda está morando com eles.

Senti um grito começar a querer sair de algum lugar das profundezas das minhas entranhas.

— Se você tivesse me avisado com alguma antecedência, eu teria feito uma faxina — continuou minha mãe. — Teria comprado uma colcha nova.

Empurrei a porta com o joelho.

— Não preciso de uma colcha nova. Essa está ótima. — Fiz a volta ao redor da bagunça do pequeno quarto e coloquei Rex sobre a cama enquanto afastava a tralha que estava em cima da única cômoda. — Como está a vovó?

— Ela está tirando um cochilo.

— Não estou mais, não — berrou a vovó do quarto dela. — Vocês estão fazendo uma barulhada suficiente para acordar os mortos. O que está havendo?

— Stephanie está voltando a morar aqui em casa.

— Por que ela ia querer fazer uma coisa dessas? Isso aqui é de matar de tédio. — A vovó espiou dentro do quarto. — Você não está grávida, está?

A vovó Mazur cacheava os cabelos uma vez por semana. Entre um penteado e outro, ela devia dormir com a cabeça pendurada para fora da cama, porque os cachinhos perdiam um pouco da firmeza, porém nunca pareciam totalmente desalinhados. Hoje ela parecia que tinha passado laquê no cabelo e entrado no olho de um furacão. Seu vestido estava todo amassado e ela usava chinelos de veludo cor-de-rosa, com a mão esquerda pendurada na atadura.

— Como está sua mão? — perguntei.

— Começando a latejar. Acho que posso precisar de mais algumas daquelas pílulas.

Mesmo com a tábua de passar e a máquina de costura ocupando espaço, meu quarto não havia mudado muito nos últimos dez anos. Era um cômodo pequeno, com uma única janela. As cortinas eram brancas, com um forro emborrachado. Na primeira semana de maio, eram trocadas por outras, transparentes. As paredes eram pintadas de rosa-champanhe. O rodapé era branco. A cama, de casal, era forrada com uma colcha florida em rosa, com a cor mais desbotada pelo tempo e pela máquina de lavar. Eu tinha um armário pequeno, cheio de roupas de inverno, uma única cômoda de madeira de bordo e uma mesinha de cabeceira, também de madeira de bordo, com um abajur de vidro leitoso. A foto da minha formatura do ensino médio ainda estava pendurada na parede. E uma foto minha, com meu uniforme de malabarista. Eu nunca cheguei a realmente dominar a arte de girar o bastão, mas eu ficava perfeita quando entrava no campo de futebol usando meu par de botas. Uma vez, durante o segundo tempo de um jogo, perdi o controle do meu bastão e ele saiu voando até onde estava o pessoal do trombone. Um arrepio percorreu meu corpo ao lembrar a cena.

Arrastei o cesto de roupas e o coloquei no canto, sem me preocupar em tirar as roupas lá de dentro. A casa estava repleta de aromas de comida e o tilintar dos talheres anunciava a mesa sendo posta. Meu pai mudava os canais da televisão na sala de estar, aumentando o volume para competir com a atividade da cozinha.

– Baixa isso aí – minha mãe gritou para meu pai. – Vai nos deixar todas surdas.

Meu pai se concentrava na tela, fingindo não ouvir.

Até a hora de sentar para comer, as minhas obturações estavam vibrando e meu olho esquerdo não parava de tremer.

– Mas que bom – comentou minha mãe. – Todos sentados para jantar juntos. Que pena que Valerie não está aqui.

Minha irmã Valerie estava casada com o mesmo homem há uns cem anos e tinha dois filhos. Valerie era a filha normal.

A vovó Mazur sentou de frente para mim e ainda estava assustadora, com o cabelo despenteado e os olhos focados à frente.

Como diria meu pai, as luzes estavam acesas, mas não tinha ninguém em casa.

— Quanto daquela codeína a vovó já tomou até agora? — perguntei à minha mãe.

— Só um comprimido que eu saiba — minha mãe respondeu.

Senti meu olho pular e coloquei o dedo em cima.

— Ela parece estar... desligada.

Meu pai parou de passar manteiga no pão e ergueu os olhos. Ele abriu a boca para dizer algo, mas pensou melhor e voltou para o que estava fazendo.

— Mãe — minha mãe chamou —, quantos comprimidos você tomou?

A cabeça da vovó girou na direção de minha mãe.

— Comprimidos?

— É terrível que uma senhora idosa não possa estar segura nas ruas — disse minha mãe. — Dá para pensar que nós moramos em Washington D.C. A próxima coisa que vamos ter é um carro passando com pessoas atirando. A cidade nunca foi assim nos velhos tempos.

Eu não queria desiludi-la quanto aos velhos tempos, mas, nos velhos tempos, a cidade tinha um carro da frota da máfia em uma a cada três entradas de garagem. Homens eram levados de suas casas, ainda de pijama, sob a mira de um revólver até Meadowlands ou Camden, para cerimônias de despacho. As famílias e os vizinhos geralmente não corriam riscos, mas sempre havia a possibilidade de uma bala perdida ir parar no corpo errado.

E a cidade nunca estivera a salvo dos homens Mancuso e Morelli. Kenny era mais maluco do que a maioria, mas eu desconfiava que ele não era o primeiro dos Mancuso a deixar uma cicatriz no corpo de uma mulher. Pelo que eu sabia, nenhum deles nunca espetara uma velha com um furador de gelo, mas os Mancuso e os Morelli eram conhecidos por sua violência e temperamento regados a álcool e pela habilidade em passar a lábia nas mulheres e mantê-las em relacionamentos abusivos.

Eu conhecia alguma coisa a respeito em primeira mão. Quando Morelli me convencera a tirar as calças catorze anos atrás, ele não tinha sido abusivo, mas também estava longe de ter sido gentil.

Por volta de sete horas, a vovó dormia profundamente, roncando como um lenhador bêbado.

Coloquei a jaqueta e peguei a bolsa.

– Aonde você vai? – minha mãe quis saber.

– Até a Stiva's. O Stiva me contratou para ajudá-lo a fechar a funerária.

– Agora sim, esse é um trabalho – disse minha mãe. – Você poderia estar fazendo coisas bem piores do que trabalhar para o Stiva.

Fechei a porta da frente e respirei bem fundo para limpar o organismo. O ar estava fresco em meu rosto. Meu olho trêmulo relaxou sob o céu escuro.

Fui dirigindo até a Stiva's e parei no estacionamento. Lá dentro, Andy Roche reassumira sua posição junto à mesa de chá.

– Como está indo? – perguntei.

– Uma velhinha me disse que pareço com o Harrison Ford.

Escolhi um biscoito da travessa atrás dele.

– Você não deveria estar com seu irmão?

– Nós não éramos tão próximos.

– Onde está Morelli?

Roche casualmente olhou ao redor da sala.

– Ninguém nunca sabe a resposta para essa pergunta.

Voltei para o carro e havia acabado de sentar quando meu celular tocou.

– Como está a vovó Mazur? – perguntou Morelli.

– Está dormindo.

– Espero que essa mudança para a casa de seus pais seja temporária. Eu tinha planos para aqueles sapatos roxos.

Isso me pegou de surpresa. Eu achara que Morelli continuaria vigiando Spiro, mas, em vez disso, ele havia me seguido. E eu não o vira. Apertei os lábios. Eu era uma negação como caçadora de recompensas.

— Não vi nenhuma boa alternativa. Estou preocupada com a vovó Mazur.

— Você tem uma família maravilhosa, mas eles vão te fazer tomar Valium em quarenta e oito horas.

— Os Plum não tomam Valium. Nós apelamos para o cheesecake.

— Qualquer coisa que funcione. — Morelli desligou.

Às dez para as dez, eu parei o carro na entrada da garagem e estacionei de forma que deixasse espaço para que Spiro se espremesse e passasse. Tranquei o Buick e entrei na funerária pela porta lateral.

Spiro parecia nervoso se despedindo. Já não se via Louie em lugar algum. E Andy desaparecera. Entrei na cozinha e prendi um coldre no cinto. Coloquei a quinta bala no .38 e enfiei a arma no coldre. Prendi outro coldre com o spray de pimenta e um terceiro para uma lanterna. Imaginei que a cem dólares Spiro merecia tratamento completo. Eu teria palpitações se tivesse que usar a arma, mas isso era meu segredinho.

Eu estava usando uma jaqueta até os quadris, que escondia a maior parte da minha parafernália. Tecnicamente, isso significava que eu estava portando uma arma ocultada, o que era uma coisa feia, porém dentro da lei. Infelizmente, o fato de alguém descobrir esse pequeno detalhe geraria ligações telefônicas por toda a cidade, espalhando a notícia de que eu estava armada na Stiva's. Em comparação a isso, a ameaça de ser presa parecia tolice.

Quando o último dos enlutados deixou a varanda da frente, caminhei até Spiro, atravessando as áreas públicas nos dois andares superiores da casa, verificando janelas e portas. Somente duas salas estavam ocupadas. Uma delas, pelo falso irmão.

O silêncio era sinistro e meu desconforto com a morte era enfatizado pela presença de Spiro. Spiro Stiva, Agente Funerário Demoníaco. Eu estava com uma das mãos na coronha da pequena S & W, pensando que não faria mal carregá-la com balas de prata.

Passamos pela cozinha, rumo ao hall dos fundos. Spiro abriu a porta do porão.

— Espere aí — eu disse. — Aonde você vai?
— Precisamos verificar a porta do porão.
— Nós?
— Sim, nós. Eu e a porra da minha guarda-costas.
— Não creio que isso irá acontecer.
— Você vai querer receber?
Nem tanto.
— Há corpos lá embaixo?
— Desculpe, nossos corpos acabaram.
— Então, o que há lá embaixo?
— A caldeira de calefação, pelo amor de Cristo!
Saquei minha arma.
— Estarei logo atrás de você.
Spiro olhou para a Smith & Wesson de cinco balas.
— Nossa Senhora, mas que porra de arma de boiola.
— Aposto que você não diria isso se eu te desse um teco no pé.
Seus olhos petrificados se fixaram nos meus.
— Ouvi dizer que você matou um homem com essa arma.
Aquilo era algo que não me apetecia discutir com Spiro.
— Nós vamos até lá embaixo ou não?
O cômodo era basicamente um grande cômodo e bem o que se espera de um porão. Com a possível exceção dos caixões empilhados num dos cantos.

A porta de saída era logo à direita, no pé da escada. Verifiquei a maçaneta para ter certeza de que o pino estava travado.

— Ninguém aqui — comuniquei a Spiro, segurando minha arma. Não estou bem certa quanto a quem pretendia acertar. Kenny, eu suponho. Talvez Spiro. Talvez fantasmas.

Voltamos ao primeiro andar e eu esperei no hall, enquanto Spiro remexia as coisas em seu escritório, finalmente surgindo de sobretudo, carregando uma sacola de academia.

Eu o segui até a porta dos fundos e a segurei aberta, observando enquanto ele ativava o alarme e apertava o interruptor. As luzes de dentro diminuíram. As do lado externo continuaram acesas.

Spiro fechou a porta e pegou as chaves do carro no bolso do casaco.

– Nós vamos no meu carro. Você vai de arma em punho.
– Que tal se você for no seu carro e eu no meu?
– Sem chance. Eu pago cem pratas, quero minha pistoleira sentada ao meu lado. Você pode levar o carro para casa e me pegar de manhã.
– Isso não era parte do acordo.
– Você estava lá fora mesmo. Eu a vi no estacionamento hoje de manhã, esperando por Kenny, pra dar um bote e arrastá-lo de volta para a cadeia. Qual é o problema? Aí você me leva para o trabalho.

O Lincoln de Spiro estava estacionado perto da porta. Ele apontou o controle remoto para o carro e o alarme chiou, desarmando. Quando estávamos seguros do lado de dentro, ele acendeu os faróis.

Nós estávamos sentados sob um enorme foco de luz numa entrada de garagem deserta. Não era um ponto bom para ficar. Principalmente se Morelli não estivesse em posição de acesso visual a essa parte da propriedade.

– Engrene a marcha – eu disse a Spiro. – É muito fácil para Kenny nos pegar aqui.

Ele ligou o motor, mas não seguiu adiante.

– O que você faria se de repente Kenny pulasse ao lado do carro e apontasse uma arma para você?

– Eu não sei. A gente realmente nunca sabe o que fará numa situação assim até que a coisa aconteça.

Spiro pensou nisso por um instante. Deu outro longo trago no cigarro e engrenou a marcha.

Paramos no sinal, na Hamilton com a Gross. A cabeça de Spiro não se moveu, mas seus olhos desviaram para o posto de gasolina Delio's Exxon. As bombas estavam acesas e havia luz dentro do escritório. As baias estavam escuras e fechadas. Vários carros e um caminhão estavam estacionados em frente à última baia. Haviam sido deixados ali para serem revisados no primeiro horário da manhã.

Spiro observou em silêncio, com o rosto isento de emoção, e eu não tinha como adivinhar seus pensamentos.

O sinal abriu e nós passamos pelo cruzamento. Já estávamos na metade do quarteirão quando a ficha caiu.

– Oh, meu Deus – eu disse. – Volte ao posto de gasolina.

Spiro freou e virou o carro para o lado.

– Você não viu Kenny, viu?

– Não, eu vi um caminhão! Um caminhão grande e branco, com letras pretas na lateral!

– Vai ter que me explicar melhor.

– Quando falei com a mulher que administra os guarda-volumes, ela contou que se lembrava de ter visto um caminhão branco com letras pretas passando várias vezes pela área do depósito. Na época, a informação era muito vaga para significar algo.

Spiro esperou por uma chance no tráfego e manobrou para fazer a volta. Ele estacionou perto da área de manobra, onde estavam os veículos para conserto. A possibilidade de que Sandeman ainda estivesse no posto era remota, mas, mesmo assim, eu me esforçava para ver o que havia dentro do escritório. Não queria um confronto com Sandeman se pudesse evitá-lo.

Saímos do carro e demos uma olhada no caminhão. Ele pertencia à empresa de móveis Macko. Eu conhecia a loja. Era um pequeno negócio de propriedade de uma família que se manteve firme na mesma localização no centro da cidade, enquanto os outros comerciantes se mudavam para shoppings de beira de estrada.

– Isso significa algo para você? – perguntei.

Ele balançou a cabeça.

– Não. Não conheço ninguém na Móveis Macko.

– É do tamanho certo para caixões.

– Deve haver uns cinquenta caminhões em Trenton que se encaixam nessa descrição.

– Sim, mas esse está na oficina onde Moogey trabalhava. E Moogey sabia sobre os caixões. Ele foi até Braddock e os trouxe de volta para você.

A garota tola dá informações ao cara repugnante. Vamos, seu repugnante, pensei. Seja negligente. Dê-me alguma informação de volta.

— Então, você acha que Moogey podia estar de conchavo com alguém da Móveis Macko e eles resolveram roubar os meus caixões — disse Spiro.

— É possível. Ou talvez, enquanto o caminhão estava sendo consertado, Moogey o tenha pego emprestado.

— O que Moogey ia querer com vinte e quatro caixões?

— Diga-me você.

— Mesmo com o elevador hidráulico, você precisaria de ao menos dois caras para deslocar os caixões.

— Isso não me parece um problema. Você encontra qualquer grandalhão desajeitado, paga-lhe uns trocados e ele ajuda a carregar os caixões.

Spiro estava com as mãos nos bolsos.

— Eu não sei. É apenas difícil acreditar que Moogey faria algo assim. Havia duas coisas que sempre se podia contar em relação a Moogey. Ele era fiel e era idiota. Moogey era um grande bobão. Kenny e eu o deixávamos ficar conosco para darmos umas risadas. Ele faria tudo que disséssemos. Nós diríamos: "Ei, Moogey, que tal se você passasse um cortador de grama em cima do seu pau?" E ele responderia: "Claro. Quer que eu fique de pau duro antes?"

— Talvez ele não fosse tão bobo quanto você pensava.

Spiro ficou calado por alguns instantes, depois se virou e voltou andando para o Lincoln. Ficamos em silêncio pelo restante do trajeto. Quando chegamos ao estacionamento de Spiro, não pude resistir à outra tentativa quanto aos caixões.

— É meio engraçado você, Kenny e Moogey. Kenny acha que você tem algo que pertence a ele. E agora nós achamos que talvez Moogey tivesse algo que pertencesse a você.

Spiro entrou na vaga, colocou o carro em ponto morto e se virou em minha direção. Ele passou o braço esquerdo por cima do volante e vi uma pontinha da coronha de uma arma reluzindo e um coldre de ombro.

– O que você está querendo dizer? – perguntou Spiro.

– Nada. Só estava pensando alto. Pensando que você e Kenny têm muito em comum.

Nossos olhos se fixaram e um terror frio correu pela minha espinha parando no estômago. Morelli estava certo quanto a Spiro. Ele realmente comeria os próprios filhos recém-nascidos e não pensaria duas vezes em meter uma bala em meu cérebro inútil. Torci para que não tivesse forçado demais a barra.

– Talvez você deva parar de pensar alto. Talvez deva parar de pensar de uma vez por todas – disse Spiro.

– Vou aumentar o meu preço se você ficar ranzinza.

– Cristo, você já me cobra uma porra de uma grana superfaturada. Por cem dólares a noite, o mínimo que você podia fazer era me dar uma chupada.

O que eu iria dar era uma bela e longa sentença atrás das grades. Esse era um pensamento confortante e me fazia seguir adiante com meu trabalho de guarda-costas no apartamento, acendendo as luzes, vasculhando armários, contando as bolas de poeira embaixo da cama e quase vomitando diante do cascão de sabonete na cortina do chuveiro.

Eu dei sinal verde para o apartamento, dirigi o Lincoln de volta à funerária e o troquei pelo Buick.

Vi Morelli em meu espelho retrovisor a meio quarteirão de distância da casa dos meus pais. Ele ficou dando um tempo em frente à casa dos Smullenses até que eu estacionasse o Buick. Quando saí, ele estacionou o carro atrás do meu. Imagino que não podia condená-lo por estar sendo cauteloso.

– O que vocês estavam fazendo no Delio's? – Morelli quis saber. – Imagino que você estivesse largando uma isca para o Spiro a respeito do caminhão.

– Imaginou certo.

– Deu em alguma coisa?

– Ele disse que não conhece ninguém da Móveis Macko. E excluiu a possibilidade de que Moogey pudesse ter pegado os caixões. Aparentemente, Moogey era o bobão da turma. Nem tenho certeza se Moogey estava envolvido.

— Moogey levou os caixões para Nova Jersey.

Eu me recostei no Buick.

— Talvez Kenny e Spiro não tivessem incluído Moogey no plano idealizado, porém, em algum ponto ao longo do trajeto, Moogey descobriu e incluiu a si mesmo.

— E você acha que ele pegou o caminhão da loja de móveis emprestado para levar os caixões.

— Seria uma teoria. — Eu me desencostei do Buick e pendurei a bolsa mais alto no ombro. — Vou buscar Spiro às oito horas amanhã e levá-lo para o trabalho.

— Eu a verei no estacionamento dele.

Entrei na casa escura e parei no hall da frente por um instante. A casa era sempre melhor quando estava adormecida. Havia um ar de satisfação ao fim do dia. Talvez o dia não tivesse sido exatamente perfeito, mas havia sido mais um dia vivido e a casa estivera ali para sua família.

Pendurei a jaqueta no armário do hall e entrei devagarzinho na cozinha. Encontrar comida em minha cozinha era sempre um tiro no escuro. Encontrar comida na cozinha de minha mãe era algo garantido. Ouvi a escada ranger e, pelos passos, soube que era minha mãe.

— Como foi lá na Stiva's? — ela perguntou.

— Foi bem. Eu o ajudei a fechar tudo e depois fui com ele de carro até em casa.

— Imagino que seja difícil para ele dirigir com aquele pulso. Ouvi dizer que ele levou vinte e três pontos.

Eu peguei o presunto e o queijo provolone.

— Deixe que eu faço. — Minha mãe pegou o presunto e o queijo, estendendo uma das mãos para pegar o pacote de pão de centeio em cima da pia.

— Eu posso fazer — insisti.

Minha mãe pegou a faca com o fio bom na gaveta de facas.

— Você não sabe fatiar o presunto bem fininho.

Depois de fazer um sanduíche de presunto e queijo para cada uma de nós, serviu dois copos de leite e colocou tudo sobre a mesa da cozinha.

– Você poderia tê-lo convidado para um sanduíche.
– Spiro?
– Joe Morelli.
Minha mãe nunca parava de me surpreender.
– Houve uma época em que você só faltava sair correndo atrás dele com uma faca na mão.
– Ele mudou.
Eu ataquei o sanduíche.
– Isso é o que ele me diz.
– Ouvi dizer que ele é um bom policial.
– Um bom policial é diferente de uma boa pessoa.

Acordei desorientada, encarando o teto de uma vida anterior. A voz da vovó Mazur me trouxe de volta para o presente:
– Se eu não entrar nesse banheiro, vai haver uma grande bagunça nesse corredor – gritou ela. – O jantar de ontem está nadando na minha barriga como gordura de pato.
Ouvi a porta se abrir e meu pai resmungar algo incompreensível. Meu olho começou a latejar e eu o fechei bem apertado. Foquei o outro olho no relógio ao lado da cama. Sete e meia. Droga. Eu queria chegar cedo na casa de Spiro. Pulei da cama e revirei o cesto de roupa em busca de um jeans limpo e uma camiseta. Passei a escova no cabelo, peguei a bolsa e saí correndo para o corredor.
– Vovó – eu disse do outro lado da porta –, vai demorar?
– O papa é católico? – ela gritou de volta.
Está bem. Eu podia adiar o banheiro por meia hora. Afinal, se eu acordasse às nove, não usaria o banheiro por uma hora e meia.
Minha mãe me viu com a jaqueta nas mãos.
– Aonde você vai? Você não tomou café.
– Eu disse ao Spiro que ia buscá-lo.
– Spiro pode esperar. Gente morta não se importa se ele estiver quinze minutos atrasado. Venha tomar seu café.
– Eu não tenho tempo para tomar café.
– Fiz um belo mingau de aveia. Está na mesa. E servi seu suco.
– Ela olhou para os meus sapatos. – Que raio de bota é essa?

— São Doc Martens.

— Seu pai usava uns coturnos assim quando estava no Exército.

— Essas botas são ótimas – eu disse. – Adoro esse tipo de sapato. Todo mundo usa botas assim.

— Mulheres interessadas em casar com um bom homem não usam coturnos. Mulheres que gostam de outras mulheres é que usam esse tipo de sapato. Você não tem essas ideias esquisitas sobre mulheres, tem?

Espalmei a mão sobre o olho.

— O que há de errado com seu olho? – quis saber minha mãe.

— Está tremendo.

— Você está nervosa demais. É aquele emprego. Olhe para você, saindo correndo de casa. E o que é isso no seu cinto?

— Spray de pimenta.

— Sua irmã Valerie não usa um troço desses no cinto.

Olhei meu relógio. Se comesse bem depressa, poderia pegar Spiro às oito.

Meu pai estava na mesa, lendo o jornal e tomando café.

— Como está o Buick? – perguntou ele. – Está colocando gasolina aditivada?

— O Buick está ótimo, sem problemas.

Eu tomei o suco em um único gole e experimentei o mingau de aveia. Faltava alguma coisa. Chocolate, talvez. Ou sorvete. Acrescentei três colheres de açúcar e mais leite.

A vovó sentou em seu lugar à mesa.

— Minha mão está melhor, mas estou com uma dor de cabeça dos diabos.

— Você deve ficar em casa hoje – eu disse. – Vá com calma.

— Vou ficar calma lá no salão da Clara. Estou assustadora. Não sei como meu cabelo ficou desse jeito.

— Ninguém vai vê-la se não sair de casa – contestei.

— Imagine se alguém vier aqui. Imagine se aquele seu amigo bonitão, o Morelli, vier nos visitar novamente? Acha que quero que ele me veja desse jeito? Além disso, eu preciso ir enquanto estou com a atadura e sou a grande novidade. Não é todo dia que uma pessoa é atacada na confeitaria.

– Eu tenho coisas a fazer agora de manhã, bem cedo, mas depois vou voltar e te levo até o salão – eu disse à vovó. – Não saia sem mim!

Engoli o restante do mingau e rapidamente tomei meia xícara de café. Peguei a jaqueta e a bolsa e parti. Estava com uma das mãos na porta quando o telefone tocou.

– É pra você – disse minha mãe. – É o Vinnie.

– Eu não quero falar com ele. Diga que já saí.

O celular tocou exatamente quando cheguei à Hamilton.

– Você deveria ter falado comigo em casa – disse Vinnie. – Seria mais barato.

– Sua voz está falhando... a ligação está horrível.

– Não me venha com esse papo de ligação horrível.

Eu fiz uns sons de estática.

– E eu também não caio nessa de estática falsa. Pode tratar de vir aqui ainda esta manhã.

Não vi Morelli à espreita no estacionamento de Spiro, mas imaginei que ele estivesse por ali. Havia duas vans e uma caminhonete. Ambas boas possibilidades.

Peguei Spiro e segui para a funerária. Quando parei no sinal da Hamilton e da Gross, nós dois prestamos atenção ao posto Exxon.

– Talvez a gente deva parar e fazer algumas perguntas – sugeriu Spiro.

– Que tipo de perguntas?

– Sobre o caminhão de móveis. Só por desencargo de consciência. Acho que pode ser interessante ver se foi Moogey quem pegou os caixões.

Imaginei algumas alternativas. Eu podia torturá-lo perguntando "Qual é o sentido disso? Vamos tocar nossas vidas". E depois seguir direto. Ou podia fazer o jogo dele e ver onde dava. Certamente, havia algum mérito em torturar Spiro, mas meus instintos me diziam para deixá-lo com a bola e simplesmente segui-lo.

As baias estavam abertas. Muito provavelmente Sandeman estava ali. Grande coisa. Comparado a Kenny, Sandeman começava a ficar apagado. Cubby Delio estava trabalhando no escritório. Spiro e eu entramos juntos.

Cubby ficou atento assim que viu Spiro. Por mais escrotinho que fosse, Spiro representava a Funerária Stiva's e o Stiva mandava muito serviço para o posto. Todos os carros da funerária faziam a manutenção e abasteciam ali.

— Ouvi falar sobre seu braço — Cubby disse a Spiro. — É uma pena. Eu sei que você e Kenny eram amigos. Imagino que ele deve ter ficado maluco. É o que todos dizem.

Spiro dispensou o assunto com um aceno de mão, dando a entender que não fora nada além de uma amolação. Ele deu a volta e olhou pela janela do escritório para o caminhão ainda estacionado em frente à baia.

— Eu queria lhe perguntar sobre o caminhão da Macko. Você sempre faz a manutenção daquele caminhão? Ele vem aqui regularmente?

— Sim. A Macko tem conta, da mesma forma que você. Eles têm dois caminhões e nós cuidamos de ambos.

— Quem geralmente os traz? É sempre o mesmo cara?

— Geralmente é o Bucky ou o Biggy. Eles já dirigem para a Macko há muitos anos. Algum problema? Está precisando comprar móveis?

— Estou pensando no assunto — disse Spiro.

— É uma boa empresa. Um negócio familiar. Eles mantêm os caminhões em ótimo estado.

Spiro enfiou o braço machucado dentro do paletó. O homenzinho imitando Napoleão.

— Parece que você não encontrou um substituto para Moogey.

— Achei que tivesse um cara, mas não deu certo. É difícil substituir o Moogey. Quando ele cuidava do posto, eu quase não precisava vir aqui. Podia tirar um dia de folga para ir às corridas de cavalos. Mesmo depois de ter tomado o tiro no joelho, ele ainda era um cara de confiança. Sempre vinha trabalhar.

Eu desconfiava que Spiro e eu estivéssemos com ideias paralelas, e achava que talvez Moogey tivesse pegado o caminhão emprestado num daqueles dias de corrida de cavalos. É claro que se ele tivesse pegado o caminhão emprestado, alguma outra pessoa teria que ficar cuidando do posto. Ou outra pessoa teria que dirigir o caminhão.

— É difícil arranjar bons empregados — concordou Spiro. — Eu tenho o mesmo problema.

— Tenho um bom mecânico — disse Cubby. — Sandeman tem lá o jeito dele, mas é um mecânico e tanto. O resto do pessoal vem e vai. Não é preciso um cientista espacial para colocar gasolina e encher um pneu. Se eu encontrasse alguém para trabalhar em tempo integral no escritório, estaria bem arranjado.

Spiro jogou mais um pouco de conversa fora e saiu do escritório.

— Você conhece algum dos caras que trabalham aqui? — perguntou-me.

— Já falei com o Sandeman. Ele é bem arrogante. E faz uso recreativo de drogas.

— Sente-se desconfortável com ele?

— Não sou sua pessoa favorita.

O olhar de Spiro desceu até meus pés.

— Talvez sejam os sapatos.

Escancarei a porta do carro.

— Mais alguma coisa que você queira comentar? Talvez tenha algumas palavras para dizer sobre meu carro?

Spiro se virou no banco.

— Cara, o carro é incrível. Pelo menos, você sabe escolher um carro.

Levei Spiro até a funerária, onde todo o sistema de segurança estava intacto. Demos uma inspecionada superficial em seus dois clientes e ficamos razoavelmente certos de que ninguém lhes roubara nenhum pedaço do corpo. Eu disse a Spiro que voltaria para o trajeto noturno e que ele me ligasse, caso precisasse de mim mais cedo.

Eu gostaria de manter Spiro sob vigilância. Imaginava que ele ficaria beliscando a isca que eu havia jogado e quem sabe o que encontraria? E, mais importante, se Spiro começasse a se movimentar, talvez Kenny se movimentasse com ele. Infelizmente, eu não podia manter uma vigilância significativa com o Azulão. Se quisesse seguir Spiro, teria de encontrar um carro diferente.

A metade da xícara de café que eu engolira antes de sair de casa estava trabalhando em meu metabolismo, portanto resolvi voltar à casa dos meus pais, onde poderia usar o banheiro. Podia tomar um banho e pensar um pouco sobre o problema do carro. Às dez, eu levaria a vovó Mazur para o salão da Clara para uma recauchutagem.

Quando cheguei em casa, meu pai estava no banheiro e minha mãe, na cozinha, cortando legumes para fazer minestrone.

– Eu preciso usar o banheiro – eu disse. – Você acha que o papai vai demorar?

Minha mãe revirou os olhos.

– Eu não sei o que ele faz lá dentro. Leva o jornal e não o vemos durante horas.

Roubei um pedaço de cenoura e um naco de aipo para o Rex e subi a escada correndo.

Bati à porta do banheiro.

– Quanto tempo ainda vai demorar? – gritei.

Não houve resposta.

Eu bati com mais força.

– Está tudo bem contigo aí?

– Cristo. – Foi a resposta resmungada. – Um homem não pode nem fazer cocô nessa casa...

Fui até o meu quarto. Minha mãe tinha feito a cama e dobrado todas as minhas roupas. Eu disse a mim mesma que era legal estar de volta em casa e ter alguém fazendo pequenos favores para mim. Eu deveria ser grata. Deveria desfrutar desse luxo.

– Isso não é divertido? – disse ao Rex, que dormia. – Não é todo dia que podemos visitar a vovó e o vovô. – Levantei a tampa da gaiola e lhe dei o café da manhã, mas o meu olho estava latejando tanto que errei totalmente a portinha e deixei o pedaço de cenoura cair no chão.

Às dez horas, meu pai ainda não tinha saído do banheiro e eu estava dançando no corredor.

– Ande logo – eu disse à vovó Mazur. – Vou explodir se não for logo a um banheiro.

– Clara tem um bom banheiro. Ela tem pot-pourri lá dentro e uma boneca de crochê em cima do rolo de papel higiênico sobressalente. Ela a deixará usar o banheiro.

– Eu sei, eu sei. Apresse-se, está bem?

A vovó vestiu um casaco azul pesado e um cachecol de lã cinza ao redor do pescoço.

– Você vai sentir calor com esse casaco – eu disse a ela. – Não está tão frio lá fora.

– Não tenho outra coisa para vestir. Está tudo em farrapos. Pensei que depois da Clara nós podíamos ir fazer compras. Acabei de receber minha aposentadoria.

– Tem certeza de que se sente bem para ir fazer compras?

Ela ergueu a mão machucada diante do rosto e olhou para a atadura.

– Até agora está bom. O buraco não foi tão grande. Para dizer a verdade, eu nem sabia a profundidade até chegar ao hospital. Aconteceu tão rápido. Sempre me achei muito boa em cuidar de mim mesma, mas já não tenho certeza. Não me movimento como antes. Simplesmente, fiquei ali como uma maldita idiota e deixei aquele garoto furar minha mão.

– Tenho certeza de que não havia nada que pudesse fazer, vovó. O Kenny é muito maior e você estava desarmada.

Os olhos dela ficaram cheios de lágrimas.

– Ele fez com que eu me sentisse uma velha boba.

Quando saí do salão da Clara, Morelli estava esparramado, encostado no Buick.

– De quem foi a ideia de falar com Cubby Delio?

— Do Spiro. E eu não acho que vai parar no Delio. Ele precisa encontrar aquelas armas para tirar o Kenny de seu pé.

— Você ficou sabendo de alguma coisa interessante?

Eu repeti a conversa para Morelli.

— Conheço Bucky e Biggy — disse ele. — Não se envolveriam em algo assim.

— Talvez tenhamos chegado a conclusões precipitadas sobre o caminhão da loja de móveis.

— Eu não acho. Parei no posto Exxon logo cedo, esta manhã, e tirei algumas fotos. A Roberta acha que é o mesmo caminhão.

— Achei que você deveria estar me seguindo! E se eu fosse atacada? E se o Kenny viesse atrás de mim com o furador de gelo?

— Eu a segui parte do tempo. De qualquer forma, Kenny não gosta de dormir fora.

— Isso não é desculpa! O mínimo que você poderia ter feito era me avisar que eu estava por minha conta!

— Qual é o plano aqui? — Morelli perguntou.

— A vovó vai estar pronta em uma hora. Prometi levá-la para fazer compras. E, em algum horário hoje, preciso dar uma passada no escritório para falar com o Vinnie.

— Ele vai tirá-la do caso?

— Não. Vou levar a vovó Mazur comigo. Ela vai colocá-lo na linha.

— Eu estive pensando sobre Sandeman...

— É, eu também tenho pensado no Sandeman. A princípio, eu achava que ele poderia estar escondendo Kenny. Talvez seja o contrário. Talvez ele tenha ferrado o Kenny.

— Você acha que Moogey se juntou ao Sandeman?

Dei de ombros.

— Faz algum sentido. Quem quer que tenha roubado as armas tinha contato nas ruas.

— Você disse que Sandeman não demonstrava sinais de riqueza súbita.

— Acho que a riqueza do Sandeman sobe pelo nariz dele.

Capítulo 13

– Sinto-me bem melhor agora que meu cabelo está novamente arrumado. – A vovó se acomodou no banco da frente do Buick. – Eu até pedi para ela usar um tonalizante. Dá pra notar a diferença?

Ela tinha trocado a cor do cabelo de um grisalho metálico para um damasco.

– Agora está mais para louro-avermelhado – eu disse.

– É, é isso. Louro-avermelhado. Eu sempre quis ser uma dessas.

O escritório de Vinnie era logo adiante. Estacionei junto ao meio-fio e puxei a vovó atrás de mim.

– Eu nunca estive aqui. – A vovó começou a inspecionar tudo ao redor. – Não é demais?

– Vinnie está ao telefone – informou Connie. – Ele falará com você num minuto.

Lula se aproximou para ver melhor a vovó.

– Então, é a senhora que é a avó de Stephanie. Ouvi falar muito a seu respeito.

Os olhos da vovó acenderam.

– Ah, é? E o que foi que você ouviu?

– Para começar, que a senhora foi atacada com um furador de gelo.

A vovó ergueu a mão machucada para que Lula visse.

– Foi bem aqui nessa mão e ficou fincado até o outro lado.

Lula e Connie olharam a mão.

– E não foi só isso que aconteceu – continuou a vovó. – Numa outra noite, a Stephanie recebeu um membro masculino numa encomenda expressa. Ela abriu o pacote bem na minha frente.

Eu vi tudo. A coisa estava presa a um pedaço de isopor, com um alfi-nete de chapéu.

– Não brinca! – exclamou Lula.

– Foi exatamente assim que chegou pelo correio – confirmou a vovó. – Decepado como se fosse o pescoço de uma galinha e preso com um alfinete de chapéu. Fez com que eu me lembrasse do meu marido.

Lula se inclinou à frente para poder cochichar:

– Está falando do tamanho? O negócio do seu homem era grande assim?

– Nossa, não – respondeu a vovó. – O membro dele era morto, igualzinho àquele.

Vinnie enfiou a cabeça para fora da porta do escritório e engoliu em seco quando viu a vovó.

– Minha nossa! – disse ele.

– Acabei de pegar a vovó no salão de beleza – expliquei a Vinnie. – E agora nós vamos fazer compras. Pensei em passar por aqui para ver o que você queria, já que eu estava aqui pertinho.

A estatura de 1,75m de Vinnie se curvou. Seu cabelo ralo estava engomado para trás, com o mesmo brilho dos sapatos pretos de bico fino.

– Eu quero saber o que está havendo com Mancuso. Isso era para ser uma apreensão simples e agora estou duro como uma porta.

– Estou chegando perto – garanti. – Às vezes, essas coisas levam tempo.

– Tempo é dinheiro – disse Vinnie. – Meu dinheiro.

Connie revirou os olhos.

– Como é que é? – retrucou Lula.

Todas nós sabíamos que os negócios de fiança de Vinnie eram bancados por uma companhia de seguros.

Vinnie se balançou na ponta dos pés, com as mãos soltas ao lado do corpo. Um garoto típico de Trenton. Cheio de merdinhas e sempre com o rabo apertadinho.

– Esse caso está fora da sua alçada. Vou passá-lo a Mo Barnes.

– Eu não saberia distinguir Mo Barnes do jumento de Adão. – a vovó disse a Vinnie. – Mas sei que ele não é páreo para a minha neta. Ela é a melhor que há por aí e, quando se trata de um caçador de recompensas, você estará sendo um maldito idiota se a tirar do caso Mancuso. Principalmente agora que eu estou trabalhando com ela. Estamos prestes a arrebentar a boca do balão.

– Sem querer ofender – disse Vinnie –, mas você e sua neta não conseguem arrebentar nem uma noz usando as duas mãos, imagine, então, se seriam capazes de pegar o Mancuso.

A vovó se endireitou e ergueu ligeiramente o queixo.

– Iii... – chiou Lula.

– Coisas ruins acontecem com quem prejudica a própria família – a vovó praguejou contra Vinnie.

– Que tipo de coisas? – Vinnie quis saber. – Meu cabelo vai cair? Meus dentes vão apodrecer em minha boca?

– Talvez – disse a vovó. – Talvez eu te lance um mau-olhado. Ou talvez eu fale com a sua avó Bella. Talvez eu diga à sua avó Bella que você fala gracinhas para uma velha.

Vinnie passava de um pé para o outro, como um gato enjaulado. Ele não era trouxa de desagradar a vovó Bella. A vovó Bella era até mais assustadora do que a vovó Mazur. Em mais de uma ocasião, a vovó Bella pegara um homem adulto pela orelha e o fizera ajoelhar. Vinnie fez um som abafado por trás dos dentes cerrados e estreitou os olhos. Ele balbuciou algo por entre os lábios e voltou ao escritório, batendo a porta.

– Bem – disse a vovó –, apresento a vocês o lado Plum da família.

Era final da tarde quando terminamos as compras. Minha mãe abriu a porta para nós, com uma expressão austera nos lábios.

– Não tive nada a ver com o cabelo – avisei a ela. – A vovó fez tudo sozinha.

– Sei muito bem que quem deve carregar essa cruz sou eu. – Minha mãe olhou para os sapatos da vovó e dobrou os joelhos, como se fosse fazer uma oração.

A vovó Mazur estava calçando botas Doc Martens. Ela também vestia uma nova jaqueta de esqui que ia até os quadris, jeans com as barras viradas e uma camisa de flanela para combinar com a minha. Nós parecíamos as gêmeas Bobsey de *Contos da cripta*.

– Vou tirar um cochilo antes do jantar – informou a vovó. – Fazer compras me deixou exausta.

– Não me importo de ter uma ajudinha na cozinha – minha mãe me disse.

Isso era uma má notícia. Minha mãe nunca precisava de ajuda na cozinha. As únicas vezes em que minha mãe pedia ajuda era quando tinha algo em mente e pretendia intimidar alguma alma infeliz. Ou quando queria alguma informação. "Coma um pouco de pudim de chocolate", ela me dissera certa vez. "A propósito, a sra. Herrel a viu entrando na garagem dos Morelli com Joseph Morelli. E por que as suas calcinhas estão do avesso?"

Fui atrás dela, entrei em sua toca, onde as batatas ferviam no fogão e o ar quente embaçava a janela acima da pia. Minha mãe abriu a porta do forno para verificar o assado e o cheiro de perna de carneiro me envolveu. Senti os olhos vidrados e o queixo caindo num torpor de expectativa.

Ela foi do forno para a geladeira.

– Seria bom ter algumas cenouras com o carneiro. Você pode descascar as cenouras. – Ela me entregou um saco e a faca para descascar. – A propósito, por que alguém lhe mandaria um pênis?

Eu quase arranquei a ponta de um dos dedos.

– É...

– O endereço de remetente era de Nova York, mas o selo era local – completou ela.

– Não posso lhe contar sobre o pênis. Está sob investigação policial.

– Richie, filho de Thelma Biglo, contou a Thelma que o pênis pertencia a Joe Loosey. E que Kenny Mancuso o arrancou enquanto Loosey estava sendo vestido na Stiva's.

– Onde foi que Richie ouviu isso?

– Richie trabalha no bar, na Pino's. Richie sabe de tudo.

– Não quero falar sobre o pênis.
Minha mãe pegou a faca de descascar de minha mão.
– Olhe para essas cenouras que você descascou. Não posso servir essas cenouras. Algumas estão com casca.
– Você não devia tirar a casca de qualquer forma. Devia esfregá-las com uma escova. Toda a vitamina está na casca.
– Seu pai não come com casca. Você sabe como ele é meticuloso.

Meu pai comeria cocô de gato se fosse salgado, frito ou congelado, mas era preciso um ato do Congresso para fazê-lo comer um legume.

– Parece que o Kenny Mancuso cismou com você – observou minha mãe. – Não é uma coisa muito boa mandar um pênis para uma mulher. É desrespeitoso.

Procurei uma nova tarefa na cozinha, mas não conseguia arranjar nada.

– E eu sei o que está havendo com a sua avó também – continuou ela. – Kenny Mancuso está querendo atingir você através de sua avó. Por isso ele a atacou na padaria. Por isso você está morando aqui... para poder estar perto, caso ele volte a atacá-la.

– Ele é maluco.

– Claro que ele é maluco. Todos sabem que ele é maluco. Todos os homens Mancuso são malucos. Rocco, o tio dele, se enforcou. Gostava de garotinhas. A sra. Ligatti o pegou com sua Tina. E no dia seguinte, Rocco se enforcou. E foi bom. Se Al Ligatti tivesse pegado Rocco... – Minha mãe sacudiu a cabeça. – Nem quero pensar nisso. – Ela desligou o fogo das batatas e se virou para mim. – Você é boa nesse negócio de caçadora de recompensas?

– Estou aprendendo.

– É suficientemente boa para pegar Kenny Mancuso?

– Sim. Talvez.

Ela baixou o tom de voz:

– Eu quero que você pegue aquele filho da puta. Quero que o tire de circulação. Não é certo que um homem daqueles fique livre para ferir velhas.

– Farei o melhor que puder.
– Bom. – Ela pegou uma lata de amoras na despensa. – Agora que esclarecemos as coisas, você pode arrumar a mesa.

Morelli apareceu quando faltava um minuto para as seis.

Atendi quando ele bateu na porta e fiquei em pé, bloqueando a passagem, impedindo que ele entrasse no hall da frente.

– O que é?

Morelli se inclinou em minha direção, me forçando a dar um passo para trás.

– Eu estava passando, fazendo uma inspeção de segurança, e senti cheiro de carneiro assado.

– Quem é? – minha mãe gritou.

– É o Morelli. Ele estava passando de carro e sentiu o cheiro do carneiro. E está indo embora. AGORA MESMO!

– Ela não tem modos – minha mãe disse a Morelli. – Não sei o que aconteceu. Eu não a criei assim. Stephanie, coloque mais um prato na mesa.

Morelli e eu saímos de minha casa às sete e meia. Ele me seguiu numa van bege e parou no estacionamento da Stiva's quando eu virei na entrada da garagem.

Tranquei o Buick e caminhei até Morelli.

– Você tem algo a me dizer?

– Repassei as faturas da oficina. O caminhão esteve lá para troca de óleo no final do mês. Bucky o levou por volta de sete da manhã e pegou no dia seguinte.

– Deixe-me adivinhar. Cubby Delio não estava nesse dia e Moogey e Sandeman estavam trabalhando.

– É. Sandeman assinou o serviço. O nome dele estava na fatura.

– Você falou com Sandeman?

– Não. Cheguei à oficina assim que ele tinha ido embora à noite. Procurei no quarto dele e em alguns bares, mas não consegui encontrá-lo. Pensei em fazer o mesmo percurso mais tarde.

– Você encontrou algo interessante no quarto do Sandeman?

– A porta estava fechada.
– Não olhou pela janela?
– Pensei em deixar essa aventura para você. Sei o quanto você gosta de fazer esse tipo de coisa.

Em outras palavras, Morelli não quis ser flagrado na escada de incêndio.

– Você vai estar aqui quando eu fechar com Spiro?
– Não vou arredar o pé nem que a vaca tussa.

Atravessei o estacionamento e entrei na funerária pela porta lateral. O boato sobre o comportamento bizarro de Kenny Mancuso estava se espalhando, porque Joe Loosey sem seu pênis estava na sala VIP e a multidão que abarrotava o salão fazia concorrência ao velório de Silvestor Bergen, que estava quebrando todos os recordes. Bergen havia morrido no meio de seu mandato de contestador oficial dos veteranos de guerra.

Spiro fazia as honras do outro lado do lobby, segurando o braço machucado no cumprimento do dever, enaltecendo ao máximo o seu papel de agente funerário célebre. As pessoas estavam à sua volta, ouvindo atentamente conforme ele lhes contava o que Deus sabia.

Algumas pessoas olharam em minha direção e sussurraram por trás dos folhetos do programa cerimonial.

Spiro se curvou diante de seu público e sinalizou para que eu o seguisse até a cozinha. Ele pegou a travessa de prata com os biscoitos e puxou em sua direção, ignorando Roche que estava novamente posicionado junto à mesinha de chá.

– Dá pra acreditar nesse monte de babacas? – Spiro disse com um saco grande de biscoitos de supermercado na travessa. – Eles estão comendo tudo que veem pela frente. Eu deveria estar cobrando entrada depois do horário para que vissem o cotoco do Loosey.

– Alguma novidade sobre o Kenny?
– Nada. Acho que ele queimou todo o cartucho que tinha. O que me faz voltar novamente à minha rotina normal de trabalho. Não preciso mais de você.

— Por que a súbita mudança?

— As coisas se acalmaram.

— Assim, de repente?

— É. Assim. — Ele deu a volta e saiu pela porta da cozinha com os biscoitos e os soltou na mesa. — Como está indo? — perguntou a Roche. — Estou vendo que seu irmão está recebendo o excedente de Loosey. Provavelmente, um bando de gente que está ali imaginando o estado geral do seu irmão, se é que você entende o que eu quero dizer. Você notou que essa noite eu lhe concedi uma visão panorâmica de metade do caixão, para que ninguém tente arriscar nenhuma apalpada?

Roche pareceu que ia engasgar.

— Obrigado — disse ele. — Fico feliz por você se antecipar.

Fui até o Morelli e lhe dei a notícia.

Morelli estava perdido em meio às sombras da van escura.

— Que coisa mais súbita.

— Acho que Kenny está com as armas. Acho que demos a Spiro um lugar para começar a procurar e ele passou isso a Kenny, que, por sua vez, deu sorte. Agora Spiro saiu do sufoco.

— É possível.

Eu estava com as chaves do meu carro na mão.

— Vou dar uma olhada no Sandeman. Ver se ele já está em casa.

Estacionei a meio quarteirão da pensão onde Sandeman vivia, do outro lado da rua. Morelli estacionou diretamente atrás de mim. Ficamos na calçada por um instante, olhando a casa volumosa e negra, contrastando com o céu noturno azulado. Havia luz de penumbra saindo de uma das janelas térreas sem cortinas. No andar de cima, dois retângulos alaranjados eram o testemunho silencioso de que existia vida dentro dos quartos da frente.

— Que tipo de carro ele dirige? — perguntei a Morelli.

— Ele tem uma moto grande e uma picape Ford.

Não vimos nenhum dos dois na rua. Seguimos pela entrada da garagem até os fundos da casa e encontramos a Harley. Não havia nenhuma luz acesa nos quartos dos fundos. Nenhuma luz no quarto de Sandeman no andar de cima. Ninguém sentado nos degraus. A porta dos fundos estava destrancada. Essa porta tinha uma iluminação fraca de uma lâmpada de 40 watts, pendurada numa luminária na entrada. Havia som de televisão vindo de um dos quartos do segundo andar.

Morelli parou no hall de entrada por um instante, ouvindo os sons da casa, antes de seguir ao segundo andar, depois ao terceiro, que estava escuro e quieto. Morelli ouviu a porta de Sandeman. Ele sacudiu a cabeça negativamente. Nenhum ruído vinha do quarto de Sandeman.

Ele seguiu até a janela, abriu-a e olhou para fora.

– Seria falta de ética se eu invadisse o apartamento.

No meu caso, essa mesma ação havia sido evidentemente ilegal.

Morelli deu uma olhada na lanterna pesada que eu levava na mão.

– Claro que uma caçadora de recompensas teria autoridade para entrar em busca de seu homem.

– Somente se ela estivesse convencida de que seu homem está aí dentro.

Morelli me olhou ansioso.

Dei uma olhada para a escada de incêndio.

– É bem frágil.

– É. Percebi isso. Talvez não me aguente. – Ele colocou um dedo embaixo do meu queixo e me olhou nos olhos. – Aposto que aguenta uma coisinha delicada como você.

Posso ser muitas coisas. Mas delicada não é uma delas. Respirei fundo e me virei para entrar na escada de incêndio. O ferro rangeu e fragmentos de ferrugem se soltaram, caindo no chão. Eu praguejei e me aproximei da janela de Sandeman.

Fechei as mãos em concha junto ao vidro e olhei para dentro. O interior era mais escuro que um breu. Tentei a janela. Estava destrancada. Dei um puxão na parte inferior da moldura e ela levantou até a metade, emperrando logo em seguida.

— Você consegue entrar? — sussurrou Morelli.

— Não. A janela está emperrada. — Agachei-me, espiei pela abertura e passei a lanterna pelo quarto. Pelo que eu podia ver, nada havia mudado. Estava a mesma bagunça, a mesma miséria, o fedor de roupas sem lavar e cinzeiros transbordando. Eu não via qualquer sinal de briga ou fartura.

Pensei em tentar a janela mais uma vez. Firmei os pés e empurrei a velha moldura de madeira com força. Pinos da alvenaria se soltaram dos tijolos esfarelados e o piso de ripas da escada de emergência fez um ângulo de 45 graus. Os degraus saíram do lugar, os corrimões arrebentaram das presilhas, pedaços de ferro penderam soltos e eu escorreguei rumo ao espaço, primeiro com os pés, depois de bunda. Uma das minhas mãos passou por uma barra e, num ato de puro reflexo, cega de pânico, eu me segurei... por dez segundos. Ao final desse tempo, toda a grade do terceiro andar desmoronou na escada de emergência do segundo andar. Houve uma pausa momentânea. Tempo suficiente para que eu sussurrasse: — *Que merda!*

Acima de mim, Morelli estava debruçado para fora da janela.

— Não se mexa!

PEEENG! A escada de incêndio do segundo andar se separou do prédio e despencou no chão, me levando junto. Eu aterrissei de costas, com uma batida sólida que tirou o ar dos meus pulmões.

Fiquei ali deitada, estarrecida, até que o rosto de Morelli surgiu a apenas alguns centímetros acima de mim.

— Porra — sussurrou ele. — Jesus, Stephanie, diga alguma coisa!

Eu olhava para a frente, incapaz de falar, ainda sem conseguir respirar.

Ele sentiu a pulsação em meu pescoço. Depois suas mãos estavam nos meus pés, subindo pelas pernas.

— Você consegue mexer os dedos dos pés?

Não com a mão dele passando pelo lado de dentro da minha coxa daquele jeito. Minha pele queimou sob a palma da mão de Morelli e meus dedos dos pés se contraíram. Ouvi a mim mesma sugando o ar.

– Se você subir mais os dedos na minha perna, vou dar queixa de assédio sexual.

Morelli se balançou para trás, sobre os calcanhares e esfregou os olhos.

– Você quase me matou de susto.

– O que está havendo aí fora? – Uma voz alta veio de uma das janelas. – Vou chamar a polícia. Não vou aturar essa merda. Temos regras contra barulho aqui na vizinhança.

Eu me ergui, me apoiando no cotovelo.

– Tire-me daqui.

Morelli gentilmente me colocou de pé.

– Tem certeza de que está bem?

– Parece que não tem nada quebrado. – Eu enruguei o nariz. – O que é esse cheiro? Ai, meu Deus, eu não me caguei, né?

Morelli me virou.

– Nossa! Alguém nesse prédio tem um cachorro grande. Um cachorrão grande e com dor de barriga. E parece que você bateu bem no ponto de impacto.

Arranquei a jaqueta e a segurei com o braço esticado.

– Estou bem agora?

– Tem um pouco espalhado atrás do seu jeans.

– Mais algum lugar?

– No seu cabelo.

Isso me causou uma histeria instantânea.

– TIRA! TIRA!

Morelli colocou uma das mãos em cima da minha boca.

– Fique quieta!

– Tira isso do meu cabelo!

– Não dá pra tirar do seu cabelo. Você vai ter que lavar. – Ele me puxou em direção à rua. – Você consegue andar?

Eu cambaleei, seguindo em frente.

– Assim está bom – disse Morelli. – Continue assim. Logo, logo, você vai estar na van. E nós vamos te colocar num chuveiro. Depois de uma ou duas horas esfregando, você vai ficar novinha em folha.

– Novinha em folha. – Meus ouvidos ecoavam e minha voz parecia estar longe... como se eu falasse dentro de um pote. – Novinha em folha – repeti.

Ao chegarmos na van, Morelli abriu a porta traseira.

– Você não se importa em ir atrás, se importa?

Eu o olhei com a cabeça vaga.

Morelli apontou minha lanterna para os meus olhos.

– Tem certeza de que está bem?

– Que tipo de cachorro você acha que era?

– Um cachorro grande.

– Que tipo?

– Rottweiler. Macho. Velho e acima do peso. Dentes ruins. E comeu muito atum.

Comecei a chorar.

– Ai, meu Deus – disse Morelli. – Não chore. Detesto quando você chora.

– Estou com merda de Rottweiler no meu cabelo.

Ele usou o polegar para limpar as lágrimas das minhas faces.

– Está tudo bem, querida. Realmente não é tão ruim. Eu estava brincando sobre o atum. – Ele me deu um impulso para que eu entrasse na van. – Segure firme aí atrás. Vou te levar pra casa num minuto.

Ele me levou para o meu apartamento.

– Imaginei que assim seria melhor – explicou Morelli. – Não achei que você gostaria que sua mãe a visse nesse estado. – Ele procurou as chaves em minha bolsa e abriu a porta.

O apartamento estava fresco e abandonado. Quieto demais. Sem o Rex girando em sua roda. Nenhuma luz acesa para me dar boas-vindas ao lar.

A cozinha acenou à minha esquerda.

– Preciso de uma cerveja – eu disse a Morelli. Eu não estava com a menor pressa para tomar banho. Havia perdido minha capacidade olfativa. Aceitara o estado do meu cabelo.

Fui meio cambaleante para a cozinha e puxei a porta da geladeira. A porta abriu inteira, a luz de dentro acendeu e fiquei olhando, num silêncio anestesiado, para um pé... um pé imundo, enorme e ensanguentado, separado da perna pouco acima do tornozelo, colocado ao lado da margarina e uma garrafa quase cheia de coquetel de amora.

— Tem um pé na minha geladeira — comuniquei a Morelli. Sinos tocaram, as luzes piscaram, minha boca ficou amortecida e eu desabei no chão.

Esforcei-me para sair do estado inconsciente e abri os olhos.
— Mãe?
— Não exatamente — disse Morelli.
— O que aconteceu? — perguntei.
— Você desmaiou.
— Foi simplesmente coisa demais — eu disse a Morelli. — A merda de cachorro, o pé...
— Eu entendo.

Eu me impulsionei para ficar de pé, com as pernas trêmulas.
— Por que você não vai para o chuveiro, enquanto eu cuido das coisas por aqui? — Morelli me passou uma cerveja. — Você pode levar a sua latinha.

Eu olhei para a cerveja.
— Isso veio da minha geladeira?
— Não. Veio de outro lugar.
— Bom. Eu não conseguiria beber se viesse da geladeira.
— Eu sei. — Morelli me virou na direção do banheiro. — Apenas vá tomar um banho e beba sua cerveja.

Quando saí do banheiro, havia dois policiais uniformizados e dois à paisana em minha cozinha.
— Tenho uma ideia quanto à identidade daquele pé — eu disse a Morelli.

Ele estava escrevendo numa prancheta.
— Tenho a mesma ideia. — Ele virou a prancheta para mim. — Assine na linha pontilhada.
— O que estou assinando?

– Uma ocorrência preliminar.

– Como foi que o Kenny colocou o pé em minha geladeira?

– Pela janela quebrada do quarto. Você precisa de um sistema de alarme.

Um dos policiais uniformizados partiu, carregando uma caixa grande de isopor.

Engoli uma onda de repugnância.

– É só isso?

Morelli assentiu.

– Dei uma limpada na sua geladeira. Você provavelmente irá querer um trabalho mais minucioso quando tiver tempo.

– Obrigada pela ajuda.

– Nós vasculhamos o resto do apartamento – acrescentou ele. – Não encontramos nada.

O segundo policial uniformizado foi embora, seguido pelos que estavam à paisana e os homens que investigaram a cena do crime.

– E agora? – perguntei ao Morelli. – Não faz muito sentido vigiar a casa de Sandeman.

– Agora vigiamos o Spiro.

– E quanto a Roche?

– Roche vai ficar na funerária. Ficaremos na cola do Spiro.

Colamos um saco grande de lixo por cima da janela quebrada, apagamos as luzes e trancamos o apartamento. Havia uma pequena aglomeração no corredor.

– E então? – quis saber o sr. Wolesky. – O que foi tudo isso? Ninguém nos conta nada.

– Foi só uma janela quebrada – eu disse. – Achei que poderia ser algo mais sério; então, chamei a polícia.

– Você foi roubada?

Eu balancei a cabeça negativamente.

– Nada foi levado. – Pelo que eu sabia, essa era a verdade.

A sra. Boyd não pareceu estar engolindo nada daquilo.

– E quanto à caixa de gelo? Vi um policial carregando uma caixa de gelo para o carro.

– Cerveja – disse Morelli. – Eles são meus amigos. Vamos fazer uma festa mais tarde.

Descemos a escada e entramos na van. Morelli abriu a porta do motorista e um cheiro horrível de cachorro saiu, nos forçando a recuar.

– Deveríamos ter deixado as janelas abertas – eu disse a Morelli.

– Vamos deixá-las abertas por um minuto. Vai ficar legal.

Depois de alguns minutos, nós chegamos mais perto.

– Ainda está cheirando mal – atestei.

Morelli ficou em pé, com as mãos nos quadris.

– Eu não tenho tempo de lavar e esfregar. Vamos tentar sair com as janelas abertas. Talvez o cheiro suma.

Cinco minutos depois, o cheiro não tinha desaparecido.

– Para mim chega – disse Morelli. – Eu não consigo mais aguentar esse cheiro. Vou trocar de carro.

– Vai até em casa pegar a caminhonete?

Ele entrou à esquerda, na rua Skinner.

– Não posso. O cara de quem peguei a van emprestada está com a minha caminhonete.

– E aquele carro à paisana todo ferrado?

– Está consertando. – Ele virou na Greenwood. – Vamos usar o Buick.

Subitamente, tive uma nova gratidão pelo Buick.

Morelli encostou atrás do Azulão e eu já estava com a porta aberta e os pés no asfalto enquanto a van ainda estava em movimento. Fiquei em pé do lado de fora no ar puro, respirando fundo, batendo os braços e sacudindo a cabeça para me livrar do fedor.

Entramos juntos no Buick e ficamos ali sentados por um instante, contemplando a ausência de odor.

Liguei o motor.

– São onze horas. Você quer ir direto para o apartamento do Spiro ou quer tentar a funerária?

– A funerária. Falei com Roche pouco antes de você sair do chuveiro e Spiro ainda está no escritório.

O estacionamento estava vazio quando chegamos à Stiva's. Havia vários carros na rua. Nenhum parecia ocupado.

– Onde está Roche?

– No apartamento do outro lado da rua. Em cima da delicatéssen.

– Ele não consegue ver a entrada traseira de lá.

– Verdade, mas as luzes externas funcionam com sensor de movimento. Se alguém se aproxima da porta dos fundos, as luzes acendem.

– Imagino que Spiro possa desconectar isso.

Morelli se esparramou no banco.

– Não há um bom ponto de observação da porta dos fundos. Mesmo que Roche estivesse sentado no estacionamento, ele ainda não veria aquela porta.

O Lincoln de Spiro estava na passagem de carros. A luz do escritório de Spiro estava acesa.

Encostei devagarzinho com o Buick no meio-fio e desliguei o motor.

– Ele está trabalhando até tarde. A essa hora já era para ele ter ido embora.

– Você está com seu celular?

Passei-lhe o telefone e ele discou um número.

Alguém atendeu do outro lado da linha e Morelli perguntou se havia mais alguém em casa. Não ouvi a resposta. Ele terminou a ligação e me devolveu o telefone.

– Spiro ainda está lá. Roche não viu ninguém entrar desde que as portas fecharam às dez horas.

Estávamos estacionados na rua lateral, fora do alcance da luz da rua. A rua lateral era perfilada por casinhas modestas. A maioria estava escura. Trenton era uma cidade que deitava e acordava cedo.

Morelli e eu ficamos ali sentados num silêncio confortável, por meia hora, observando a funerária. Apenas dois parceiros da lei fazendo seu trabalho.

A meia-noite chegou. Nada havia mudado e eu estava me sentindo inquieta.

– Há algo errado nisso – eu disse. – Spiro nunca fica até tão tarde. Ele gosta de dinheiro quando vem fácil. Não é do tipo consciencioso.

– Talvez esteja esperando alguém.

Eu estava com a mão na maçaneta.

– Vou dar uma espiada por aí.

– NÃO!

– Quero ver se os sensores dos fundos estão funcionando.

– Você vai estragar tudo. Vai afugentar Kenny, caso ele esteja por aí.

– Talvez Spiro tenha desligado os sensores e Kenny já esteja dentro da casa.

– Não está.

– Como você pode ter tanta certeza?

Morelli deu de ombros.

– Instinto.

Eu estalei os dedos.

– Há alguns atributos essenciais a uma caçadora de recompensas que lhe faltam – comentou Morelli.

– Como o quê?

– Paciência. Olhe para você. Está toda contraída.

Ele apertou a base do meu pescoço com o polegar e subiu pelo couro cabeludo. Meus olhos se fecharam e a respiração desacelerou.

– É bom? – perguntou Morelli.

– Hum.

Ele massageou meus ombros com as duas mãos.

– Você precisa relaxar.

– Se eu relaxar mais, vou derreter e escorrer pelo banco.

As mãos dele ficaram imóveis.

– Gosto da parte que derrete.

Eu me virei de frente para ele e nossos olhares se fixaram.

— Não – eu disse.
— Por que não?
— Porque já vi esse filme e detesto o final.
— Talvez tenha um final diferente desta vez.
— Talvez não tenha.

O polegar de Morelli tracejou o latejar de meu pescoço e, quando ele falou, a voz estava rouca como a de um gato.

— E quanto ao meio do filme? Você gostou do meio?

O meio do filme foi fogo.

— Já vi meios melhores.

O rosto de Morelli se transformou num sorriso largo.

— Mentirosa.

— Além disso, estamos aqui para vigiar Spiro e Kenny.

— Não se preocupe com isso. Roche está vigiando. Se ele vir algo, irá me ligar.

Era isso que eu queria? Sexo no Buick, com Joe Morelli? Não! Talvez.

— Acho que estou ficando resfriada – eu disse. – Essa pode não ser uma boa hora.

Morelli começou a me vaiar.

Eu revirei os olhos para cima.

— Isso é tão imaturo. É realmente o tipo de reação que se espera de você.

— Não é, não. Você estava esperando ação. – Ele se inclinou à frente e me beijou. – Que tal? Essa é uma reação melhor?

— É...

Ele me beijou novamente e eu pensei: bem, que se dane; se ele quer pegar gripe, isso é problema dele, certo? E talvez eu nem estivesse ficando gripada. Talvez eu estivesse enganada.

Morelli abriu minha blusa e deslizou as alças do meu sutiã sobre meus ombros.

Senti um arrepio percorrendo meu corpo e preferi acreditar que era por causa do ar frio... ao contrário da premonição de algo errado.

– Então, tem certeza de que Roche irá ligar se vir Kenny? – perguntei.

– Sim. – Morelli baixou a boca até meu seio. – Não há nada com que se preocupar.

Nada com que se preocupar! Ele estava com a mão nas minhas calças e dizia que eu não tinha nada com que me preocupar!

Revirei os olhos novamente. Qual era o meu problema? Eu era adulta. Tinha necessidades. O que havia de errado em satisfazê-las de vez em quando? Ali estava eu, diante da chance de ter um orgasmo de qualidade. E não era uma falsa expectativa. Eu não era uma adolescente boba, de dezesseis anos, esperando um pedido de casamento. Tudo o que eu esperava era um maldito orgasmo. E eu certamente merecia um. Não tinha um orgasmo social desde que Reagan era presidente.

Dei uma olhada rápida nas janelas. Totalmente embaçadas. Isso era bom. Certo, eu disse a mim mesma. Vai fundo. Chutei os sapatos e tirei tudo, exceto a calcinha preta fio dental.

– Agora você – eu disse a Morelli. – Eu quero vê-lo.

Levou menos de dez segundos para que ele tirasse a roupa, dos quais cinco segundos foram usados para as armas e algemas.

Fechei a boca e secretamente verifiquei se estava babando. Morelli estava ainda mais incrível do que eu me lembrava. E eu lembrava que ele era maravilhoso.

Ele passou um dedo na minha calcinha e num movimento rápido a tirou. Tentou subir em cima de mim e bateu a cabeça no volante.

– Faz tempo que não faço isso nesse carro – disse ele.

Nós fomos para o banco de trás e caímos um em cima do outro, Morelli de blusão jeans desabotoado e meias brancas, e eu, incerta.

– Spiro pode muito bem apagar as luzes e Kenny pode entrar pela porta dos fundos – eu disse.

Morelli beijou meu ombro.

– Roche saberia se Kenny estivesse na casa.

– Como é que Roche saberia?

Morelli suspirou:

– Roche saberia porque ele grampeou a casa. Eu o empurrei.

– Você não me contou isso! Há quanto tempo a casa está grampeada?

– Você não vai fazer uma cena por causa disso, vai?

– O que mais você deixou de me contar?

– Só isso. Juro.

Não acreditei nele nem por um segundo. Morelli estava com a cara de policial. Pensei no jantar e na forma como ele milagrosamente apareceu.

– Como é que você soube que minha mãe estava fazendo carneiro?

– Senti o cheiro quando você abriu a porta.

– Até parece! – Peguei minha bolsa no banco da frente e despejei o conteúdo entre nós. Escova de cabelo, laquê, batom, spray de pimenta, lenços de papel, arma de choque, óculos escuros... transformador preto de plástico. Porra.

Peguei o dispositivo.

– Seu filho da puta! Você grampeou a minha bolsa!

– Foi para seu próprio bem. Eu estava preocupado com você.

– Isso é desprezível! É invasão de privacidade! Como se atreve a fazer isso sem antes me perguntar! – E também era mentira. Ele tinha medo de que eu pegasse Kenny e não o incluísse. Abri a janela e atirei o transformador no meio da rua.

– Merda – xingou Morelli. – Esse troço custa quatrocentos dólares. – Ele abriu a porta e foi pegar.

Fechei a porta e tranquei. Ele que se danasse. Eu devia deixar de ser trouxa, em vez de tentar trabalhar com um membro da família Morelli. Passei para o banco da frente e sentei atrás do volante.

Morelli tentou a porta do carona, mas estava trancada. Todas as portas estavam fechadas e era assim que iriam ficar. Por mim, ele podia ficar com aquele pinto estúpido congelado. Bom para aprender. Dei ré no carro e arranquei, o deixando em pé, no meio da rua, de camisa e meias, com o pinto a meio mastro.

Andei um quarteirão, cheguei à Hamilton e repensei. Provavelmente, não seria uma boa ideia largar um policial em pé, pelado, no meio da rua. O que poderia acontecer se um bandido chegasse? Morelli provavelmente nem poderia correr naquele estado. Certo, eu pensei, vou ajudá-lo. Fiz a volta e retornei à rua lateral. Morelli estava exatamente onde eu o havia deixado. De mãos nos quadris, com cara de desgostoso.

Diminuí, baixei a janela e arremessei sua arma.

– Caso precise – eu disse. Depois pisei fundo e fui embora.

Capítulo 14

SUBI AS ESCADAS SILENCIOSAMENTE E DEI UM LONGO SUSPIRO de alívio quando estava seguramente trancada em meu quarto. Não queria ter que explicar à minha mãe o meu cabelo ninho-de-rato-de-quem-estava-de-sacanagem-no-Buick. Nem queria que ela enxergasse minha calcinha no bolso da jaqueta, com seu olhar de raios X. Tirei a roupa com a luz apagada, deitei na cama e puxei as cobertas até o queixo.

Acordei com dois arrependimentos. O primeiro foi ter deixado o local de vigilância e não ter ideia se Kenny havia sido pego. O segundo foi ter perdido minha chance para usar o banheiro e, mais uma vez, eu era a última da fila.

Fiquei deitada na cama, ouvindo as pessoas entrando e saindo do banheiro... primeiro a minha mãe, depois meu pai, depois minha avó. Quando a vovó Mazur desceu a escada, eu me embrulhei no robe cor-de-rosa que ganhara em meu aniversário de dezesseis anos e segui até o banheiro. A janela acima da banheira estava fechada por causa do frio e o ar ali dentro tinha um cheiro intenso de creme de barbear e Listerine.

Tomei um banho rápido, enrolei uma toalha na cabeça, vesti um jeans e um moletom da Universidade de Rutgers. Não tinha planos específicos para o dia, exceto ficar de olho na vovó Mazur e vigiar o Spiro. Isso, é claro, supondo que Kenny não tivesse sido capturado na noite anterior.

Segui meu nariz até o café que estava sendo preparado na cozinha e encontrei Morelli sentado à mesa, comendo. Pelo jeito de seu prato, ele acabara de comer ovos com bacon e torrada. Esparramou-se na cadeira ao me ver, com a caneca de café na mão. Sua expressão era especulativa.

– Dia – ele me cumprimentou com a voz equilibrada, sem dar qualquer pista nos olhos.

Eu servi café numa caneca.

– Dia – respondi, descompromissada. – O que há de novo?

– Nada. Seu pagamento ainda está lá.

– Você veio até aqui para me dizer isso?

– Vim para pegar a minha carteira. Acho que a deixei em seu carro ontem à noite.

– Tudo bem. Junto com várias peças de roupa.

Eu dei um gole no café e coloquei a caneca na pia.

– Vou pegar a sua carteira.

Morelli levantou.

– Obrigado pelo café da manhã – ele agradeceu à minha mãe. – Estava maravilhoso.

O rosto de minha mãe se iluminou.

– De nada. É sempre bom ter amigos da Stephanie aqui.

Ele me seguiu até lá fora e esperou enquanto eu destrancava o carro e juntava as roupas.

– Você estava dizendo a verdade sobre Kenny? – perguntei. – Ele não apareceu ontem à noite?

– Spiro ficou até pouco depois das duas. Pelo barulho, parecia que estava jogando no computador. Foi tudo que Roche captou no grampo. Nada de ligações. Nada de Kenny.

– Spiro estava esperando por alguma coisa que não aconteceu.

– É o que parece.

O carro civil bege estava parado atrás do meu Buick.

– Vejo que você pegou seu carro de volta – eu disse a Morelli. Ele estava com todos os amassados e arranhões, e o para-choque ainda estava no banco de trás. – Achei que você havia dito que ele estava sendo consertado.

– Estava. Eles consertaram os faróis. – Ele deu uma olhada para a casa e depois de volta para mim. – Sua mãe está em pé na porta nos olhando.

– É.

– Se ela não estivesse ali, eu te agarrava e sacudia até suas obturações caírem dos seus dentes.
– Brutalidade policial.
– Isso não tem nada a ver com o fato de ser policial. É por ser italiano.
Dei a ele os sapatos.
– Eu realmente queria estar lá para a apreensão.
– Farei o que puder para incluí-la.
Nossos olhares se fixaram. Será que era possível acreditar nele? Não.
Morelli tirou as chaves do carro do bolso.
– É melhor você pensar numa boa história para dizer à sua mãe. Ela vai querer saber por que minhas roupas estavam no carro.
– Ela não vai pensar nada sobre isso. Tem roupa de homem no meu carro o tempo todo.
Morelli sorriu.
– O que eram aquelas roupas? – minha mãe perguntou quando entrei em casa. – Calças e sapatos?
– Você não vai querer saber.
– Eu quero saber – intrometeu-se a vovó Mazur. – Aposto que é uma história daquelas.
– Como está sua mão? – perguntei a ela. – Está doendo?
– Só dói se eu fechar o punho, e isso não dá pra fazer com essa atadura. Eu estaria em uma roubada se fosse a mão direita.
– Algum programa para hoje?
– Até de noite, não. Joe Loosey ainda está sendo velado. Eu só pude ver seu pênis, sabe? Então, pensei que gostaria de ver o restante no velório das sete da noite.
Meu pai estava na sala, lendo o jornal.
– Quando eu for, quero ser cremado – disse ele. – Nada de velório.
Minha mãe se virou do fogão.
– Desde quando?
– Desde que o Loosey perdeu o pinto. Não quero correr nenhum risco. Quero ir direto de onde eu cair para o crematório.

Minha mãe colocou uma travessa cheia de ovos mexidos na minha frente. E acrescentou bacon, torrada e suco.

Comi os ovos e pensei em minhas opções. Eu podia me isolar em casa e fazer o lance de proteger minha avó, ou podia ir cuidar da vida e torcer para que a vovó não estivesse na agenda de Kenny hoje.

– Mais ovos? – perguntou minha mãe. – Outra torrada?

– Estou bem.

– Você está só osso. Devia comer mais.

– Não estou só osso. Tenho gordura. Não consigo fechar o primeiro botão do meu jeans.

– Você tem trinta anos. É normal engordar depois dos trinta. E o que você faz ainda usando jeans? Uma pessoa da sua idade não deveria se vestir como uma criança. – Ela se aproximou e estudou meu rosto. – O que há de errado com seu olho? Parece que está tremendo novamente.

Está certo, elimine a opção número um.

– Preciso manter algumas pessoas sob vigilância – eu disse à vovó Mazur. – Quer vir junto?

– Acho que posso fazer isso. Você acha que o caldo vai ferver?

– Não, acho que vai ser chato.

– Bem, se eu quisesse fazer algo chato, poderia ficar em casa. A quem vamos vigiar de qualquer forma? Vamos procurar aquele miserável do Kenny Mancuso?

Na verdade, eu pretendia ficar no pé do Morelli. De certa forma, eu achava que dava no mesmo.

– Sim, vamos procurar pelo Kenny Mancuso.

– Então, estou dentro. Tenho umas contas a acertar com ele.

Meia hora depois, ela estava pronta para ir, vestindo seu jeans, a jaqueta de esqui e as botas Doc Martens.

Avistei o carro de Morelli um quarteirão depois da Stiva's, na Hamilton. Morelli não parecia estar lá dentro. Provavelmente, Morelli estava com Roche, trocando histórias. Estacionei atrás de Morelli, tomando cuidado para não chegar perto demais e quebrar novamente as lanternas. Eu podia ver as portas da frente e dos fundos da funerária e a entrada do prédio de Roche.

– Sei tudo desse negócio de apreensão – disse a vovó. – Outro dia teve um programa na televisão com uns detetives particulares e eles não deixaram nada de fora. – Ela enfiou a cabeça numa sacola de brim que trouxera consigo. – Tenho tudo que precisamos aqui. Revistas para passar o tempo. Sanduíches e refrigerantes. Tenho até um pote.

– Que tipo de pote?

– Antes tinha azeitonas. – Ela me mostrou o frasco. – É pra gente fazer xixi durante o trabalho. Todos os detetives particulares disseram que fazem isso.

– Eu não consigo fazer xixi dentro de um pote. Só os homens conseguem fazer essas coisas.

– Droga – reclamou a vovó. – Por que não pensei nisso? E eu até joguei todas as azeitonas fora.

Nós lemos a revista e arrancamos algumas receitas. Comemos os sanduíches e bebemos os refrigerantes.

Depois disso, nós duas precisávamos ir ao banheiro; então, voltamos à casa dos meus pais para um intervalo. Mais tarde, voltamos para a Hamilton, paramos na mesma vaga atrás de Morelli e continuamos a esperar.

– Você está certa – disse a vovó, depois de uma hora. – Isso é chato.

Jogamos forca, contamos os carros e metemos o malho na Joyce Barnhardt. Tínhamos começado a jogar adedanha quando olhei o trânsito pela janela e reconheci Kenny Mancuso. Ele estava dirigindo um Chevy Suburban de duas cores que parecia do tamanho de um ônibus. Nós trocamos olhares surpresos durante o segundo mais longo da história.

– Merda! – gritei, pegando a chave na ignição e virando no banco para não perdê-lo de vista.

– Faça esse carro andar – gritou a vovó. – Não deixe esse filho da mãe escapar!

Dei um puxão no câmbio para engatar e, quando estava prestes a sair, percebi que Kenny tinha feito a volta no cruzamento e estava se aproximando de nós. Não havia nenhum carro parado atrás de mim. Vi o Suburban se aproximar do meio-fio e disse à vovó para segurar firme.

O Suburban bateu na traseira do Buick nos lançando à frente, em cima do carro de Morelli, que bateu no carro à sua frente. Kenny deu ré no Suburban, pisou no acelerador e bateu na gente outra vez.

– Bem, agora chega. Estou velha demais pra esses solavancos. Pessoas da minha idade têm ossos delicados. – Ela puxou um .45 da sacola, escancarou a porta e foi até a calçada. – Acho que isso vai lhe mostrar algo. – Ela mirou a arma no Suburban. Vovó puxou o gatilho e a bala saiu pelo cano, mas o coice fez com que ela caísse de bunda no chão.

Kenny pisou fundo no Suburban; de ré, seguiu até o cruzamento e se mandou.

– Eu o acertei? – a vovó quis saber.

– Não. – Eu a ajudei a ficar de pé.

– Cheguei perto?

– Difícil dizer.

Ela estava com as mãos na testa.

– Bati na cabeça com a porcaria da arma. Não esperava que fosse dar um coice desses.

Contornamos os carros, inspecionando o prejuízo. O Buick estava quase intacto. Nada além de um arranhão no imenso para-choque cromado. Não achei nenhum dano na frente.

O carro de Morelli parecia um acordeão. O capô e o porta-malas estavam sanfonados, e todas as luzes haviam quebrado. O primeiro carro da fila tinha sido empurrado alguns palmos à frente, mas não estava muito amassado. Apenas um vergão no para-choque traseiro, que podia ou não ter sido ocasionado pelo acidente.

Olhei para a rua, esperando que Morelli viesse correndo, mas ele não apareceu.

– Você está bem? – perguntei à vovó Mazur.

– Claro. Eu até pegaria aquele nojento, se não fosse pelo meu machucado. Tive que atirar com uma mão só.

– Onde você arranjou o .45?

– Minha amiga Elsie me emprestou. Ela comprou numa venda de garagem em Washington, D.C. – A vovó olhou para o alto. – Estou sangrando?

– Não, mas está com uma marca na testa. Talvez seja melhor irmos para casa para você descansar.

– Isso pode ser uma boa ideia. Meus joelhos estão meio moles. Acho que não sou tão durona quanto aquele pessoal da televisão. Usar armas parece não lhes dar trabalho algum.

Coloquei a vovó no carro e prendi o cinto de segurança por cima do peito dela. Dei uma última olhada no prejuízo e imaginei qual seria a responsabilidade do último carro da fila. Os danos eram mínimos, quase nenhum, mas deixei o meu cartão de visitas preso no limpador de para-brisa, caso o proprietário descobrisse o amassado e quisesse uma explicação.

Imaginei que não precisava fazer o mesmo por Morelli, já que eu seria a primeira pessoa a lhe passar pela cabeça.

– Provavelmente, seria melhor se não mencionássemos nada sobre a arma quando chegarmos em casa – eu disse à vovó. – Você sabe como a mamãe é com armas.

– Por mim, tudo bem. Da mesma forma, eu bem que poderia esquecer isso tudo. Não consigo acreditar que errei aquele carro. Não estourei nem mesmo um pneu.

Minha mãe ergueu as sobrancelhas quando nos viu entrando com dificuldade.

– O que foi agora? – Ela estreitou os olhos para a vovó. – O que aconteceu com sua cabeça?

– Bati em uma lata de refrigerante – explicou a vovó. – Acidente mais esquisito!

Meia hora depois, Morelli veio bater à porta.

– Eu queria falar com você... lá fora. – Ele me pegou pelo braço e me puxou para a frente.

— Não foi culpa minha — eu lhe disse. — A vovó e eu estávamos sentadas no Buick, cuidando da nossa vida, quando Kenny chegou por trás e bateu no nosso carro.

— Quer me explicar essa história de novo?

— Ele estava dirigindo um Suburban de duas cores. Viu a vovó e eu estacionadas na Hamilton. Fez a volta e bateu na gente por trás. Duas vezes. Depois a vovó pulou para fora do carro e atirou nele, e ele foi embora dirigindo.

— Essa é a pior história que eu já ouvi.

— É verdade!

A vovó colocou a cabeça para fora da porta.

— O que está havendo aí?

— Ele acha que eu estou inventando a história sobre Kenny bater na gente com o Suburban.

A vovó pegou a sacola na mesa do hall. Ela remexeu lá dentro, puxou a .45 de cano longo e apontou para Morelli.

— Jesus! — Morelli saiu da mira da arma e a tirou da mão da vovó. — Onde diabos a senhora arranjou esse canhão?

— Peguei emprestado — respondeu a vovó. — E a usei naquele seu primo que não vale nada, mas ele se safou.

Morelli ficou olhando para os sapatos antes de falar:

— Imagino que essa arma não seja registrada, não é?

— O que você quer dizer? — perguntou a vovó. — Registrada onde?

— Livre-se disso — Morelli me disse. — Tire isso da minha frente.

Empurrei a vovó de volta para dentro junto com a arma e fechei a porta.

— Vou cuidar disso — tranquilizei Morelli. — Vou me certificar de que seja devolvida à dona.

— Então, essa história ridícula é verdade?

— Onde você estava? Por que não viu nada disso?

— Eu estava rendendo o Roche na frente da funerária. Não estava vendo o meu carro. — Ele olhou para o Buick. — Nenhuma avaria?

— Arranhou o para-choque traseiro.

– O Exército sabe sobre esse carro?
Achei que era hora de lembrar a Morelli a minha utilidade.
– Você verificou as armas de Spiro?
– Todas elas são registradas legalmente.
Já era a minha utilidade.
– Stephanie – minha mãe chamou, lá de dentro. – Você está aí fora sem casaco? Vai pegar uma gripe de morte.
– Falando em morte – disse Morelli –, encontraram o corpo para combinar com o seu pé. Estava boiando próximo a um dos vãos da ponte essa manhã.
– Sandeman?
– É.
– Você acha que o Kenny está sendo autodestrutivo, tentando ser pego?
– Acho que não é tão complicado. Ele é um esquilo. Isso começou como uma forma inteligente de ganhar muito dinheiro. Alguma coisa deu errado, a transação babou e Kenny não conseguiu segurar a onda. Agora ele está tão enrolado que não consegue mais ver as coisas com clareza, e está em busca de gente para culpar... Moogey, Spiro, você.
– Ele perdeu a cabeça, não é?
– Brabo.
– Você acha que Spiro é maluco como Kenny?
– Spiro não é maluco. Spiro é pequeno.
Isso era verdade. Spiro era o cocô do cavalo do bandido. Dei uma olhada no carro de Morelli. Não parecia dirigível.
– Você precisa de uma carona para algum lugar?
– Posso me virar.

O estacionamento da Stiva's já estava cheio às sete horas e os carros se perfilavam no meio-fio, ao longo de dois quarteirões da Hamilton. Parei em fila dupla perto da entrada da garagem e disse à vovó que ela deveria entrar sem mim.
Ela havia trocado de roupa e estava com um vestido e o casaco azul, e parecia bem alegre marchando nos degraus da frente da

Stiva's, com seu cabelo damasco. Ela estava com a bolsa preta pendurada no antebraço e a atadura se destacava como uma bandeira, decretando-a como uma das feridas na guerra contra Kenny Mancuso.

Dei a volta no quarteirão duas vezes antes de encontrar uma vaga. Apressei-me até a funerária, entrei pela porta lateral e fiquei imóvel diante do calor da casa e do murmúrio da aglomeração. Quando aquilo terminasse, eu jamais voltaria numa casa funerária. Não me importaria quem morresse. Eu não faria parte disso. Podia ser minha mãe ou minha avó. Elas teriam que se virar sozinhas.

Fui para o lado de Roche, junto à mesinha de chá.

– Soube que seu irmão será enterrado amanhã de manhã.

– É. Nossa, eu certamente vou sentir falta deste lugar. Vou sentir falta desses biscoitos muquiranas de pó de serragem. E vou sentir falta do chá. Hum, eu realmente adoro chá. – Ele olhou ao redor. – Que diabos, nem sei do que estou reclamando. Já tive trabalhos piores. Ano passado, eu estava numa apreensão, vestido de velhinha de rua, e fui assaltado. Fiquei com duas costelas quebradas.

– Você viu a minha avó?

– Vi. Eu a vi entrando, mas depois a perdi de vista em meio à multidão. Imagino que ela esteja tentando dar uma olhada no cara que perdeu o... é... negócio.

Abaixei a cabeça e fui abrindo caminho na marra, até chegar no salão onde Joe Loosey estava sendo velado. Fui dando cotoveladas até alcançar o caixão e a viúva. Imaginei que a vovó estivesse no local reservado aos familiares, considerando-se íntima por já ter visto o pênis de Joe.

– Sinto muito por sua perda – eu disse à sra. Loosey. – A senhora viu a minha avó?

Ela pareceu alarmada.

– Edna está aqui?

– Eu a deixei há dez minutos. Imaginei que ela tivesse vindo prestar suas condolências.

A sra. Loosey pousou uma das mãos, protetora, sobre o caixão.

– Não a vi.

Fui passando pela multidão e dei uma parada junto ao falso irmão de Roche. Havia um punhado de gente no fundo do salão. Pelo nível de animação, eu imaginava que estivessem falando sobre o grande escândalo do pênis. Perguntei se alguém vira a vovó Mazur. As respostas foram negativas. Voltei ao lobby. Olhei a cozinha, o banheiro das mulheres, a varanda da entrada lateral. Perguntei a todos pelo caminho.

Ninguém vira uma velhinha com um casacão azul.

Sinais de alerta começaram a despontar em minha espinha. Aquilo não era característico da vovó. Ela gostava de estar no centro dos acontecimentos. Eu a vira entrar pela porta da frente da Stiva's, portanto sabia que ela estava na funerária... ao menos esteve por um curto período de tempo. Eu não achava provável que ela tivesse voltado para o lado de fora. Não a vira na rua, enquanto estava procurando por uma vaga para estacionar. E não podia imaginar que ela fosse embora sem dar uma espiada em Loosey.

Subi a escada e dei uma olhada nos cômodos do segundo andar, onde havia caixões guardados. Abri a porta do escritório e acendi o interruptor. O escritório estava vazio. Também não havia ninguém no banheiro do andar superior. O closet estava cheio de material de papelaria e também estava vazio.

Voltei ao lobby e percebi que Roche não estava mais junto à mesinha de chá. Spiro estava sozinho na porta da frente, parecendo azedo.

– Não consigo encontrar a vovó Mazur – eu disse a ele.

– Parabéns.

– Não tem graça. Estou preocupada com ela.

– Deve estar mesmo. Ela é doida.

– Você a viu?

– Não. E essa foi a única coisa decente que me aconteceu em dois dias.

– Acho que eu talvez deva verificar os cômodos dos fundos.

– Ela não está nos fundos. Eu mantenho as portas trancadas durante o horário de visitas.

– Ela pode ser bem engenhosa quando põe uma coisa na cabeça.

– Se ela conseguisse entrar lá atrás, não ficaria por muito tempo. Fred Dagusto está na mesa número um e não está muito bonito. Cento e quarenta quilos de carne horrenda. Gordura até onde a vista alcança. Vou ter que besuntá-lo para que caiba no caixão.

– Eu quero ver aqueles cômodos.

Spiro deu uma olhada no relógio.

– Você vai ter que esperar até que termine o horário de visitas. Não posso deixar esses ladrões de tumbas sem vigilância. Com uma multidão dessas, as pessoas começam a ir embora com suvenires. Se você não tomar cuidado, eles tiram a camisa do seu corpo.

– Não preciso de um guia. Apenas me dê a chave.

– Esqueça. Sou muito responsável quando se trata de um presunto na mesa. Depois de Loosey, não vou correr risco algum.

– Onde está Louie?

– De folga.

Fui até a varanda da frente e olhei o outro lado da rua. As janelas de vigilância do apartamento estavam escuras. Roche provavelmente estava lá, ouvindo e olhando. Talvez Morelli também estivesse. Eu estava preocupada com a vovó Mazur, mas não estava pronta para envolver Morelli nisso. Seria melhor que ele vigiasse a parte externa do prédio por enquanto.

Desci da varanda e segui rumo à entrada lateral. Olhei o estacionamento e continuei até as garagens traseiras, colocando as mãos em concha ao redor dos olhos para tentar ver alguma coisa pelo vidro fumê do carro funerário, examinando a caçamba aberta do veículo da floricultura, batendo no porta-malas do Lincoln de Spiro.

A porta do porão estava trancada, mas a porta de serviço da cozinha encontrava-se aberta. Eu entrei e fiz outra turnê pela casa, tentando as portas das salas de trabalho e encontrando-as lacradas, como Spiro me garantira.

Entrei no escritório de Spiro e usei o telefone para ligar para casa.

— A vovó Mazur está aí? – perguntei à minha mãe.
— Oh, meu Deus. Você perdeu a sua avó? Onde você está?
— Estou na funerária. Tenho certeza de que a vovó está aqui em algum lugar. É que está abarrotado de gente e estou tendo dificuldade em encontrá-la.
— Ela não está aqui.
— Se ela aparecer, me ligue aqui para a Stiva's.

Em seguida, disquei o número de Ranger e contei-lhe o problema, dizendo que talvez precisasse de ajuda.

Voltei ao Spiro e disse que, se ele não fosse comigo até a sala de embalsamamento, eu aplicaria uma rajada de eletricidade em seu couro imprestável. Ele pensou no assunto por um instante, deu a volta e passou pelas salas de velório. Escancarou a porta do hall com um golpe violento e virou-se para mim para que eu andasse rápido.

Até parece que eu iria querer fazer doce perto de Fred Dagusto.

— Ela não está aqui. – Eu voltei a Spiro, que estava segurando a maçaneta, com os olhos de águia nos casacos volumosos que pudessem indicar algum enlutado ocultando um rolo de papel higiênico roubado.

— Não diga – disse ele. – Mas que surpresa.
— O único lugar que não olhei foi no porão.
— Ela não está no porão. A porta está trancada. Exatamente como essa estava.
— Quero ver.
— Ouça, ela provavelmente saiu com alguma outra velha. Provavelmente está num restaurante, enlouquecendo alguma pobre garçonete.
— Deixe-me olhar o porão e juro que não vou mais incomodá-lo.
— Essa é uma ideia animadora.

Um senhor idoso afagou o ombro de Spiro.
— Como vai o Con? Já saiu do hospital?
— Já. – Spiro passou direto pelo homem. – Saiu do hospital. Estará de volta ao trabalho na semana que vem. Segunda-feira.
— Aposto que você está feliz por tê-lo de volta.

– É, eu estou pulando de alegria só de pensar no assunto.

Spiro atravessou até o outro lado do lobby, passando por entre os aglomerados de pessoas, ignorando algumas, bajulando outras. Eu o segui até a porta do porão e esperei, impaciente, enquanto ele remexia nas chaves. Meu coração estava apertado no peito, temendo pelo que eu poderia encontrar no pé da escada.

Eu queria que Spiro estivesse certo. Queria que a vovó estivesse num restaurante com uma de suas amigas, mas não achava provável.

Se ela tivesse sido tirada da casa à força, Morelli ou Roche teria agido. A menos que ela tivesse sido levada pela porta dos fundos, que não estava à vista. Ainda assim, eles haviam compensado plantando aquele grampo. E se os grampos estivessem funcionando, Morelli e Roche teriam me ouvido à procura da vovó e estariam fazendo algo... o que quer que fosse.

Acendi o interruptor da escada e chamei:

– Vovó?

A caldeira de calefação rugia em algum lugar ao longe e havia o murmúrio de vozes nos cômodos atrás de mim. Um pequeno círculo de luz clareou o chão do porão ao pé da escada. Estreitei os olhos para ver além da luz, forçando os ouvidos para tentar escutar qualquer pequeno ruído que houvesse no porão.

Meu estômago apertou diante do silêncio. Havia alguém ali embaixo. Eu podia sentir, da mesma forma que sentia o bafo de Spiro em meu pescoço.

A verdade é que não sou do tipo heroica. Tenho medo de aranhas e extraterrestres, e, às vezes, preciso verificar embaixo da minha cama para ver se não há algum cara de dentes pontudos, babando. Se algum dia encontrasse um, sairia gritando do apartamento e nunca mais voltaria.

– O relógio está correndo – disse Spiro. – Você vai descer ou não?

Remexi minha bolsa em busca do .38 e desci a escada com a arma em punho. Stephanie Plum, caçadora de recompensas cagona, descendo um degrau de cada vez, praticamente cega, pois seu coração está batendo tão forte em sua garganta que joga a cabeça de um lado para outro, embaçando a visão.

Eu me equilibrei no último degrau, estiquei o braço à esquerda e apertei o interruptor. Nada aconteceu.

– Ei, Spiro – chamei. – As luzes não acendem.

Ele se curvou lá no alto da escada.

– Deve ser o interruptor.

– Onde fica a caixa de luz?

– À sua direita, atrás da caldeira.

Droga. Estava tudo negro à minha direita. Enfiei uma das mãos na bolsa para pegar a lanterna e, antes que pudesse tirá-la, Kenny pulou da sombra. Ele me atingiu de lado e nós dois despencamos no chão. O impacto me deixou sem ar e arremessou meu .38, fazendo-o deslizar pelo chão, rumo ao escuro, fora de meu alcance. Fiquei de pé e fui jogada no chão novamente, caindo de peito. Um joelho apertava o meio das minhas costas e houve uma espetada de algo bem afiado pressionado em meu pescoço.

– Não se mexe, porra – disse Kenny. – Se você se mexer um centímetro, vou enfiar essa faca na sua garganta.

Ouvi a porta fechar no alto da escada e escutei Spiro se apressar para descer.

– Kenny? Que diabos você está fazendo aqui embaixo? Como entrou?

– Entrei pela porta do porão. Usei a chave que você me deu. De que outra maneira você acha que eu entraria?

– Eu não sabia que você iria voltar. Achei que tinha levado tudo que estava escondido ontem.

– Voltei para checar as coisas. Queria ter certeza de que tudo ainda estava aqui.

– Que diabos quer dizer com isso?

– Quer dizer que você me deixa nervoso – esclareceu Kenny.

– Eu é que o deixo nervoso? Essa é boa. Você que é um sorrateiro da porra, e eu que te deixo nervoso.

– É melhor você ter cuidado com quem está chamando de sorrateiro da porra.

– Deixe-me lhe dizer a diferença entre mim e você – disse Spiro. – Para mim, tudo isso é negócio. Ajo como um profissional. Alguém roubou os caixões; então, contratei uma especialista para encontrá-los. Não saí por aí atirando em meu parceiro só porque estava puto. E não fui imbecil de usar uma arma roubada para atirar nele e ser pego por um policial de folga. Não sou uma porra de um doido para pensar que meus parceiros estavam tramando contra mim. Não achei que isso fosse uma porra de um golpe.

"E eu não fiquei maluco por causa dessa gatinha aqui. Você sabe qual é o seu problema, Kenny? Você tem uma ideia e não consegue tirá-la da cabeça. Fica obcecado com essa merda, depois não consegue ver mais nada. E sempre tem que ser a porra de um exibido. Você poderia ter se livrado de Sandeman na surdina, mas não, teve que arrancar a porra do pé do cara."

Kenny soltou uma gargalhada.

– E vou lhe dizer qual é o seu problema, Spiro. Você não sabe se divertir. É sempre o agente funerário sério. Você deveria tentar espetar aquele teu agulhão em alguma coisa viva para variar.

– Você é doente.

– É, e você também não é lá tão saudável. Passou bastante tempo me vendo fazer mágicas.

Eu podia ouvir Spiro atrás de mim.

– Você está falando demais.

– Não importa. A gatinha aqui não vai contar a ninguém. Ela e a vovozinha vão desaparecer.

– Por mim, tudo bem. Apenas não faça isso aqui. Não quero me envolver. – Spiro atravessou a sala, ligou o interruptor e as luzes acenderam.

Havia cinco caixões em engradados perfilados na parede, a caldeira de calefação da água ficava no meio da sala e um monte de engradados e caixas haviam sido empilhados ao lado da porta dos fundos. Não precisava ser um gênio para saber o que continham os engradados e as caixas.

– Não entendo – entrei na conversa. – Por que você trouxe as coisas pra cá? Con volta a trabalhar na segunda-feira. Como vai esconder isso dele?

– Não vai mais estar aqui na segunda – respondeu Spiro. – Trouxemos tudo ontem para que pudéssemos fazer um inventário. Sandeman estava transportando a porra toda em sua picape, fazendo vendas no próprio carro. Para nossa sorte, você viu o caminhão no posto do Delio. Mais algumas semanas com Sandeman solto por aí e não sobraria nada.

– Não sei como vocês trouxeram aqui pra dentro, mas jamais conseguirão tirar – eu disse. – Morelli está vigiando a casa.

Kenny riu.

– Vai sair do mesmo jeito que entrou. No caminhão de carne.

– Pelo amor de Cristo – retrucou Spiro. – Não é um caminhão de carne.

– Ah, é, esqueci. É um carro pra tirar uma soneca. – Kenny levantou e me puxou para ficar em pé. – Os canas vigiam Spiro e a casa. Eles não vigiam o carro da soneca e Louie Moon. Ou, ao menos, quem eles acham ser Louie Moon. Você poderia colocar um chapéu num chimpanzé e colocá-lo atrás daqueles vidros fumê e os canas pensariam que era o Louie Moon. E o bom e velho Louie é bem cooperativo. Você simplesmente dá a Louie uma mangueira e diz que vá limpar as coisas e ele fica ocupado durante horas. Ele não sabe quem está dirigindo seu maldito carro da soneca.

Nada mal. Eles vestiram Kenny para parecer Louie Moon, trouxeram as armas e a munição no carro funerário, o estacionaram na garagem e depois tudo que tiveram de fazer foi levar as caixas da garagem até a porta traseira do porão. E Morelli e Roche não tinham visão daquela porta. Eles, provavelmente, também não conseguiam ouvir nada no porão. Eu não achava provável que Roche tivesse grampeado o porão.

– Então, qual é a da velhota? – Spiro perguntou a Kenny.

– Ela estava na cozinha procurando por um saquinho de chá e me viu atravessando o gramado.

O rosto de Spiro se contraiu.

– Ela falou pra alguém?

– Não. Ela saiu correndo da casa, gritando comigo por ter furado sua mão. Dizendo que eu precisava aprender a ter respeito por gente idosa.

Até onde eu podia ver, a vovó não estava no porão. Torci para que isso significasse que Kenny a trancara na garagem. Se estivesse na garagem, ainda podia estar viva e sem ferimentos. Se estivesse escondida em algum lugar ali no porão, fora da minha vista, ela estava quieta demais.

Eu não queria considerar as razões para ela estar quieta demais, preferindo sufocar o pânico que apertava meu estômago e substituí-lo por alguma emoção construtiva. Que tal um pouco de raciocínio tranquilo? Nada feito. Não dava. E quanto à esperteza? Desculpe, minha esperteza estava em falta. E quanto à raiva? Eu estava com alguma raiva? Puta que pariu. Eu estava com tanto ódio exalando em minha pele que mal podia contê-lo. Ira pela vovó, ira por todas as mulheres Mancuso que haviam sofrido abusos, ira pelos policiais que haviam sido mortos com a munição roubada. Tranquei a raiva dentro de mim, até que ficasse afiada como uma lâmina.

– E agora? – perguntei a Kenny. – Para onde vamos a partir daqui?

– Agora vamos colocá-la no gelo por um tempinho. Até que a casa esvazie. Depois vou ver do que fico a fim. Temos um monte de opções, já que estamos numa casa funerária. Cara, nós podemos amarrá-la na mesa e embalsamá-la ainda viva. Isso seria divertido. – Kenny apertou a ponta da lâmina em meu pescoço. – Ande.

– Para onde?

Ele balançou a cabeça.

– Até o canto.

Os engradados de caixões estavam empilhados no canto.

– Até os caixões?

Ele sorriu e me empurrou à frente.

– Os caixões virão depois.

Estreitei os olhos na direção da sombra do canto e percebi que os caixões não estavam colados à parede. Havia uma unidade de refrigeração com duas gavetas de corpos escondida atrás dos caixões. As gavetas estavam fechadas, com as bandejas metálicas trancadas atrás de portas metálicas pesadas.

– Aí dentro vai ficar bem agradável e escurinho – disse Kenny. – Vai lhe dar tempo para pensar.

O medo desceu pela minha espinha e revirou meu estômago.

– A vovó Mazur...

– Está virando um picolé enquanto conversamos.

– NÃO! Solte-a! Abra a gaveta. Eu farei o que vocês quiserem!

– Você vai fazer o que eu quiser de qualquer forma – garantiu Kenny. – Depois de uma hora aí dentro, você não vai conseguir se movimentar com muita rapidez.

As lágrimas estavam escorrendo pela minha face e o suor pinicava embaixo dos meus braços.

– Ela é velha, não é uma ameaça a vocês. Soltem-na.

– Não é ameaça? Você está brincando? A velha é criminalmente insana. Sabe o que foi preciso para colocá-la nessa gaveta?

– De qualquer forma, ela já deve estar morta a essa altura – observou Spiro.

Kenny olhou para ele.

– Você acha?

– Há quanto tempo ela está aí dentro?

Kenny olhou o relógio.

– Uns dez minutos, talvez.

Spiro enfiou as mãos dentro dos bolsos.

– Você baixou a temperatura?

– Não. Só a enfiei aí dentro.

– Nós não mantemos as gavetas refrigeradas se estão desocupadas – explicou Spiro. – Economiza eletricidade. Provavelmente, está só na temperatura ambiente.

– É, mas ela pode ter morrido de susto. O que você acha? – Kenny me perguntou. – Acha que ela está morta?

O choro ficou preso em meu peito.

– A gatinha está sem palavras – disse Kenny. – Talvez a gente deva abrir a gaveta e ver se o velho saco de ossos ainda está respirando.

Spiro soltou o trinco e puxou a porta. Ele pegou a ponta da bandeja de aço inoxidável e lentamente puxou em sua direção, fazendo com que a primeira coisa que víssemos fossem os sapatos da vovó Mazur, apontando para o alto, depois as canelinhas ossudas, seu imenso casaco azul, os braços rígidos nas laterais do corpo, as mãos escondidas nas dobras do casaco.

Eu me senti balançar sob uma onda de tristeza. Forcei o ar para dentro dos pulmões e pisquei para clarear a visão.

A bandeja abriu em toda a sua extensão e travou no lugar. A vovó estava de olhos abertos, com um olhar fixo no teto, sem piscar, a boca parada, imóvel como uma pedra.

Todos nós olhamos em silêncio por alguns instantes.

Kenny foi o primeiro a falar:

– Ela parece bem morta. Deslize de volta.

O som de um sussurro parou no ar. Um chiado. Todos nós ficamos de ouvidos atentos e nos concentramos. Vi uma ligeira contração ao redor dos olhos da vovó. Novamente o chiado. Desta vez, mais alto. Era a vovó puxando o ar por entre as dentaduras!

– Hum – disse Kenny. – Talvez ela ainda não esteja morta.

– Você deveria ter diminuído a temperatura – Spiro insistiu. – Essa belezinha vai abaixo de zero. Ela não teria durado nem dez minutos se você tivesse colocado o termostato para abaixo de zero.

A vovó fez ligeiros movimentos na bandeja.

– O que ela está fazendo? – perguntou Spiro.

– Está tentando se sentar – informou Kenny. – Mas é velha demais. Não consegue fazer com que esses ossos velhos colaborem, não é, vovozinha?

– Velha – ela sussurrou. – Vou te mostrar quem é velha.

– Empurre a gaveta de volta pra dentro – Kenny ordenou a Spiro – e ajuste a programação do freezer.

Spiro começou a deslizar a gaveta para dentro, mas a vovó chutou, parando o movimento. Ela estava com os joelhos dobrados e batia no ferro com os pés, se agarrando e batendo dentro da gaveta.

Spiro gemeu e deu um safanão para fechar a gaveta até o fim, mas faltavam alguns centímetros para travá-la no lugar e a porta não fechava.

– Tem algo emperrado – observou Spiro. – Não vai até o fim.

– Abra – disse Kenny – e vamos ver o que há de errado.

Spiro puxou a gaveta devagar.

O queixo da vovó apareceu, depois o nariz e os olhos. Os braços estavam esticados acima da cabeça.

– Você está causando problemas, vovozinha? – perguntou Kenny. – Está travando a gaveta com alguma coisa?

A vovó não disse nada, mas vi sua boca se mexendo, as dentaduras cerradas.

– Abaixe os braços e mantenha-os esticados junto ao corpo – Kenny lhe ordenou. – Pare de sacanagem. Vou perder a paciência.

A vovó se esforçou para pôr os braços para fora e, finalmente, a atadura da mão soltou. A outra mão veio a seguir e nela estava a .45 cano longo. Ela girou o braço direto do ombro e disparou um tiro.

Todos nós caímos no chão e ela disparou de novo.

O silêncio veio após o segundo tiro. Ninguém se mexia, exceto a vovó. Ela se apoiou no cotovelo e sentou, levando um instante para se acomodar.

– Eu sei o que vocês estão pensando – a vovó disse, em meio ao silêncio. – Será que eu tenho mais balas nessa arma? Bem, com toda aquela confusão, ficando trancada numa geladeira, eu esqueci completamente o que havia aqui no começo. Mas sendo uma Magnum .45, a arma mais poderosa que existe, capaz de arrancar a cabeça de um, vocês terão que fazer essa pergunta a si mesmos. Será que estão com sorte hoje? Bem, estão, seus cretinos?

— Cristo — Spiro sussurrou. — Ela pensa que é a porra do Clint Eastwood.

BUM! A vovó disparou, apagando uma lâmpada.

— Droga! Deve haver algo de errado com essa mira.

Kenny se arrastou até as caixas de munição para pegar uma arma, Spiro correu para a escada e eu fui na direção da vovó, me arrastando de bruços.

BUM! Ela disparou mais um. Errou Kenny, mas entrou direto numa das caixas. Houve uma explosão instantânea e uma bola de fogo subiu até o teto do porão.

Fiquei de pé num pulo e arrastei a vovó para fora da bandeja. Outra caixa explodiu. O fogo crepitava pelo chão ao longo das caixas de madeira. Eu não sabia o que estava explodindo, mas achei que nós tivemos sorte em não sermos atingidas pelos fragmentos que voaram. A fumaça subia das caixas em chamas, cortando a luz, ardendo em meus olhos.

Puxei a vovó até a porta traseira da funerária e a empurrei para o quintal.

— Você está bem? — gritei para ela.

— Ele iria me matar — disse ela. — Iria matar você também.

— É mesmo.

— É terrível o que acontece com as pessoas. Elas perdem o respeito pela vida.

— É.

A vovó olhou novamente para a casa.

— Ainda bem que nem todo mundo é como Kenny. Que bom que alguns seres humanos são decentes.

— Como nós — eu disse.

— Bem, imagino que sim, mas eu estava pensando mais no *Dirty Harry*.

— A senhora fez um belo discurso.

— Eu sempre quis dizer aquilo. Acho que sempre há um momento certo para tudo.

— Você consegue andar até a frente da casa? Consegue encontrar o Morelli e dizer a ele que estou aqui?

A vovó correu para a entrada da garagem.

– Se ele estiver lá, eu o encontrarei.

Kenny tinha ficado no lado oposto do porão quando corremos para sair. Ou ele havia subido a escada ou ainda estava lá dentro, se arrastando pelo chão, tentando chegar à porta dos fundos. Eu apostava na segunda opção. Tinha gente demais no alto da escada. Eu estava a pouco mais de cinco metros da porta e não sabia o que ia fazer se Kenny aparecesse. Não tinha uma arma, nem o spray de defesa pessoal. Sequer estava com a lanterna. Eu provavelmente deveria dar o fora dali e esquecer o Kenny. O dinheiro não valia a pena, eu disse a mim mesma.

A quem eu estava querendo enganar? Aquilo não era uma questão de dinheiro. Era por causa da vovó.

Houve outra pequena explosão e as chamas saíram pelas janelas da cozinha. As pessoas gritavam da rua e eu pude ouvir sirenes a distância. A fumaça saiu pela porta do porão, contornando uma figura humana. Uma criatura infernal, cuja parte de trás do corpo pegava fogo. Kenny.

Ele se curvou na altura da cintura, tossiu e pegou um pouco de ar. As mãos estavam penduradas ao longo do corpo. Aparentemente, ele não conseguira encontrar uma arma. Isso era um alívio. Eu o vi olhando de um lado para outro, depois vindo diretamente em minha direção. Meu coração quase pulou para fora do peito, até que percebi que ele não me vira. Eu estava em pé, em meio às sombras, em sua reta de fuga. Ele iria contornar a garagem e sumir pelos becos escuros da cidade. Seguiu em frente, furtivo e em silêncio, diante do rugir do fogo. Estava a menos de dois metros de mim quando me viu. Parou estarrecido e nossos olhos se fixaram. Minha primeira impressão foi de que ele sairia correndo, mas ele proferiu uma praga e nós dois fomos ao chão, chutando e nos agarrando. Acertei um bom golpe com o joelho e enfiei o polegar em seu olho.

Kenny uivou se afastando, depois ficou agachado. Agarrei seu pé e ele caiu novamente, com força, de joelhos. Rolamos mais no chão. Mais chutes, agarrões e palavrões.

Ele era maior e mais forte que eu e, provavelmente, mais maluco. Embora alguns pudessem discordar desse último ponto. O que eu tinha do meu lado era a raiva. Kenny estava desesperado, mas eu estava totalmente irada.

Eu não queria apenas detê-lo... queria machucá-lo. Não é algo agradável de admitir. Nunca me vi como uma pessoa má e vingativa, mas ali estava eu.

Fechei um dos punhos bem apertado e girei na direção de Kenny, acertando um golpe que irradiou ondas do impacto em meu braço. Houve um ruído de esmagamento e resfolegar, e ele caiu na escuridão, de braços abertos.

Agarrei sua camisa e gritei pedindo ajuda.

As mãos dele agarraram meu pescoço, a respiração era quente em meu rosto. A voz estava mais grossa:

– Morra.

Talvez, mas ele iria comigo. Eu segurava a camisa de Kenny com uma força mortal. A única forma que ele teria para se soltar seria tirando a maldita camisa. Se ele me estrangulasse e me deixasse inconsciente, eu ainda estaria com as mãos enterradas na camisa.

Eu estava tão focada na camisa que levou um tempo até perceber que o bolo tinha aumentado para três pessoas.

– Jesus – Morelli estava gritando em meu ouvido. – Solte a camisa dele!

– Ele vai fugir!

– Ele não vai escapar – Morelli gritou. – Eu o peguei.

Olhei além de Morelli e vi Ranger e Roche contornando a casa com dois policiais uniformizados.

– Tire ela de cima de mim! – Kenny gritou. – Jesus! Essas cadelas dessas mulheres Plum são uns animais malditos!

Houve outro estalo na escuridão e suspeitei que Morelli tinha quebrado algo pertencente a Kenny. Talvez o seu nariz.

Capítulo 15

Eu estava com a gaiola de Rex num cobertor azul grande, para que ele não pegasse friagem enquanto eu o transportava. Coloquei-o no banco da frente do Buick e empurrei a porta com o traseiro. Era muito bom estar voltando para o meu apartamento. E era bom me sentir segura. Kenny estava trancafiado sem fiança e eu esperava que ele ficasse em cana por muito tempo. Esperançosamente, prisão perpétua.

Rex e eu pegamos o elevador. As portas se abriram no segundo andar e eu saí, me sentindo bem por dentro. Eu adorava o meu corredor e adorava o sr. Wolesky, adorava a sra. Bestler. Eram nove horas da manhã e eu ia tomar um banho em meu próprio banheiro. Eu adorava meu banheiro.

Equilibrei Rex no quadril e destranquei a porta do meu apartamento. Mais tarde, durante o dia, eu iria dar uma passada no escritório e pegar meu pagamento pelo resgate. Depois iria fazer compras. Talvez comprasse uma geladeira nova.

Coloquei Rex na mesa ao lado do sofá e abri as cortinas. Eu adorava minhas cortinas. Fiquei ali por um tempo, admirando minha vista do estacionamento, pensando que eu também adorava o meu estacionamento.

– Lar – eu disse. Gostoso e tranquilo. Particular.

Houve uma batida na porta.

Espiei pelo olho mágico. Era o Morelli.

– Achei que você gostaria de saber alguns detalhes – disse ele.

Abri a porta para ele e dei um passo para trás.

– Kenny abriu o bico?

Morelli entrou no hall. Sua postura estava relaxada, mas os olhos percorriam os detalhes ao redor. Sempre o policial.

— O bastante para que juntássemos as peças. No fim das contas, havia três caras metidos nessa história, como nós pensávamos... Kenny, Moogey e Spiro. E cada um deles tinha uma chave do guarda-volumes do depósito.

— Um por todos e todos por um.

— Mais provável que ninguém confiasse em ninguém. Kenny era a mente por trás de tudo. Ele planejou o roubo e era ele quem tinha um comprador estrangeiro para a munição roubada.

— Os números telefônicos do México e em El Salvador.

— É. Ele também recebeu uma boa entrada...

— Que gastou antes da hora.

— É. Depois foi ao guarda-volumes para preparar as coisas para despachá-las e adivinha o que aconteceu?

— Nada das coisas.

— É, de novo. Por que você está de jaqueta?

— Acabei de entrar. — Eu olhei saudosa na direção do banheiro. — Ia tomar banho.

— Hum — disse Morelli.

— Nada de hum. Conte-me sobre Sandeman. Onde é que Sandeman entra?

— Sandeman ouviu algumas conversas entre Moogey e Spiro e ficou curioso. Então, recorreu a uma das muitas habilidades que adquiriu na vida do crime, pegou a chave do chaveiro de Moogey e, por um processo de eliminação, encontrou o guarda-volumes.

— Quem matou Moogey?

— Sandeman. Ele ficou nervoso. Achou que o Moogey poderia acabar concluindo sobre o caminhão emprestado da loja de móveis.

— E Sandeman contou isso tudo a Kenny?

— Kenny pode ser bem persuasivo.

Eu não tinha dúvidas quanto a isso.

Morelli estava brincando com o zíper da minha jaqueta.

— Quanto àquele banho...

Apontei para a porta, com o braço esticado.

— Fora.

– Você quer saber sobre Spiro?
– O que é que tem o Spiro?
– Ainda não o pegamos.
– Ele provavelmente arranjou um buraco na terra.
Morelli sorriu.
– Isso é humor de agente funerário – eu disse a ele.
– Mais uma coisa. Kenny deu uma explicação interessante de como o fogo começou.
– Mentiras. Tudo mentira.
– Você poderia ter evitado muitos sustos se simplesmente tivesse deixado aquele grampo em sua bolsa.
Estreitei os olhos e cruzei os braços.
– É melhor esquecer esse assunto.
– Você me deixou em pé, com o rabo de fora, bem no meio da rua!
– Eu lhe dei a sua arma, não dei?
Morelli sorriu.
– Vai ter que me dar mais que isso, gatinha.
– Pode esquecer.
– Provavelmente, não – disse Morelli. – Você está me devendo.
– Não lhe devo nada! Se alguém tem crédito aqui, sou eu! Eu peguei seu primo pra você!
– E, ao fazê-lo, queimou a funerária de Stiva e destruiu milhares de dólares em propriedade do governo.
– Bem, se você vai implicar com isso...
– Implicar? Amorzinho, você é a pior caçadora de recompensas da história.
– Agora chega. Tenho coisa melhor a fazer do que ficar aqui ouvindo seus insultos.
Eu o empurrei para fora do hall, bati a porta e passei a corrente. Apertei o nariz na porta e olhei pelo olho mágico.
Morelli sorriu para mim.
– Isso é guerra – gritei por trás da porta.
– Sorte minha – disse Morelli. – Eu sou bom de guerra.

Este livro foi impresso na Editora JPA Ltda.,
Av. Brasil, 10.600 – Rio de Janeiro – RJ,
para a Editora Rocco Ltda.